川江广记

川江广记

天津出版传媒集团

百花文艺出版社

陶灵　著

图书在版编目（ＣＩＰ）数据

川江广记 / 陶灵著. -- 天津：百花文艺出版社，
2024.7
　ISBN 978-7-5306-8771-0

　Ⅰ.①川… Ⅱ.①陶… Ⅲ.①散文集-中国-当代
Ⅳ.①I267

中国国家版本馆 CIP 数据核字(2024)第 110878 号

川江广记

CHUANJIANG GUANG-JI

陶灵 著

出 版 人: 薛印胜
策划统筹: 汪惠仁　张　森　　　**封面设计:** 蔡露滋
责任编辑: 沙　爽　田　静
出版发行: 百花文艺出版社
地址: 天津市和平区西康路 35 号　　**邮编:** 300051
电话传真: +86-22-23332651（发行部）
　　　　　　+86-22-23332656（总编室）
　　　　　　+86-22-23332478（邮购部）
网页: http://www.baihuawenyi.com
印刷: 山东临沂新华印刷物流集团有限责任公司
开本: 787 毫米×1092 毫米　　1/32
字数: 180 千字
印张: 10
版次: 2024 年 7 月第 1 版
印次: 2024 年 7 月第 1 次印刷
定价: 59.00 元

如有印装质量问题,请与山东临沂新华印刷物流集团有限责任
公司联系调换
地址:山东省临沂市高新技术产业开发区新华路 1 号
电话:(0539)2925886　　邮编:276017

目录

我的本草

江河故人

时间片断

川江广记

我的本草

金石土

瓷瓦子

岳母的侄儿请她去家里吃饭,炖了只老母鸡。岳母感冒了,不愿去,鸡是发物,担心搪寒。侄儿说:"我炖鸡时放了瓷瓦子的,不会有问题。"瓷瓦子是川江人的土话,即瓷片,细瓷碗打破后的碎块。吃了饭回来,岳母当晚就开始咳嗽,医了一个多月才好。她说,放了瓷瓦子还是不管用。老话说"咳嗽吃鸡,神仙难医"。这起码是四十年前的事了。

过去,川江民间老百姓炖鸡的时候,一般要放晒干的紫苏根、枝,年龄大一点的人至今保持这个习惯。紫苏祛寒。放瓷瓦子我还是第一次听说。妻子告诉我,小时候,她外婆每次炖鸡都要放瓷瓦子的。当年,小细娃儿吃饭用搪瓷碗或木碗,读书后是土陶碗,大人吃饭才用细瓷碗,很少打破。家里没瓷瓦子的话,炖鸡时就放一只瓷调羹在里面,也是一样。这是开县(今重庆市开州区)民间的做法,上至九十多岁的老者,下至四五十岁的中年人,都晓得这事。为什么要放瓷瓦子或调羹,而不是竹片、木片或铁块呢?他们却说不出道理来。

《本草纲目》上说:"古人以(白瓷)代白垩用。"白垩即烧制瓷器之土,主治多种病症,其中与"炖鸡放瓷瓦子"沾得上边的是治"卒暴咳嗽",就是急性咳嗽。取白垩、白矾各一两,研粉,用生姜汁调糊状,做成梧桐籽大小的药丸,睡前喝姜汤吞服二十颗。

白垩是土块,不能入锅,炖鸡便用瓷瓦子代替?这解释连我自己都不太相信。我又揣摩,瓷器经一千多度高温烧制而成,性热,可祛寒?因为上古时候的医学家岐伯说"寒者热之,热者寒之"。《神农本草经》也称:"疗寒以热药,疗热以寒药。"

老桄胡子冉白毛说,瓷瓦子可治肚子痛。准备一碗干净的冷水,把一块瓷瓦子丢进煤炭火中,拉风箱烧大火,瓷瓦子烧得通红后,用火钳夹出,迅速丢进碗里,"嗖"一下冒起一股热气,然后把碗里的水喝下。

忽然想起小时候的一件事。我见过父亲把瓷瓦子捶成一些细颗粒,让鸡啄食。父亲说,鸡没牙齿,不能咀嚼食物,瓷粒在它肚子里帮助捣磨,便于消化。这像是球磨机的工作原理。张岱的《夜航船》里说过,珍珠多年被油浸或遭尸体气息所冲犯而色泽昏暗,混在食里喂给鸡或鸭或鹅吃,等它屙出来后,清洗干净,如同新的一样。鸡、鸭、鹅的肚里捣磨食物时,正好给珍珠抛光。

很多年前的一个大年初一早晨,用坪村的谭老伯多吃了几个汤圆,一整天都不消化,隔了食。后来成了老毛病,稍微多吃点东西,胸口下面就哽起不舒服。村里一位老人给他介绍一个单方:吃瓷瓦子可消食,鸡为了化食就啄瓷颗粒吃。

谭老伯听信了,他确实也看到过。可瓷颗粒非常坚硬、锋利,人不能直接吃下去,谭老伯按老人教的办法,把瓷瓦子反复捶打,打得很碎很碎,再用箩筛筛出细面面来,和在面粉里煮糊糊吃。箩筛和普通竹筛子的使用方法一样,但筛面是用马尾巴毛或丝线编织的,筛眼非常细密,能筛出灰面一样细的粉末。我前面说过,过去的瓷瓦子不好找,谭老伯为了治病,竟把祖传的一副老瓷盘打碎吃了。但不管用。他认为是量不够,又把民国时期的一个青花"囍"字瓷坛也捶来吃了。隔食的老毛病仍没治好。他们误解了鸡啄食瓷颗粒的原因。

有一天,远处一个亲戚来谭老伯家"走人户儿",知道他的老毛病后说,把芦竹挖来,取它的根,捶破后泡水喝,可治隔食。病急乱投医,谭老伯家附近没这种植物,跟着亲戚去挖回来一背篓,栽在屋团转,时不时泡水喝一碗,真的把隔食病治好了。现在谭老伯要满八十岁了,房前屋后已发了很多的芦竹,他只要觉得胃里有点不消化,就当平时喝茶一样,喝几天芦竹根水就没事了。

我心里念着那老瓷盘和"囍"字坛,可惜了,老物件很值钱的哟!

门斗灰

有一天,在金霞家做作业,我削铅笔的时候,不小心把左手食指划了一条很小的口,有血冒出来。金霞说:"撒点门斗灰。"说着,就跑到她家大门边,蹲下,在木门的转轴窝窝儿里用拇指和食指拈了一点点灰,撒在我伤口上,让我按住。当真血不冒了。我问:"是哪个教你的?"

"我舅舅,他是篾匠,手上经常划了口口,就撒点门斗灰,按一会儿就没事了。"

"刮点锅烟墨,按在口口上,也得行。"四平在旁边接嘴,表明他也懂。锅烟墨就是用过的铁锅外面巴的烟灰。《本草纲目》上称"百草霜"。

"锅烟墨要不得,要留黑疤子。"金霞不赞同,"你看来国哥脸上!"

来国哥小时候顽皮,有一次非得用一只缺口碗吃稀饭,还嘴对着缺口喝。他老汉儿说:"好生点,莫把嘴巴划了。"来国哥转过头回答:"不得!"话音刚落,在这一转头的瞬间,缺口却划在了脸上。正是中午,出血有点旺,他老汉儿赶紧刮了锅烟墨按在伤口上。没想到锅烟墨长在了肉里,伤口好后,疤子从里面透出淡蓝色来。来国哥长大了,颜色淡了些,但看起还是很明显。脸是圆的,伤疤是个弧形,来国哥的同学朋友就喊他诨名"月亮弯"。

我二爸是个石匠，他说乡下到处都找得到止血药，看哪种用起方便。"学大寨"时，他在坡上打石头、垒坎子、造梯地，手上经常整起口口或者被弄掉皮，就在岩石上抠一块灰白色的石花（石苔），敷在手上面，按一会儿后又开始做活路。如果没出血，石花也消炎。做着做着，伤口破了又流血，就撕一条烂布巾巾缠住。二爸还说，没找到石花，扯几匹齐头蒿、何首乌叶子，搓出水，敷在伤口上也行。还有，房梁上的老灰也是止血药。

龙骨

姑妈他们蔬菜二队"学大寨"时，在荒山坡上造梯地，偶尔会挖到一座野坟。也不知埋了多少年，尸骨和棺木已朽烂，大部分化作了泥土。姑妈捡了些残存的白骨，用撮箕装回来。墓穴里的东西不能随便拿进家门，连柴灶房都不可以。姑妈把撮箕挂在猪圈棚的木檩子上。

姑妈说这是"龙骨"，不好找，留起，要用的时候方便。猪圈里又脏又潮湿，猪窝里铺的稻草经常换，猪还是有可能得瘫病，站不起来，吃不了食。龙骨可治猪瘫病。烧成灰，兑在米汤中灌给猪喝，或者和在猪食里，端到它面前喂。烧灰时，也不能在家里的灶上进行，便在猪圈旁的土坝子堆炭烧，烧成白灰。如果还是黑的，说明没烧透，有骨渣，猪不吃，药性也差。最近，我和小区里的周老头摆龙门阵,他年轻时养猪,如果猪得了瘫病,就去后山岩洞里捡死人骨头回来烧灰喂食。那岩洞很早以前躲过"棒老二",他们"捉肥"没收到钱,就"杀肥",里面肯定有死人骨头。薛老伯在旁边"搭白",他害怕,不敢去"棒老二洞"捡,就用狗骨头、羊骨头代替。效果要差些,就多喂几天。

有一天,我和同街的细娃儿去挖过的红苕地里捡漏,扒开泥土,发现一根白骨,捡起来,想带回去给姑妈烧灰喂猪。一起来的来国哥看见了,大声叫道:"快丢了,那骨头是死人的,不然你也会死。"我吓得赶快扔掉白骨,在地边的草丛里翻来覆去擦着手,生怕留了点什么在上面。来国哥见我害怕的样子,神秘地笑着说:"说不定,今晚上,这个死人会变成鬼来找你。"

我顿时紧张起来,人死了要被埋在厚厚的泥土里,什么都不知道了。这怎么办呢?越想越害怕,好像乱蓬头发,没有下巴,指甲又尖又长,嘴里还流着乌血的厉鬼向我扑来,惊悚万分。我赶紧往家里跑。

夜里,我脑子里总有鬼影晃动,一直睡不着,暗暗地哭了起来。姑妈闻声点上煤油灯,爱抚地问我是怎么回事,以为我又是肚子痛。当她知道我的心事后,松了一口气,说:"灵娃儿,莫怕,来国哥哄你的,人就那么容易死吗?"

姑妈见我没有止住哭,想了一下说:"你要是遇上了鬼,忍住痛,咬破中指,把血洒出去,鬼被血凝住了,就不能动了。"姑妈想想,教了一个更简单的办法,"明天我去给你买一块红帕帕儿,放在身上,遇到鬼的时候,拿出来舞一舞,鬼最怕红色,就跑了。"我记着姑妈教的诀窍,终于安心地睡了……

龙骨实则是一味中药,而姑妈从荒山坡捡回来的算不上真正的龙骨。清代医学家陈士铎的《本草新编》中说:"世间所用之龙骨,乃地气结成,非天上行雨之龙也。"说得有点玄乎。清代另一位医学家汪讱庵在《本草易读》中又说龙骨:"出晋地山谷中,及太山岩水岸上穴中。采无时。"这个靠谱点。当代《全国中草药汇编》对龙骨有准确定义:"为古代哺乳动物如象类、犀牛类、三趾马等的骨骼化石。"龙骨是俗名。内服有镇静、止泻、生津的作用,比如神经衰弱、失眠、腹泻、惊痫癫狂等症皆可用。外用可治久烂不结壳儿的毒疮。

当然,挖出来的龙骨不可直接用,需要炮制,中药材都如此。龙骨不能水洗,刷净上面的泥土后,放在坩埚里,或入陶瓦质的容器中,用无烟的炉火煅烧至红透,取出晾凉,然后捣成粉末,贮存于绢袋中。整个过程不能沾铁器及其他一切金属制品。另外需要说明的是,龙骨从土中挖出来,在空气中放起很容易破碎,要马上用毛边纸粘贴。

1899 年的一天,北京城一个名叫王懿荣的书法家、金石学家生了病,抓回来的中药里有乌龟壳化石,这也是龙骨。无意中,他见龙骨上面有着似篆非篆的清晰刻画字纹,凭着深厚扎实的金石学功底,马上意识到,这绝非寻常之物。于是找到药铺,嘱咐老板,今后再有带字的龙骨都卖给他,每字银一两。后来，王懿荣从这个药铺老板那里得到八百块有文字的龙骨。有人听说他要买这种龙骨，也主动送上门来。最终收购了有文字的龙骨一千五百多块。从中，王懿荣发现了中国最早的文字——甲骨文。

《散文》主编汪惠仁先生说：

> 从《神农本草经》到《本草纲目》关于龙骨之疗效均有记载……近两千年间，见过刻着表意符号的龙骨的人一定是有的。但是，对这些表意符号进行"凝视"的人，几乎没有，即便有过，他们也没有追问下去。而故事到了王懿荣这里变得不同起来……

黄万波，八十多年后，又一个"凝视"龙骨的人……

三峡一带多龙骨。南朝齐梁时期的医药学家陶弘景说："（龙骨）今多出梁、益、巴中。"三峡地区属"益"（州）范围。据说，二十世纪二十年代，有个叫格兰介（也译为葛兰阶）的美国人来到三峡万县（今万州区）盐井沟，坐在山下，向当地农民收购龙骨。五年后运往美国五千公斤。这些龙骨是从盐井沟坪坝大队的几个天坑（漏斗地貌）挖出来的。

1984 年 6 月下旬，出生在三峡地区忠县的中年男人黄万波，此时的身份是中国科学院古脊椎动物与古人类研究所的考古学家，听说格兰介收购龙骨的故事后，带领一帮人坐着客车来到盐井沟。再步行三个多小时，在小地名老屋包的一处岩隙里，他们真的挖到了很多龙骨——多种哺乳动物化石，其中一副完整的巴氏大熊猫骨架让黄万波兴奋不已。然而，这离他的初衷尚远。他这次来有的放矢，想寻找人类化石。于是，带着收获与遗憾，他坐船往东，来到巫峡口的巫山县，听说这里的中药铺有龙骨卖。

一行人寻访中药材公司门市部和几间中草药铺时，打听到龙骨都来自川江南岸深山的庙宇镇。这个镇与县城之间交通不便，又隔江渡水，二十世纪六十年代，当地农民挖出龙骨后，主要卖到了邻近的湖北巴东县、建始县的供销社中药材收购门市。每斤一角八分钱，挖、运、卖一次，可收入几十元，在那个年代可是一笔大收入，社员们因此纷纷上山挖龙骨，说是总量达几万斤。走进庙宇镇上一家中药铺，坐堂医生把黄万波一行当成了买药人，连忙夸耀自己的龙骨全是药性最好的"龙齿"，并端出药柜中装龙骨的抽屉让他们看。黄万波见到了大约五百颗龙齿，其中一段剑齿象的白齿近一尺长，让人爱不释手。当地一位文物工作者当场买下这段化石。

按照指引，他们来到龙坪村一处当地人称"龙洞"的地方。在这里挖到的龙骨，都是一些年代太晚的化石，黄万波有点失望。这时，在洞口看热闹的围观群众中，有个青壮年人说："你们在这儿挖的不是龙骨，"顺手往东边山坡上一指，"那里才是。"旁边社员告诉黄万波，此人叫牟之富，是个赤脚医生。"以前我们就是学他,挖龙骨去建始卖的。"

接下来的几年里,黄万波在这片山坡上采集到一百二十多种脊椎动物化石,其中包括剑齿虎、大灵猫、乳齿象、巨羊和小种大熊猫等二十余种灭绝动物的化石。并且,终于在1985年、1986年先后挖出一段人属带有两颗牙齿的下颌骨和一颗人属内上侧门齿。经科学手段测定,两块人属化石绝对年代距今约二百零一万年至二百零四万年,这代表一种直立人的新亚种被发现。新亚种被定名为"巫山能人",一般称"巫山人"或"巫山猿人"。1995年,《自然》发表黄万波与美国古人类学家石汉博士的合作成果《亚洲的早期人类及其人工制品》,文中阐述:巫山人的发现,其重要的意义在于为人类起源于中国、起源于长江流域提供了新的佐证。表明二百万年前,中国就已出现了在长江三峡一带活动的古人类。

三峡腹地昔日的一个小山坡因此改称龙骨坡,其发掘遗址被国务院公布为全国重点文物保护单位。

黄万波已经九十一岁了,至今还在龙骨坡一带转悠,"凝视"龙骨……

盐

云安厂是汤溪河边的古镇,现在叫云安。"厂"为旧称,清代时,曾以镇上的盐厂实行"以厂统井"的盐监建制得名。老一辈的人都习惯叫云安厂。来镇上做生意的下江人十分羡慕，说云安厂是一个金窝窝，盐卤像一股股银水流淌。这话有童谣印证："女娃子，快点长，长大嫁到云安厂，三天一个牙祭，五天一个膀，半个月就关回饷。"

有一天，我爷爷来云安厂姑爷家"走人户儿"。姑爷和爷爷一边裹叶子烟抽，一边摆龙门阵："老汉儿，你信不？外面再劣的烟叶子，进了云安厂，要不了几天，味就醇和了。"云安厂天空弥漫着盐蒸汽，滋润了烟叶。

小时候，有一次看姑妈做菜，听她叽咕了一句："精香百味，没得盐有味。"我不懂，便刨根儿问她。于是，姑妈给我摆，从前有个皇帝老儿问厨子："世上什么东西最好吃？"厨子回答："盐。"皇帝很气愤地说："天天吃的盐有什么好吃的！"认为被欺骗了，便杀了这个厨子。其他厨子都不敢给皇帝的菜里放盐了，吃了几天，皇帝老儿哪还吃得下这菜哟！

二十世纪八十年代初，川江支流大宁河上游一个乡村山洪暴发，冲毁公路，进出山交通中断。山民们并不着急，自家种的粮食、蔬菜都有，房梁上还挂着腊肉，地照种，活照做，学校也正常上课。但没过多久，供销社的食盐卖光了，首先是上课的学生吃了一天淡食，闹了起来，被迫停课。这下大家才慌了。幸运的是，驻地官兵冒险翻山越岭，很快送来两样东西：一箱药品和一吨食盐。

无盐吃的日子现在没人尝过。过去贵州人吃盐，流传着一句俗话，是说盐的金贵："斗米换斤盐。"斗，旧时量器，虽然各地各年代换算标准不一，分大斗小斗，实际上，贵州很多地方一斤盐要抵五十斤大米，最多时七十斤大米才能换到一斤盐。乌江边有个江口镇，属四川管辖，运往贵州的盐，一部分从这里起岸后，由人背马驮走山路去黔北。镇上有十家盐商号依次轮流贩运和卖盐，其中有个姓杨的老板，卖一年盐，赚的钱就能修起一栋房子。

贵州人关于吃盐的俗话跟着还有一句："斤盐吃半年。"他们的菜里是不放盐的，做汤的时候，才把盐在锅中滚几下，然后马上拿出来。这种吃法叫牛滚凼——牛在水凼里洗澡，滚来滚去，只能打湿一下身体。有的地方干脆叫洗澡盐、涮涮盐。如果出现"盐灾"，有钱人家也买不到盐，吃饭时，拿盐在醋碟里泡一下，赶紧取出，用带有咸味的醋汁蘸菜吃。

贵州人买不起盐，又买不到盐，很多人家用悍椒代替。那是一种又小又辣的辣椒。那里的老人说起当年的境况，调侃道："辣椒当盐，合渣过年，一条裤子穿几十年。"合渣是把黄豆泡胀后磨浆，连汁带渣加青菜叶一起煮食。黔东南山区，有的村民曾三十年没吃到过盐，他们以酸菜汤代替，甚至用草木灰泡了水，澄清，滗出来煮菜吃。辣椒和草木灰里含钠、钾，可补充身体缺盐所需。这是我请教了化学老师才知道的。黔东南的酸菜是把青菜煮熟后用清水泡酸，而非我们现在吃酸菜鱼里用盐水泡的酸菜。

吃盐艰难,不仅是贵州。河南有个老作家,在小说里写了一个亲身经历的故事。河南西部深山里,主妇常去河沟捡几颗光滑的小卵石备用。家里来了客人,就弄一碗盐开水,放入小卵石,摆在桌子中间。吃饭的时候,客人夹起石子,用嘴抿一下,又放进盐水碗里。吃几口饭菜后,再抿一抿石子。城里的作家听了这故事,不相信是真的,连编辑也把这个情节从小说里删去了。开县的徐老伯年轻时挑官盐去陕西贩卖,一百斤,来回四十八天,除去成本和吃喝,赚的钱可买两千来斤谷子,盐在陕西也值钱。再有云南,本身盐产较丰,自古多盐井,为黑白两种。但吃了之后脖子上长"猴儿包",也就是得大脖子病。滇盐掺和了川盐后,即无此患。

这些吃盐故事我都相信,只是对贵州人的吃法感到不解:盐在汤里怎么"滚"?下了锅还能拿起来?在醋碟里泡一下,不化了吗?

有一次,我和兄长谢老夫子摆龙门阵,疑惑才解开。二十世纪六十年代初,年轻时的谢老夫子在贵州修铁路,看到当地人煮汤,提着一个像石块的东西,中间凿有一个小孔,用细绳系着,顺锅边涮几圈,马上提出来。谢老夫子以为这有什么讲究,便问"石块"是什么。回答:"盐。"接着,谢老夫子又进一步弄清,这个坚硬的块状物叫"炭巴盐"。

川盐入黔路程时间长,起码一两月。先从乌江船运,江水湍急,起岸后人背马驮,山区雨雾天气又多,块状的炭巴盐在途中

炭巴盐（[美]西德尼·D·甘博摄于 1917 年）

可减少受潮损失。后来,我读到贵州老作家蹇先艾的小说《盐巴客》,里边说川黔古道上,过去经常有背子(背夫),一路几十个,背着仿佛大理石块的物品,一块块重叠在背篼上。从旁边侧身而过的人时常担心会被滚下来的"大理石"打破头。这就是炭巴盐。

1911年5月,从欧洲留学归来的江南人丁先生,在贵州大路边的一饭铺里,看见九个挑夫吃饭时,把桌子中间碗里的一小坨炭巴盐依次拿到嘴里呷一呷。他还听到一个吃盐的故事,说父子三人吃饭,桌子上方吊着一块炭巴盐,父亲告诉两个儿子:"你们觉得淡的时候,吃三口饭才能看一下盐。"过了一会儿,大儿子告状:"弟弟吃一口就看一下盐!"父亲责怪道:"他不听话,不懂事,咸死他!"

重庆摄影家汪昌隆给我摆了一个龙门阵,是他在川滇古道上听来的。过去背子、挑夫和抬轿的、赶马的以及包袱客、杂货客,每晚住店后,老板首先问:"几转儿?"是问晚饭的菜汤里,炭巴盐在锅里转几圈,按圈收钱,老板要做到心里有数,好提前安排。盐肯定要吃,吃了才有气力赶路和背、挑货物。如果这趟生意找钱"泡和"的,就财大气粗地回答:"五圈!"手头紧的,便轻声道:"三转儿就够了。"

我以为叫炭巴盐,是因为形如炭块,又是黑色。谢老夫子却说炭巴盐为米白色块状物。接着,他摆了个杵杵盐的故事。缺盐吃的时候,有的小娃儿不吃饭,哭闹着找大人扯皮。无奈之下,父母或其他长辈就找一块像炭巴盐的白石块,在小娃儿的饭菜碗里杵几下,哄骗说:"有了,有了,给你饭里放杵杵盐了。"

我从自贡老盐工"笑罗汉"那里得知,食盐分巴盐和花盐两种,巴盐为块状,花盐是粉末。烧煤炭熬出来的叫炭巴盐、炭花盐,烧天然气熬出来的称火巴盐、火花盐。

用天然气熬盐?笑罗汉见我疑惑,解释道:"东汉时,四川邛州、蓬溪、富顺等地已有天然气井了,称'火井'。大约一千七百多年前,古人开始利用火井的天然气熬盐。明清时期,四川发现很多火井,用竹管引气到灶房,最长达三十多里。竹管连接处用漆布包好,以防漏气。"1934年,中央通讯社一个记者到自贡采访,记载这里有火井七千七百多口,井底距地面最深达一千米,凿一口这样的火井要三年时间,耗资几万元,但可供二百多个灶熬盐。

我这才完全弄清炭巴盐的来龙去脉。

云安厂虽然不缺盐,吃盐也有一句俗语,听姑妈念叨过:"淡了有改,咸了没得改。"清乾嘉时期诗人、美食家袁枚在《随园食单》中也这样说:"则调味者,宁淡毋咸;淡可加盐以救之,咸则不能使之再淡矣。"

生活中的见解,没读过书的姑妈竟和古代文人一致。

铜小钱

十多年前，我刚搬进新房子，母亲来了，拿出一只用红布做的小小"福包儿"说："给，放在米箱里！"红布里面包裹的是一枚旧时的硬币——铜小钱，寓意今后一直不愁饭吃。我接过"福包儿"跟母亲说："我都几十岁的人了，早已自食其力，还怕没饭吃吗？"嘴上虽这么说，但心里是暖的。母亲见我把"福包儿"放进了米箱，高兴地叮嘱道："这是老规矩。"

铜小钱是清代及以前的常用货币，民间遗存比较多。但母亲十八岁就从乡下出来工作了，又是新社会的人，她哪来的铜小钱呢？后来小弟告诉我，是他收藏的，母亲拿钱找他买了一枚，说"过了钱"的才灵验。

十岁那年寒假，外公接我去他家过年。外公住在县城上游三十多里的地方，要从江上坐木船去。第一次坐船，我有点兴奋，巴不得快点上船。来到专门停靠木船的码头，外公先不慌领着我上船，叫我站在沙滩等着，莫乱走动。只见他快步走到水边边儿，从衣服口袋里摸出什么，奋力抛向江心。东西太小，连小浪花都没溅起，也听不到一点落水声。我问外公往水里丢的什么，外公回答："铜小钱。"

我又问："嘟个要丢到水里？"

外公再答："旧社会的钱，没得用了。"

我说："可以扎鸡毛毽啊。"

因滩险浪激，川江上有一种老习俗，坐船出远门的人，踏上跳板前，要丢几个铜小钱在江里，以求得一路平安。民间称之为"蚀财免灾"。长大后我才弄清楚，我虽然不是出远门，但第一次坐船，外公觉得责任重大，丢几个铜小钱，求一份心安。外公当时回答"没得用了"是敷衍我的，我人小，不懂得老习俗。再者，做这种事不能说破，否则不灵验。

小时候，我觉得旧铜小钱的作用多。比如给外公说的扎鸡毛毽踢。踢毽子主要是女生的娱乐活动。有的女同学没铜小钱，用一颗大衣扣子扎毽，踢起轻飘飘的不说，因鸡毛朝上扎，重心不稳，踢在脚棱、脚背上时会偏落下地，就算输了。再有，天下都归帝王管，铜小钱是他铸造的，妖魔鬼怪不敢靠近，用棉线钉在婴儿的帽子上，可挡煞、祛灾。还有，大年初一的早晨，姑妈总是催我快点起来"抢宝"，热气冒冒的铁锅里漂满汤圆，其中一个馅里包着铜小钱，吃到的人会得到好运。不要以为铜小钱有锈，放在馅里脏，姑妈早用麸醋泡洗得干干净净。

铜小钱最好的作用是治病。有一次我感冒咳嗽，是个冬天，夜里躺在床上，姑妈用铜小钱蘸了桐油给我刮背，刮得热乎乎的，第二天松活多了。姑妈说："要用铜小钱刮，才能提出身上的寒气，你背上全是紫红的印子，寒好重。"

清初时中医学家汪讱庵的《本草易读》说，铜小钱可"止心腹疼痛"。民间有两种单方：一是把铜小钱烧红后，在醋中一焠，喝下醋；二是和薏苡根一起煮水喝。

云阳老县城城下江心,有一条长两百多米、宽十多米的石梁,只在冬春枯水季节才浮于水面,宛如一条潜江的巨龙脊背显露,故名"龙脊石"。石上刻有北宋元祐三年(1088)以来的题记一百七十余处,为川江重要的水文石刻之一。二十世纪八十年代中期的一个寒冬,我坐着木划子,第一次登上了龙脊石。石梁中后部有一个陶钵大小的孔洞,传说是潜龙的肚脐眼。我好奇地伸手进去想掏点什么,却满是河沙。旁边的中年男人告诉我,以前上龙脊石的人,都会丢一个铜小钱在龙肚脐眼里,从此不再有肚子痛的毛病。

　　随身哪来的铜小钱呢,我便丢进一枚五分的壳儿钱,觉得道理是一样的。我肚子后来真的很少痛过。

草

船底苔

"船板上有好东西！"老桡胡子冉白毛冒出这么一句后，开始摆来龙去脉："我才当闷甏时，有个热天发痧，头昏胸闷，打不起精神。船上的头篙三十来岁了，是忠县人，心善，对我好。他手蘸了水，抹在我前颈项上，然后弯起中指和食指，提起颈项肉皮子使劲揪，揪了左中右三处。一路揪，一路冒起血印子，不一会儿就是乌黑乌黑的了。这叫'揪痧'。"

喝了口浓茶后，冉白毛继续摆："接着，他又跳进水里，在船底板上抠了一坨青苔，熬水给我喝。喝了两道，就松活了，夜饭我吃了一大钵。"冉白毛一口的行话土语，我听得懂——"闷甏"，是只供饭没得工钱的学徒；"头篙"，是船工工种之一，站在船头探水路，用现在的话说，属技术岗位。

船底板的青苔也叫船板青、船底苔，李时珍老先生说："水之精气,溃船板木中……故服之能分阴阳,去邪热,调脏腑。"在国家中医药名词术语成果转化与规范推广项目中,由船板青与酥油饼末制成的中药"海仙丸",主治诸伏热,头目不清,神志昏塞。

"有次我们船在涪陵等到装载,头篙穿得周吴郑王的,一大早上坡去了。擦黑时被人抬了转来,扔在坡上乱石堆,船主不准上船,怕死在船上。听说头篙上午在烟馆过足瘾后,又跑到妓院去逍遥。快活完,一摸,身上的钱没得了,不知是在街上被小偷偷了,还是遭窑姐悄悄摸了。妓院老板喊人把他打了一顿,然后弄到太阳底下晒了一下午,后来怕出人命,找人抬下了河。"冉白毛摸黑去船底板抠了坨青苔,熬了水,给头篙灌下。但没救回来,当晚就死了。冉白毛叹一口气,说:"伤重了,又晒唡个久,船底苔也不管用。"

了哥王根

二十世纪八十年代中期,我参加新县志编修时,一次座谈会上,湛老先生摆龙门阵:"民国时我们县城治安好得很,只有一个偷儿,累教不改,把他捉到三漩沱沉了水,以后再也没人敢偷东西了。"湛老先生为"黄埔十六期"学员,是民国时县民众自卫队大队长,做了三天代县长后起义。那时整个县城人也不多,又少于流动,互相都认识,知根知底。即便不熟,起码也挂得住相,偷东西这种"脏人"的事,大多数人不会去做。湛老先生摆龙门阵时刚出"牛棚"不久,是我们县政协副主席。从这些情况来分析,这龙门阵的可信度比较高。

后来陆续又听过这偷儿的故事,是其他人摆的。他偷东西多次被捉,每次都被打得很惨。不知过去大家为何特别恨偷儿,因为普遍贫穷,禁不住偷吗?除了拳头、腿脚相加外,也用扁担,狠心的会把扁担抡起砍。偷儿一声不吭,咬住牙,身子蜷缩着,一直护着胸、腹,为的是不受内伤。打完后,人群散去,偷儿或被抬起手脚扔至河坝、城外。等四下无人时,他解开裤腰带,拿到嘴边,咬下一节,嚼烂,手接一抔自己的尿,吞下。尿有散瘀血的作用,不要头尾部分。过了一会儿,感觉不是先前那么浑身疼痛了,再找根棍子杵起,一拐一拐离开。据说他家里另藏有特效"劳伤药",不管多么重的跌打损伤都可治,并且不留后遗症。要不了多久,像没事人一样,这偷儿又出现在县城的街巷、茶馆,"踩点"来了。

知情人说,他的裤腰带是剥的一种树皮搓成的绳子,要云南、贵州一带才有这种树,叫"了哥王根",是中药,服下后立刻止痛。但也不能多吃,否则会中毒,表现症状为恶心、呕吐、腹痛。如果恶心、呕吐,就干脆吐出来,喝浓茶或多喝冷开水解毒。中毒症状如是腹泻,就喝浓米汤。

小时候听姑爷说,偷儿被打得狠,次数多了还是要伤身体的,听他们咳嗽就知道,只咳"半声",就是想咳而咳不痛快的那种。关于"劳伤药",姑爷说得更神秘,小偷、强盗都有,止痛救命,叫"磨三转"。土碗翻过来,在碗凸凸里倒一口酒,把这药和酒磨三转后喝下,就没事了。土碗凸凸粗糙,磨药效果极佳,但一定只磨三转,超出半转,就会被毒死。

《黄帝内经·五常政大论》中说:"大毒治病,十去其六;常毒治病,十去其七……"我想,"磨三转",与这话的意思差不多吧!译成白话是:大毒之药,病去十分之六,不可再服;一般的毒药,病去十分之七,便不可再服……

天麻

古药书上,天麻有很多名字,最出名的是"赤箭",以至于古时有人不清楚药用究竟是根还是茎,而常用其茎。前几年,在渝东北开县的一字梁上,我见过它的茎,肉红色的独枝,挺直,似箭,难怪古人被误导。天麻之名,大概在宋代才出现,为治风神药,天神所赐得名。

天麻根不是常见的须根,粗大,如芋头、洋芋,我们喊这种为"莵莵",照理说不应该觉得它非药用。宋人沈括先生在《梦溪笔谈》中也说,《神农本草经》上明明写了"采根暴干",怎么还用茎呢?明代李时珍先生补充:"沈公此说虽是,但根茎并皆可用。"《神农本草经》是最早的中药学著作,书上还说,除五种灵芝外,赤箭也是神仙调理养生的上等药。沈老先生因此又叹息,

天麻茎（陶灵摄于 2017 年）

现在的人只用来治风症，实在可惜。今天，沈老先生大可不必再摇头了，我们已懂，常用天麻炖老母鸡，为的就是滋补身体。

天麻和很多中药一样，炮制后才可用。炮制，就是加工成药的过程，用火、水或水火共制，目的是加强药性、减除毒性或副作用，另外也便于服用和贮藏。我在渝鄂界山七曜山上避暑时，看见山民晒天麻片，有意过去和他搭白。山民说，天麻稍微煮一下后再切片，这样营养成分流失少。但最好是蒸，要煮，得用米汤，这样晒干后的天麻切片色泽好。这位山民晒的是人工种植的天麻，个头大，晒干后呈琥珀色。

以前，开县一字梁挖药人周老头的炮制方法简单：天麻洗干净后，先在煮竹笋的水中烫一会儿，再放进米汤里浸泡"抽一杆叶子烟"的时间，不切片也不剖开，直接在太阳底下晒干。或者用麻绳穿起，挂到火塘的"梭担钩"上也行，要不了几天就炕干了，然后可以拿到供销社收购门市去卖。周老头瘪嘴摇头说："那玩意儿吃鲜的有股马尿臊气，不好吃！"1960年冬天，我当干部的岳母在三峡深处的骡坪镇驻点，有天碰到一个农民卖鲜天麻，那么穷的地方，又正是饿肚子的年月，根本没人买。岳母买下了，一块钱，煮了半鼎罐，吃起面噜噜的像洋芋。岳母说她当时买天麻是想帮那农民，帮一点算一点。

周老头感叹："你老亲娘（岳母）捡便宜了。冬天的天麻最好，还没生茎，只在土里长菟菟。但不好挖，因为茎没长出来，发现不了。它的茎靠菟菟的营养生长，长得越久，天麻的质量就越差,到了七八月份,基本上就空心了。天麻周围一般生长着牛奶子树、花杆树、麻柳树,我们就在周围找。特别是枯死的麻柳树根附近,最容易长天麻,我们就在那一块儿挖。"牛奶子树、花杆树是土名,学名是秋橄榄树和化香树。

周老头小时候有次去砍柴,发现一株刚冒出苗子的天麻,但没锄头,只带了把镰刀。一个挖药人说可以借他锄头,但这根天麻挖起来后,窝子归他再挖,看下面还有没有。周老头只得答应,不然一根也得不到,下面还有没有也难说。结果窝子下面挖出半撮箕,虽然个头小,可全是还没长茎的好天麻。挖药人"懂经文",蒙蔽了周老头。从此,周老头也开始专门挖天麻。一字梁属大巴山南坡支脉,海拔两千米左右,各种野生药材多,他都挖来卖,但最值钱的还是天麻。

开春后是挖天麻的最佳时机,挖药人低头弯腰,在草丛中慢慢寻找它冒出的茎苗。眼看花了,辨别不清,有时一天都找不到一窝。天暖和些后,太阳当顶,茎苗经受不住照晒,蔫了,藏到草丛枯叶中更难找到。逐渐地,大家有了饱饭吃也开始吃得好了点后,认识到天麻的价值,挖的人越来越多,天麻就越来越少。挖天麻靠缘分,说明白一点是看各人的运气。有一次,周老头和几个挖药人一道进山挖天麻,一条林中小道弯弯拐拐,一直可通到相邻的城口县城,不知多少人走过。小道上有一块石块,踩一下,动一下,活摇活甩的,前面的人都没在意,走在最后的周老头低头看了一下,怎么只这一块是活动的?这一看,运气来了,石块边有一个黑乎乎的拳头大小的东西,有点像山芋,表面被踩后磨破了一点皮,原来是一个天麻。挖起来足足六两重,卖了三百块钱。

一起在周老头家聊天的村主任小周说,前几年他和表哥去城口办事,走过一个山坡后遇上三个挖天麻的,就坐在路边休息,和他们闲聊、抽烟,喝了一瓶矿泉水,前后不到二十分钟时间,便起身赶路。刚走不远,身后传来一阵叫唤:"坐到天麻了也不晓得。"小周和表哥停步,转过身看,挖药人站在他俩刚休息的地方,原来表哥屁股坐倒了三根天麻苗。

对有经验的挖药人来说,挖天麻刨开的土要回填转去。天麻属腐生草本植物,那些泥土中很可能含有菌种,第二年就会长出新天麻来。

何首乌

没读鲁迅先生的"百草园"的时候,我就知道何首乌了。

父亲当指导员的百杂业总店有两家中药铺,其中一家在老城大东门旁。里面总是散发出难闻的怪味,但又总诱惑我迈着一双小腿跨进去。每次,正抓药的赵伯伯看到我,赶忙放下手中的戥秤,在药抽屉里摸出两颗干瘪的大枣,递给我,重复着一句话:"只剩两颗了,再要没得了哟!"小时候少零食吃,嘴又总是好吃。

民国时,赵伯伯就在这家药铺抓药。他说那时帮资本家,现在为人民服务。他没结过婚,过继了弟弟的女儿将来给他养老送终,当时女孩已长大成人,在农村小学教书。赵伯伯平时一个人懒得做饭,吃单位伙食团,但经常端着小锑锅,在伙食团大灶旁的耳灶上炖东西吃,然后掏出止咳糖浆小玻璃瓶喝上几口。里面装的老白干。有一次,他又端着小锑锅从我家门口过路,母亲逗趣问:"赵昌文,炖的么子好吃的?"

"何首乌。"赵伯伯神气地回答。

"这个是药,不好吃。"母亲摇摇头说。

他放下小锑锅,低头伸过来,把头发往后摸摸:"你看,我有根白头发没得?"五十多岁的赵伯伯,头上确实看不见一根白发,"何首乌是黑头发的。"我第一次知道了中药何首乌。

学课文"百草园"时,课堂上,同桌陈志坚找我说"小话":"我就挖过何首乌的。"这时老师瞪了我们一眼,同桌不敢继续说了。下课后,陈志坚又告诉我,挖的何首乌切成片晒干,卖给供销社收购门市,钱存起交学杂费,他妈、老汉儿才让他读的初中,不然只能回家给生产队放牛、割草。

陈志坚陆续摆他挖何首乌的经历:"不好挖,何首乌都长得深,在老土里面,土硬。但是供销社收购价贵。""我听大人说,长在乱石坎子里的最多。挖到何首乌后,还要把坎子垒好,耽搁时间。""我每天必须要打一背篓猪草回去,顺便把何首乌叶子也背回家,猪牛都啃吃,生得细嫩。""挖的何首乌都小,还没得红苕一半大。听大人说,它长得很慢,石头坎子里的大些。"

我听得津津有味,觉得好耍,甚至羡慕陈志坚的经历。我是城里的娃儿,父母又是双职工,"少年不识愁滋味",体会不到其中的艰辛。

何首乌本是人名,唐代时一个叫何首乌的人发现、采服有功,便以他的名字命名。民间传说,五十年的何首乌有拳头大,服上一年时间,头发乌黑;一百五十年的何首乌大如盆,服用一年后,老掉的牙齿能重新长出来;三百年的何首乌大小像箩筐,服上一年可增寿延龄,久服便可成为生活在地上的神仙。民间对何首乌附会了一层神秘色彩。

前几年,我在一乡场地摊上看到有人卖何首乌,其中两只有拳头大,长得极像人形。何首乌与人参不同,像人形说的不是人身子,指人头。卖的人喊价五百元一只,他没跟着鲁迅先生说"像人形的,吃了便可以成仙",不然自己早在天上了,不会在这儿卖何首乌。他的说辞是,在"龙洞"旁边石缝里挖的,药性最好,吃了最"补人"。龙洞即喀斯特地质的溶洞,补人是滋补身体的意思。我听别人说过,水井边生长的何首乌质量也好。水井和龙洞旁边的环境都阴冷潮湿,看来何首乌喜阴湿,在这种环境里才易长、蒐大。

旁边一老者见我一直在询问何首乌,又蹲下去拿在手上看,以为要买。趁我站起身时,用手掩嘴,悄悄在我耳边劝道:"莫买,他雕成人头的,敷了泥巴看不出来,做的假。"我对他笑笑："我是觉得好玩,不买。"

老者听我这么说,放心了。然后给我摆,人身上不论哪里肉痛,把生何首乌弄碎,和生姜汁调成泥,敷在痛的地方,用布包好;再用烤烫干净的布鞋底板热敷布包着的肉痛的地方,很快见效。老者说的"肉痛"是指皮下疼痛。

看来老者有故事,我请他去茶馆坐坐,摆一会儿龙门阵。

"何首乌生吃的话,很伤胃,更伤肝。"在茶馆坐定,一杯热茶上桌,老者没喝,双手捧着杯子说,"内服,必须要制好才能用,九蒸九晒。"他给我摆起过程来——

"何首乌不能直接沾铁器,用竹片削尖做刀,洗干净后切成大块。最后一次洗的水不要倒,把何首乌块浸泡一晚上。洗、泡用陶瓦盆、木盆都行。第二天和黑豆一起蒸,泡何首乌块的水做甑脚水。黑豆的量和何首乌的量差不多。上了大气后蒸几分钟就可以了,趁热洒上牛奶,仍然盖上甑盖,捂起。凉了之后,用簸箕摊开,端到太阳底下曝晒干。甑脚水莫倒,下次蒸前淋在何首乌块和黑豆上……"

我打断老者的话:"为什么要洒牛奶?"

"本来是要洒人奶的,现在没得呀!"老者喝了口茶,又说,"往年子,有专门卖人奶的妇女。"

"哦——"我明白,中药治病有很多怪异的地方,规矩也多,我又问,"下雨天,何首乌块和黑豆晒不干怎么办?"

老者又答:"用火烤干。烧冈炭火,没得烟子。"

老者继续摆,这样连续蒸晒九次后,碾打成面面,每天舀一调羹,兑开水喝。"我听爷爷说补肝肾、益精血、乌须发。"老者祖上在乡场上开中药铺,他父亲接手没几年,不允许私人开了,就回家务农。老者从小在爷爷和父亲那里学到不少中药知识。

有点遗憾,老者没能继承祖业,要不然民间会多一家卖真药的铺子。不过,这并不影响他告诉我真话:"莫买,他……做的假。"

叶子烟

向氏是用坪村的大姓。住在大塆的向老头藏有一套《向氏族谱》,民国时期竹纸石印书,小开本,共十九册,看起来保存比较完好。汪兄和我翻阅时,发现其中几本里面被虫蛀了一些小孔。向老头心里也不安,"我们农村条件差,没得好办法保管"。汪兄教他,不要用布袋了,做个木盒子装起,里面放几匹叶子烟,农村容易找到的,是驱书虫的好东西,又可吸湿。向老头连声回答:"要得,要得。"

我妻子同行,听到汪兄的介绍,说:"我爸爸年轻时缝了一件毛呢大衣,平时舍不得穿,放在箱子里怕虫蛀,找乡下奶爹要了几匹叶子烟夹在里面。我四五岁时,有一次跟大人'走人户儿',爸爸得意地穿起了毛呢大衣。半路上,我走累了,爸爸背我。刚趴到他背上,闻到满身的叶子烟味,刺鼻,立马挣脱梭下背来。两天后,爸爸身上的叶子烟味还没散完,我仍没要他背,自己走路回家。"

叶子烟是烟草经过土法加工后的俗称,川江一带农村普遍都有栽种、加工。我姑爷自种自吃叶子烟,一般情况下是种一季,收获加工后贮藏,吃几年。土话叫"吃"叶子烟,不说"抽"。姑妈是女人,本身不吃烟,在蔬菜队做活路时,中途要歇气半小时,也喊要"吃烟"。

小时候听大人摆龙门阵,说是吃叶子烟有三大好处:家不遭窃、不被狗咬、永远年轻。这是反话:因长年吃叶子烟,一天到晚咳咳吐吐的,偷儿以为你醒着,不敢下手;咳嗽咳得弓起了背,狗以为你捡石头打它,跑得远远的;永远年轻,是因为没到老就死了。

抽烟虽有害,烟草的作用却还是不少。清代名医凌奂著《本草害利》中说,烟草可治风寒湿痹、滞气停痰等症,还能驱杀农作物中的多种害虫。1975年出版的《全国中草药汇编》里也介绍,烟草鲜叶熬水,每天涂拭两到三次,治头癣、白癣、秃疮;或者,用烟杆儿里留存下来的烟油搽抹也行。

我以前见过表姐用叶子烟治脚气。脚趾丫痒痛难忍时,她一边用手搓,一边支使我把姑爷的叶子烟拿来一匹,捋成碎粒,撒在烂趾丫上,过了一会儿似乎好多了。有时,表姐干脆把叶子烟扯断成小节夹在趾间,然后穿上鞋子。盛夏时的雨来得快停得也快,浇过大粪的土里热气上冒。这个时候出去玩,姑妈总要我穿上凉鞋,说光脚板"打粪毒"。真打了粪毒,脚板皮下红肿,表面出现很小的疙瘩,瘙痒难忍,搔久后破了皮,又非常痛,十分烦人。姑妈便㨳碎叶子烟泡水,每天给我擦几次,很快就好了。

汪兄在三峡一带专门拍摄古寨堡,二十多年里听过无数的民间龙门阵。一位姓马的老头摆,年轻时有一天赶路,右脚背遭蛇咬了,痛得站不稳不说,还直打哆嗦,多半是被吓坏的。一个四十多岁的中年男人正好路过,快步上前说:"莫慌,莫慌,我来帮你。"他跐下来,双手捏住马老头的脚,用大拇指使劲挤出伤口里的血,只很少一点。然后,他取下嘴衔的叶子烟杆儿,扯掉烟锅、烟嘴,顺手折断一根草茎,捅出烟管里黑黝黝的烟油,敷在伤口上,又慢慢揉摸,让烟油进入伤口里。一会儿工夫,马老头感觉疼痛消除。中年男人揉着马老头脚背时说,有鲜烟叶的话,把它舂茸,敷在伤口上也行。

清代医学家赵学敏的《本草纲目拾遗》里讲了一个故事:有个姓朱的进士,开初不相信烟油能解蛇毒,后来见人捉住一条蛇,手臂粗,八九尺长。此人把烟油刺入它口中,蛇马上闭住眼、口,身子也蜷缩在一起。多次刺入烟油后,这蛇死得像一根长条条的绳子,朱进士这才信了。

过去吃叶子烟的人,因身份不同,用各种各样的烟杆儿,木、藤的,银、铜的,甚至千年乌木的,说是入药以旧竹烟杆儿中的烟油为最好。川江一带的深山里,少数佑客也有吃叶子烟的习惯,唯男人烟杆儿里的烟油入药佳。不光是烟油,竹烟杆儿本身也是一味药。清代中期,有个姓张的人,竹烟杆儿用了五十多年，表面如漆了生漆一样光亮，非常珍贵，从不借人用。后来因母亲生病无钱抓药，只好拿去典当了两千文钱。碰巧，当铺老板患气血阴津亏虚症，服了很多药没效果，听医生说老竹烟杆儿可治，于是把张某的当物烟杆儿锯下几寸熬水喝，竟医好了病。当物被毁，老板不好交差，便送给张某一笔巨款，以示感谢。

竹烟杆儿还有他用。清光绪年间，川黔交界的四川古蔺县属偏远山区，当地人常手握叶子烟杆儿外出。这些烟杆儿的烟锅比茶杯口还大，杆儿也粗大。并不是他们嗜好吃烟，实为防身器械。因为山崖偏僻之处，常有豺狗出没，尾随行人，趁其不备，将两只前腿搭在人肩上。如果回头，一口咬住你前颈，必痛晕倒地，然后再将你吃掉。后来有人想出对付办法，遇豺狗双腿搭肩时，先冷静，将头颈缩紧，决不后看，迅速将烟锅往后背猛砸过去。豺狗被打痛，甚至打伤，便放下前腿，落荒而逃。

清明菜

我见过一种野花，毛茸茸的淡绿色叶子，配着柠檬黄的小花，一直不知道它的名字。有一天放学路上，看见几个女同学围在一起，小心、认真地把这花夹在书里。我很奇怪，问："哪个要把它夹在书里头啊？"听见我的问话，她们忽然"哗"的一声，全把书合上了，还愤愤地说："不害羞，哪个叫你看的？"我讨了个没趣，悄悄走开了。

后来，同街一个女同学告诉我，把这种花夹在书里，过段时间就会变成五颜六色的丝线。不过，被男娃儿看了就变不成。

回到家里，我把这事告诉妹妹，她听后乐了，去摘了许多这种花，夹满了一本旧书。我性子急，刚过几天就问妹妹："变成了吗？"妹妹摇摇头。以后每过几天，我都要问一次，妹妹仍然摇头。我怀疑她给同街一起玩的男娃儿看了，妹妹委屈地说，连女娃儿都没让看哩。我想，是不是夹得太多，贪心了？有兄弟俩在山洞里发现金子，弟弟只捡一块就出来了，哥哥不停地往身上揣，结果太阳出来把他晒化了。于是，我叫妹妹从书里取出了大部分野花。

大概过了一年，书里的花全都枯萎了，我和妹妹始终没见到漂亮的丝线，渐渐地淡忘了这事。野花怎么会变成丝线呢？用桑叶养了蚕，蚕吐丝、结茧……经过很多环节才会成为丝线。这是我长大了才知道的。

2020年3月的一天，终于可以自由出门了，我与妻子开车去不远处的云篆山踏青。山路边有农民卖蔬菜、野菜，我一眼认出其中有小时候想变丝线的野草，问："这个也能吃吗？"

农民大姐回答："这是清明菜，煎粑粑、蒸粑粑吃。"太熟悉的名字，看过很多人写的做食清明菜粑粑的美文，原来从小见过，只是没对上号。当然不能放弃这个机会，五块钱买了一大包。回到家里，立即动手。不知是不是我的技法不行，先用糯米粉，后改成面粉，煎与蒸分别试过，味道与普通粑粑没什么两样，与那些美文上说的如何如何好吃相差甚远。有朋友在微信中告诉我，清明菜用开水汩一下，凉拌才好吃。凉拌菜关键是作料，这个我拿手。结果，绵扯扯的嚼不动，也不好吃。后来知道清明菜又名"棉絮头"，难怪。朋友又说，清明菜是吃它的清香。嚼都嚼不烂的东西，难咽，清香又是何味？

清明菜学名鼠曲草，因生长普遍，有四十多个别名。《名医别录》记载鼠曲草主痹寒、寒热，止咳。

当过知青的汪兄给我摆，有一次生产队组织男女老少吃"忆苦饭"，用清明菜掺和苞谷面蒸粑粑，喝米糠糊糊下。一个社员悄悄给他说，饥荒年代吃清明菜粑粑是为了增加粮食分量，但吃了刮油，饿得更快。

"现在档次高的餐馆也学到了这招，做清明菜粑粑卖，名目就是刮油。"汪兄补充道。

打破碗花花

有一年，我作为县食品公司的代表，下乡去配合一个区食品站发放生猪预购定金，大队"派饭"在会计家吃。傍晚，我和食品站的出纳去吃饭，会计不在家，女主人还没开始煮。农村的夜饭吃得晚。见我们来了，女主人不好意思地问："陶同志，您身上有火没得？家里自燃火用完了。"我不抽烟，回答说没有。出纳是位女同志，女主人没问她。但"自燃火"是什么？我不明白。女出纳是当地人,解释为火柴,自燃火是乡间俗称。

女主人一边抱歉,忘记去代销店买自燃火了;一边手提火钳,从墙上挂的竹篮里拿出一坨棉花出了门。一会儿,她用火钳夹着冒烟的棉花回来,放在灶孔里。随手塞进两把干草,再用吹火筒吹燃棉花里包着的火石,引燃干草,又添进一些禁烧的硬木柴后,开始煮夜饭。

火石是女主人去附近社员家包来的,称引火、借火,当年农村常见的一种乡俗。但一般用硬木柴、杉树皮引火,或拿铁铲装几块燃着的木炭回来,棉花包火石我是第一次见到,是不是有点浪费了?

女主人回答,这是山坡上长的野棉花,不能纺线、做棉絮。冬天的时候,白花花的遍地都是,摘回家捋捏成一些坨坨儿,放起专门引火用。有的人户儿摘得多,可拿来做枕芯。她还摆,农村细娃儿手脚都爱长冻包,上坡割草、打柴时,摘一些野棉花包在手上,垫在鞋子里,暖和了,就少长了。

前几天,我跟林业站王工程师上山看古树,见路边长着很多野棉花,自然聊起以前引火的事。王工告诉我,野棉花的学名叫"打破碗花花"。特别强调,有两个"花"字,另有一种植物叫"打碗花",初听起来,如果不仔细点,还以为说的是一个名字。"打碗花"很有名,知道和认识的人多。而"打破碗花花"之名,则采用了川江人习惯的叠字叫法,据说是植物界里唯一称"花花"的花。

打破碗花花开花后结带壳的果实,冬天到来,壳裂开,白色如棉花的絮状物散开,点缀在山坡上,迎着寒风摇曳,因此别名野棉花,也称山棉花、大头翁和湖北秋牡丹、秋芍药等。听后面这两个别名,它开的花一定很美。确实,金黄的花蕊,伴着玫瑰红花瓣,花瓣上又透出粉白渐变色,十分漂亮。但这花及植物的叶、茎、根都有毒,大人们担心细娃儿直接误入口中,因此善意地谎称:"莫去摘这种花哟,玩了,吃饭时容易打破碗的。"如果你直接说,这花有毒,莫去摘,细娃儿好奇心重,也许偏要去试一下。打破碗,是过去细娃儿都害怕发生的事,大人便以此吓唬细娃儿,这种有毒的花因此得名。我觉得这花名与"玩火要撒尿"如出一辙。小时候尿床,每个细娃儿都觉得羞人,还特别怕小伙伴们知道了被嘲笑。细娃儿天性又喜欢耍火,因而引发火灾的事时有发生,大人只好哄骗说玩火要撒尿。

打破碗花花也正因为它的毒性,才有了多种用途,包括药用。前提条件是使用得当,不过量,根、茎、叶、花的鲜汁不直接入口。物资匮乏的二十世纪五六十年代,川西农民挖了它的全草,捶烂后泡水一天,洒在田间地头杀虫,当农药用。前几年,我在开县长沙镇担任山坪塘建设项目经理时,与施工人员一起租住在乡间民房里。这户儿主人外出打工多年,厕所和猪圈的粪坑没建沼气池,也没封闭,臭气难闻不说,又滋生蛆虫,苍蝇多。我吩咐材料员去买些生石灰回来,撒在粪坑里灭蛆虫。材料员说,如今生石灰早已被滑石粉和水泥替代,市场上买不到。在工地上做活路的熊四娃儿正好听见我们的对话，提议去坡上多扯点野棉花回来，捶烂后丢进粪坑里，就不长蛆了。也可丢点在房前的污水沟里，不生蚊虫。我立马派工，就让熊四娃儿做这事。这活轻松，他乐呵呵地去了。几天后有了效果，虽没完全灭掉，但苍蝇、蚊子明显少多了。以后每隔几天，我派工让熊四娃儿做一次。

在与王工看古树的途中，碰到一位八十多岁的老婆婆，姓郭。我坐下来休息，和她聊天，问老人家叫郭什么。她反问我姓名，我如实相告。她仍不说自己的名字，说不好听。"您要保密啊？"我笑笑，转移话题，"您认得到野棉花不？"这才是我的目的。我闲时习惯找老者交谈，简单几句，很有可能获取一鳞片爪的细节，对写作有好处。郭婆婆回答："认得到呀，以前挖它的根熬水喝，打蛔虫。熬的时间要长点，水掺多点，把它的毒煮掉。"我关切地问："现在卫生条件好多了，不生蛔虫了吧？"郭婆婆又答："还是有。现在不用野棉花了，我买花椒油下面条吃，也打蛔虫。"我担心听错了，追问："花椒油能打蛔虫吗？""打呀！"郭婆婆肯定地说。

只要郭婆婆坚信，我也信。

苏麻子

谢老八是大队副业船的前驾长，他们的船走县城，每天一个来回。我妈妈在区邮电支局工作，有时买到鲜猪肉后，托谢老八带到县城。那时候没有冷库，大半年时间都供应盐腌肉。川江汛期，江水时常涨退，船靠头不好找槽口，上下跳板危险。我去取肉时，谢老八总是给我提下船来。

有一次妈妈休假回城，带回消息说，谢老八得了肝硬化，治不好，也没钱治，只有在家等死，好可怜。我听了，心里也不好受。可一年多后的一天，谢老八突然来到我家里，提着两条水米子（圆口铜鱼），笑嘻嘻地找父亲帮忙买袋洗衣粉，这东西要供应票。父亲在惊异中帮他买了洗衣粉，并坚持给了两块钱鱼钱，最终摸清了他的病由。

谢老八在县医院拍的片子，真的检查出了肝硬化。当时医生摇摇头，悄悄给他佑客说："回去多给他煮点好吃的吧。"言外之意很明确。农村人家穷，哪有什么好吃的，谢老八跑副业船，也只是在队上记工分，并不比其他人户儿好到哪里去。家里喂了一群鸡鸭，可鸡不能动，要下蛋换钱买油盐，佑客便杀鸭子炖给谢老八吃。鸭子油水少，佑客到山坡上扯回一把苏麻子，炖在里面。苏麻子里含油分。就这样，谢老八把家里的鸭子都吃完了，仍然活得好好的，又有了精神。谢老八两口子奇怪了，找城里的亲戚帮忙打听究竟。一个以前的老中医知道这事后，谜才解开。老中医说古药书上早有记载，苏麻子可调中，益五脏。换句通俗的话说，吃了苏麻子，对肝、胆、脾等都有好处。

一个下午茶时间，在乌江边的吊脚楼里，一位苗家姑娘端出一盘烤红苕和一碟黑乎乎的粉面状食物。见我们带着疑惑，她教我们掰开红苕，撕开烤硬的苕皮，再蘸上这黑乎乎的东西喂进嘴里。这黑东西油浸浸的，不甜不咸，如芝麻一样香喷喷，搭配上热烙烙、面噜噜的黄心烤红苕，真是别有一番风味。

"好安逸的茶点！"我欣喜道，赶忙问姑娘，"这蘸的是什么呀？"

她爽朗地笑答："苏麻子。"并解释道，它的颗粒是棕色的，比芝麻稍微大一点。先在铁锅里炕香，然后用石舂钵捣碎，油浸浸时就成了。不过颜色却变得黑乎乎的了。过年时还用它拌白糖做汤圆心子。哦，四十多年后，我品尝到了当年谢老八吃过的苏麻子。

姑娘接下来又告诉我们，苏麻子是紫苏结的籽。紫苏为草本植物，种类非常多，叶片心形，颜色有紫、青和面青背紫三种，乌江边主要生长糠苏与油苏。乌江边的苗家人和土家人，喜欢在苞谷地里套种油苏，它的籽含油量最高，除榨油外，还可打成细面熬粥。古时，黔州的苏麻子是贡品。

说起紫苏，我儿时的记忆被唤起了。妈妈冬天炖鸡，怕我们捂寒了咳嗽，必放晒干的紫苏根、枝。夏天吃凉拌菜时，也常放一点切碎的嫩紫苏叶当调料，说热天，人都贪凉，紫苏可疏体内的寒。妈妈还告诉我，紫苏祛寒是神医华佗发现的。古时的一个夏天，华佗到三峡一带采药，看见一只水猫子（水獭）咬住一条大鱼，吃了很久，肚子胀得像个小鼓。它一会儿钻进水里，一会儿跑上岸，一会儿躺下，一会儿又来回转动，折腾个没完。鱼属凉性食物,性寒,看样子它是吃多了。后来,水猫子跑到岸边坡上,吃了一些野生的紫色叶子,蜷伏在地,没过多久就没事了。华佗由此知道了这种紫叶的功效。因是紫色,吃了舒服,便取名"紫舒",慢慢被喊成了"紫苏"。

妻子听了苏麻子的故事,很想尝尝。我们选择一个"五一"小长假,开车两百多公里,来到了乌江边的吊脚楼。很遗憾,主人告诉我们,苏麻子要秋收时节才有。

百草

百草不是一种植物,是多种草本植物的合称。

唐代中药学家陈藏器在《本草拾遗》中说,农历五月初五端午节这天,采一百种草,阴干后烧成灰,和石灰做成球团,先烧红,凉冷之后碾压或捣磨成粉末,涂抹刀箭等金属器械所致的伤口可止血,被狗咬的伤口也可涂抹。

川江民间也有"端午百草皆入药"的说法,一定要清晨去采,过了中午,药性减半。但在老百姓心中,"百草"的概念并不一定严格以一百种草为限,或许没有这么多,也有可能超过,甚至只认定五月初五这一天所采的"百草"。

重庆城里的吴融大姐在巫山县城江对岸当知青,1969年冬,一天,下雪了,不用上坡做活路,她和两个知青去队长家烤火。她走在最后,突然被不声不响的大黄狗猛咬一口,小腿上的伤口立刻流出血来。队长的佑客吓坏了,马上搬出一块大菜板,用刀在上面一阵乱刨,刨起一层黑黢黢的老污垢,看上去黏糊糊的,然后用食指刮起来,直接敷在吴大姐的伤口上。她边敷边解释说:"百草都是药,菜板切的菜菜草草多,自带药性,我们身上整起了口口,都是这样医的。"那时候农村人户儿的菜板除了切人吃的蔬菜之外,又宰剁坡上扯回来的鲜猪草,一年到头不知要经历过好多种菜、草。

吴大姐很幽默,说大黄狗吃了屎的嘴巴又来咬她,想起都恶心。好在过了几天伤口就不痛了,"狂犬病"也没有来,到现在还活着。

古代中医药书上又有一种名叫"百草霜"的中药,和"百草"类似。过去老百姓做饭烧稻草、麦秸和各种杂草,以及木柴、树枝,往往于灶门边、锅底和烟囱内结成一层黑霜,川江人喊"锅烟墨"。《本草纲目》将百草霜归入"土部",不算草类药。平时可收集一些百草霜,用罗筛筛一遍,除去杂质,拿玻璃瓶装好备用。如果从铁锅底刮下,都烧结成了块状,先要捣碎,再用罗筛筛出细粉。捣碎时最好用石舂钵,免得弄得到处黑黢黢的,不好擦洗干净。

百草霜用途多,主治多种出血:手不小心被刀或其他利器划破,撒点在伤口上止血;流鼻血不止,从玻璃瓶里舀一小勺,摊在纸上,吹入鼻孔,血立止;牙齿缝出血,涂搽少许百草霜,有效;因肠胃湿热,大便中的血带片块状,可用米汤调匀五钱百草霜，放在室外露一夜，第二天早晨空腹服下。不过遇到这种情况，最好去看医生，因普通人弄不懂是不是属肠胃湿热而出血。百草霜也可外用，调猪油涂搽，可治头上的白秃疮。

最早的中医药学著作《神农本草经》中的"玉石部"还介绍了一种"冬灰"，与百草霜相似，我们喊"草木灰"，即冬天炉灶中所烧各种柴草的灰。

川江有童谣唱道："重阳不推粑，老虎要咬妈。"重阳节到来前两三天，外婆用灶孔里的草木灰泡了水，澄清后，滗出来，泡上几斤大米和苞谷籽。草木灰水每天更换一次。重阳节早晨捞起大米和苞谷籽，清水淘洗干净后，用石磨推成面浆，然后蒸出各种花样的重阳糕：菊花糕、红糖甜糕、节节花糕等。外婆不全用大米，专门混了苞谷籽，每只糕黄灿灿的，看着就想吃。但想到灶孔里黑乎乎的草木灰，我又忍不住问："干净吗？"外婆说："草木灰水泡了，蒸的粑粑又泡又软，才好吃。"

我长大了才明白，草木灰含碱性，有发酵的作用。后来，我在渝东南看见苗家人做好豆腐肉丸，先放进火铺的草木灰里，过一会儿再取出来，洗干净，在肉汤里越煮越嫩，鲜美可口。我很好奇，一直没弄明白是什么原因，主人也不知，说是老一辈人传下来的方法。

小时候，有一次回乡下老家过年，见二婶从灶孔里撮出草木灰泡水，洗一家大小的衣服。它的碱性有去污的功效，过去物资紧缺又少钱，难买到肥皂和洗衣粉，这不失为一个好用途。

谷果菜

糊米水

过去煮干饭一般都是焖炕，吃起来很香。煮这种饭时，水量必须恰到好处，米熟过心后，水基本上就干了，要靠米中的水分慢慢焖熟。焖炕时不能让锅底完全受热，不然饭会被炕糊。要把锅歪放在灶上，不时转动，均匀受热。乡村人家煮饭用铁鼎罐，罐壁厚实，罐底又是圆的，焖炕起来方便、容易。城里家庭大多用铫锅，锅壁薄，传热快，我小时候学煮饭，转动时间稍慢一点，马上就闻到了糊味。

有一次，我在报纸上看到一个小窍门，说是用筷子在饭中间插几个洞眼，再把葱节插进去，葱管就把锅底的糊味抽走了，而且葱自身的辛香也很吸味。我试过，确实灵验。但饭炕得太糊的话，糊味仍在，锅底还会留下一层糊米饭。

母亲下班回来知道后，从不责怪我，还会宽慰着说："隔食了还要熬糊米水喝的嘛,糊锅巴吃了等于是健胃。"

川渝地区,甚至西南一带过去流行一种民间健胃单方,叫糊米水。用大米、豌豆、胡豆、麦子等五谷杂粮一起炒,呈焦黄状时掺水熬开,喝了可消食。特别是对细娃儿起作用。小时候在姑妈家过年,每次团年饭我都贪嘴,要把肚子吃坏,一晚上跑好多趟茅司。姑妈说,过年时吃药不吉利,便炒了糊米水给我喝,一次又一次治好了我隔食、拉稀的毛病。

听姑妈说过,他们蔬菜队的牛得了胃肠炎,喂牛人"吊墨线"也给它喝糊米水。但大米精细,舍不得,抓几把高粱炒糊,用石磨推成面面,每次兑一斤醋,给牛灌下去,早晚各一次,两天就好了。

民国时,重庆有一种黄酒名"允丰正",创始于清乾隆初年(1736),说是一个入川做官的浙江人带来绍兴黄酒工艺,传授给一个杂货铺老板,开了作坊。但烤出的黄酒有一个大问题:颜色不正,浑浊、不清亮。一天,一个乞讨的老人饿昏在酒坊门口,被掌柜救起。老人为表示感谢,出了一个点子:在细筛中垫一层草纸,过滤一遍黄酒,颜色就变得透亮了。然后又炒了糊米水,加几滴到过滤后的黄酒里,酒液被调得红黑红黑的,透光一看,色泽更清亮好看了。之后,"允丰正"黄酒供不应求,民国时占据重庆酒业资本的百分之二十以上。

除了酒,没想到制烟也需用糊米水。四川名烟什邡雪茄加工时,为使烟叶醇化,降低刺激性和杂气,必用糊米水淋洒烟叶,然后覆盖密实,堆放发酵几十天后再加工。这个方法早在清末民初就已发明,沿用至今。

我岳母说,她得到过糊米水的益处。某年,岳母被抽到涪陵县黄旗公社驻点,当时饿饭问题严重,抽调干部去纠错。涪陵当地也派工作组参与,分到岳母组上的成员是军分区一位秘书。

岳母具体驻点的大队公共食堂经常断炊。野菜挖吃光后,把苞谷芯和稻谷壳碾碎,筛出细面面,装在瓦罐罐儿里,加水,蒸起吃。本来当柴烧的东西,吃了难解大便,互相用钥匙从肛门里抠。这种钥匙有十来厘米长,开旧式长铁皮锁的。次年除夕,岳母在公社开会时,炊事员端出一碗事先煮好并切成拇指大小的猪肉,每人分到一坨,算是过年。驻点期间,岳母总共打过两次"牙祭",这一次是正式的,还有一次非正式的。

有一天,组上那位军分区秘书通知:"晚上八点到黄旗机械厂开会。"岳母一行六人准时到会,原来是军分区首长要听工作汇报。汇报中,首长插话问岳母:"别人每天愁眉苦脸,听说你整天笑嘻嘻的?"岳母回答:"哭,还不是没吃的,不如笑一笑,自己心情好一点。"首长点头,称赞岳母的乐观性格。快到十点,首长和秘书借故离去,让岳母他们留下。正纳闷儿时,机械厂炊事员端来五盆煮好的鲜鱼。岳母他们也不客气,一口气吃光了。听炊事员说,这些鱼是厂里工人在川江里用电烧的,岳母估计,是那位秘书向首长汇报了他们的情况后,专门安排了这次"开会"。

为少挨饿,只要不"闹"人,能吃与不能吃的都吃,岳母吃坏了肚子,一直拉稀。驻点结束,回单位上班后仍拉,去医院治疗了十多天也没见好转,医生采集大便样本做细菌培养研究,还是没研究出结果来。拉着肚子,岳母又被派去云阳出差。在县城,见到同学赵发菊,比岳母大几岁,像是姐姐一样,口吻既爱怜又惊讶:"你怎么这样黄皮寡瘦的?"岳母说一直拉肚子,便把在涪陵的经历讲给她听。

赵同学马上去粮站,找熟人要了一碗五谷杂粮,有大米、豌豆、胡豆、麦子……要给岳母炒糊米水喝。岳母说:"我也不是隔食了,啷个喝糊米水?"赵同学回答:"有食打食,无食健脾。"

杂粮炒焦黄后,赵同学正准备掺水熬汤。岳母赶紧说:"莫熬水,我干吃!"

"干的你吃得下去?"赵同学问。

"有么子吃不下去的,在涪陵么子没吃过? 老母虫、鲜黄葛泡儿、白鳝泥……"岳母回答干脆,把一碗糊杂粮吃得干干净净。

第二天一早,全屙的黑大便,但已是干的了。

读过《酉阳杂俎》一故事,说西域尸毗王的仓库失火,库存米被烧焦,如果吃到一颗,永远不会拉肚子。

虽是神话传说,却与岳母吃糊杂粮如出一辙。

香油

川江人吃火锅都要配味碟,也就是蘸料。火锅本身极具麻、辣、鲜、香、咸的大味，岂不是多余了？其实这蘸料只有香油和大蒜泥。香油又名芝麻油、麻油，用芝麻榨取而来，香味浓郁，川江人就取了个这么形象的名字。

香油性凉，在大麻大辣的火锅汤料中烫煮的菜品，入口之前，先放蘸料里冷却一下，可降火祛燥，也让干滋滋的辣味变得柔润一些。而蒜泥有杀菌消炎的作用，能减轻麻辣食材对肠胃的刺激。现在新派火锅的吃法，倒是要在蘸料里加入芫荽、葱花、小米辣、芝麻酱、香辣酱、蚝油等多种调料和佐料，我是不认同的。火锅底料用各种香料与调料专门熬制而成，蘸料里只放香油和蒜泥足够矣，最多再加点醋，可开胃，并中和辣味。

也有人吃火锅时蘸料里不放香油，用大众化的菜籽油，效果一样，口感也差不多。这是遵循老习惯，因为过去香油比较珍贵，大家舍不得用。榨取香油的芝麻产量低，栽种的人说"毛多肉少"，特别是吃不饱饭的日子，人们都不愿种植。俗话也说"捡了芝麻，丢了西瓜"，虽然并没有否定芝麻本身，却是拿芝麻小说事。

北宋中药学家唐慎微告诉我们：民间传说，夫妇二人一同栽种，芝麻生长得才茂盛。早在唐代，女诗人葛鸦儿就有诗句："胡麻好种无人种，正是归时不见归。"李时珍老先生解释："汉使张骞始自大宛得油麻种来，故名胡麻。"葛鸦儿诗句的意思是，已到了春耕时节，该播种芝麻了，然而丈夫在外，谁来和我一起播种呢？按说现在已到了该回家的时候了，丈夫为什么还不见回来？此诗叙述的是一对离散夫妇的辛酸故事，但从中可知民间确有芝麻需夫妇一同栽种的说法。

香油还是凉拌菜的灵魂。以前逢年过节，或家里有远道的客人，姑妈才偶尔做一次凉拌菜吃，也舍不得放香油。她用筷子在瓶里蘸一下，滴几滴在菜碗里，那香味在我的记忆中至今都没散去……

我们县城有家出名的小食摊名"鬼包面"，说是民国时候就有了，傍晚出摊，下半夜收摊。川江人喊"馄饨"为包面。传说有一次，摊主照例在白天清点夜间收取的包面钱，突然发现里面有一撮纸灰，连续几天都是如此。一道士说，是夜间有鬼来吃了包面，给的是烧成灰的冥币，白天才现形。那时候老百姓都用铜小钱，摊主便暗中舀了一碗水，每次收了包面钱都投入水碗中。如果遇到有钱浮在水面上，就把道士画的符纸烧成灰，悄悄撒进包面碗里，鬼吃后会被降住，不再去害人。鬼也算是神，大概早已料到摊主的用意，从此再没来吃过包面了。这事传开后，包面摊不但没人忌讳，反而越开越红火，久而久之，大家赠送了"鬼包面"这个摊名。我小时候看到的"鬼包面"摊不知是第几代了，开在两幢房子间的巷道里，上学放学路过时爱"望嘴"。见摊主给包面碗里滴香油，连筷子都嫌粗了，瓶里插着一根竹签，和现在烧烤串用的签子差不多粗细，用时提起来，往碗里滴一两滴。名小吃摊不担心影响其声誉，如此节省，看来以前香油确实珍贵。

1976年,重庆知青王月强回城,被安排在川江治滩队的拖轮上当水手,当年冬天在巫山下马滩施工。遇到休息天,大家一起到城里玩耍,王月强趁机去赶场。他发现芝麻卖得很便宜,两角钱一斤,想磨点香油带回家里。于是,他约上几个船员,合起买了十多斤,找到工地附近一户儿农家,借地方加工。

先把芝麻倒进锅里翻炒,炒干水分,飘出香味后,芝麻就酥脆了。十多斤芝麻一锅炒不开,分两三次炒。灶屋这边锅里继续炒着,那边屋檐下的石磨慢悠悠转动,开始磨芝麻面。磨好的芝麻面装在一只木盆里,烧好滚烫的开水,拿瓢舀进去,淹过芝麻面大约二十厘米。木盆底下垫放一根圆木棒,双手抓住盆沿使劲摇晃,一直不停。不一会儿,水面慢慢漂浮起一层油,用小勺轻轻舀起来,另外拿盆装着。舀完浮油后,再不停地摇晃木盆,又舀起浮油。木盆里的水凉了,滗出去,另加开水摇晃……反复如此,直到木盆里再也没油漂浮起来。舀在盆里的油含水,水在下,油在上,滗出油,倒掉水,也反复几次。直到凌晨两点钟,王月强和船员们终于得到一盆香喷喷、原汁原味的香油。这叫"水代法",是一种古老而传统的香油制作方法。

取香油剩下的芝麻渣和滗出的水,留给借地方的这户儿农家,混合猪草煮了喂猪,可用几次。那年月,人肚子里都没几滴油水,猪能吃到这么好的饲料,肯定长膘快。主人非常高兴,爽快地煮了块腊肉,招呼王月强他们打了一顿"牙祭"。

王月强分到两瓶香油,带回家时,父亲像得了件宝贝,高兴得合不拢嘴。他舍不得吃，两年都没吃完，打开瓶盖，仍是当初那么香，一点没变质。

佛手

两年前九月初的一个中午，老庄冒着酷暑给我送来三只佛手，说是一个种植大户给他快递来一二十斤，自己切成片泡了一罐酒后，再挨个给几位朋友分送几只。起码三十年没见过佛手了，小时候倒是常见。因为不值钱，大家不愿栽种了吗？现在又开始专业种植了？

我在微信朋友圈"晒"老庄送的佛手，三千公里外海拉尔的好友晓琦在下面评论：我们市场、超市、菜店都有，我经常买来炒起吃。我一愣，有点疑惑，便 @（呼叫、提示）她怎么个炒吃法。她回答：单独炒也可以，和肉片儿炒也行。佛手是芸香科柑橘属植物，辛味非常大，炒食？真是重口味。

事情有时真是凑巧。二十来天后，我去市场买菜，第一次看到有一种可以炒食的蔬菜叫佛手瓜，这才明白，晓琦说的可能就是它。于是，拍照一问，果真是。你说怪不怪？我从小看姑妈在蔬菜场种菜，以前我也经常买菜，但从没见过，也不知道佛手瓜这种蔬菜。它的突然出现，难道是为了给我解惑？

佛手形状奇特，似手而美，尊为"佛"之手。中医药书上称佛手柑。它长有两种形状：形如握指合拳的叫"拳佛手"，伸指展开状的为"开佛手",因此佛手柑又别名五指橘、五指香橼、五指柑。橘黄色的"开佛手"最为好看,如美女的纤纤玉指。当蔬菜吃的佛手瓜属葫芦科植物,淡绿色,只有一种形状,长得像握指的拳头,所以它又叫合手瓜、合掌瓜。

明代《益部谈资》中说,川江夔州产佛手柑,可把玩。我小时候就拿在手上玩过。刚摘下的佛手柑有大人拳头大小,握在手上,整天不停地捏着玩,不时还拿在鼻前闻闻,它的辛香味让人气爽、清醒。我人小,手小,要双手抱着捏。捏了五六天后,勉强一只手才可握了。拳头大的佛手柑捏到一个月后,蔫干了,差不多跟香肠一般粗细。这时辛香味已淡,味道像陈皮。姑妈说可以做药了。她用大针在佛手柑尾部穿个洞,再穿细麻绳,吊在我书包上,说:"肚子痛的时候,咬一点,嚼烂后,再喝温开水吞下,等一会儿就不痛了。"我小时候,不知为啥经常肚子痛,还多次吃"宝塔糖"打过蛔虫。姑妈家隔壁的盐工杨伯伯,叶子烟杆上时常吊着一只蔫干的小佛手柑。我想,他也经常肚子痛吗?

后来听说,以前出远门的人,一般身上都要带一只蔫干的佛手柑。它不能治什么大病,但出门在外,即便没生病,因水土不服,总感觉周身不舒服。拿出来,咬一点,如果没有开水的话,嚼烂后直接吞下即可,很快神清气朗。老辈人说,佛手柑有"行气"的作用。行气是中医名词,即行散气滞的意思。气滞会出现胸腹胀闷、疼痛等状况。

三峡库区蓄水前的川江岸边,岩石裸露。这些石头石质坚硬，是上好的建材，沿岸经常可以看到开山采石的石匠、抬工。整天不停地凿打，石匠眼里偶尔会溅进细微的石渣，眨几下眼，会顺着泪水移到眼角，他们便拿麂子的蹄角儿轻轻拨出。我看见蹄角儿的另一头用细麻绳穿着一只蔫干的佛手柑。而那些"嘿喳、嘿喳"的抬工肩上搭着的垫包儿，也大都吊着一只，在胸前晃动。石匠、抬工做的是重体力活，更要嚼佛手柑"行气"，不然容易遭内伤。

老庄送来的三只佛手柑，我给两位朋友各送了一个。留下的一只，天天拿在手上把玩，睡觉时也放在枕边，闻着它的香味入睡。有一天，我临时出门，忘了从枕边拿出来，几天后回家，发现佛手柑被捂坏了，炝稀生霉，在床单上留下一小块黑印子。妻子换床单时无法洗净，唠叨了几天。现在想来，杨伯伯当年把佛手柑吊在烟杆上是正确的，蔫干了仍要通风透气才行。

"不光要通风透气，你晓得啷个要天天拿在手上捏吗？"老庄问。我摇摇头不知道。

他认真地告诉我："佛手沾了人的汗气，才有药性。"

红苕

我家住在城墙边巷，正对面一家姓王，户主外号"王烧红苕"，全城人都晓得。《云阳镇志》上记载巷道划分："城墙边巷：从大东门内南侧上城墙通道向西至王烧红苕。"我家也在巷尾，父亲还是个小官，但没得"王烧红苕"有名，所以镇志没记。四个字的外号叫起不上口，大人们直呼"烧红苕"，我们细娃儿都喊王伯伯。

巷子中段有两幢单位的三层楼房，之间留有通道，直通大东街。通道街口立有三根水泥电杆，上装变压器，王伯伯依附着搭了个棚，摆摊卖烤红苕，八分钱一斤，也卖蒸熟的红苕，一斤只要四分钱。买烤、蒸的红苕吃都不要粮票。烤红苕吃起耍，因为刚出炉，有灰，先拍拍；又烫手、烫嘴，只见吃的人一会儿吹吹，一会儿又在左右手之间翻转。于是，过去有言子：你看某某耍"吃烧红苕作风"——又吹又拍又捧。这当然是指对领导阿谀奉承的样子。蒸红苕的"舍耗"少，卖的价格便宜，进城农民"当顿吃"，再喝不要钱的老鹰茶下，不噎人。

王伯伯还有一项业务，卖花圈。据说是祖业，"破四旧"后不准经营，本应加入手工业社或集体合作商店，但不知为何仍是私营，改卖了红苕。进入二十世纪七十年代中期后，有些"四旧"管得松活了，王伯伯试着重操旧业。花圈在家里做好、存放，红苕摊的电杆上挂一两只做幌子。尝到甜头后，王伯伯的佑客蒋嬢嬢建议：蒸红苕不赚钱，又忙不过来，干脆只卖烤红苕和花圈，省事一些。开始王伯伯也同意，过了几天却反悔道："我要为农民兄弟着想，还是要卖蒸红苕，他们进城没得钱没得粮票吃饭，要饿肚子。"我亲耳听到的，那天正好在王伯伯家帮着做纸花。我纯粹为了好耍，拿四角染色的方纸片，几张一叠，单支筷子卷起一角,再把筷子立起,将卷角往下挤压,抽出后纸角带皱纹,像花瓣。四个角都如此。分开纸片就是一朵朵花,然后贴到花圈上。

接下来,听到王伯伯说出反悔的原因。头天,一个挑空粪桶的农民来到红苕摊前,问:"我用几把蕹菜蕲一斤红苕吃,要得不?"这农民是江对岸水磨山梁上的,来城里给队上挑粪,顺便带点菜卖。中午了,菜没卖完,饿肚子没力气挑粪回去。王伯伯二话不说,马上给他称了一斤蒸红苕。以后,这农民进城挑粪,时不时给王伯伯带点新鲜蔬菜,不要钱,也并不蕲蒸红苕吃。我遇到过一次,王伯伯没在摊子上,回来取东西,这农民直接把菜送家里来了。

十多岁时一次吃饭,姑妈给我舀了几坨红苕说:"多吃红苕好,是发肠的。""发肠"的意思是帮助肠道蠕动,好解大便。我没有不好解大便的时候,至今都是。小时候常听大人们摆,"吃伙食团"那几年,把苞谷芯和谷子壳碾碎,蒸来吃。吃后大便难解,要拿细竹扦从肛门里抠。我不解,怎么不吃红苕?姑妈说:"'吃伙食团'是往年子的事,没得红苕吃,也没么子吃的。"

有一天,涪陵县黄旗公社来了工作组,带着菜秧和红苕种,帮助社员恢复生产。社员"吃伙食团"常断炊,坡上的野菜都挖吃光了。菜秧和红苕种栽下后,担心社员偷挖起来吃,由工作组和生产队共同派人轮流照看。

我平时喜欢逛旧书店,有次淘到几页脆黄的故纸,是我家乡云阳县粮食局印发的资料:《介绍几种大春粮食增量及多样化吃法》,时间为 1960 年 7 月 20 日——"吃伙食团"期间。资料里把红苕列入粮食类,介绍了十二种增量吃法。比如,把鲜红苕切细,掺三倍的水磨成浆,倒进锅里,加入二两鲜石灰水,边熬边搅动,煮沸时立刻起锅,冷却凝结即成豆腐,每斤鲜红苕产豆腐三斤。又,将鲜苕煮熟搅烂,掺 5%—15% 的面粉后发酵,可做食包子、馒头、发糕、烧饼。后来老百姓常说,这是"想苦方"。

《本草纲目》中,红苕名为"甘薯",介绍内容简短,说是与山药的功效相同,主治补虚乏、益气力、健脾胃、强肾阴。现代研究又表明,吃红苕还有辅助降压、保护心血管和减肥的作用。

但它最大的作用是饱肚子,过去有俗话:"红苕能抵半年粮。"

牛皮菜

说牛皮菜好吃的人,是好日子过久了。牛皮菜煮米糠糊糊,无油,只放盐,上顿吃下顿吃,吃得清口水直吐的事,忘了?牛皮菜又叫厚皮菜,川江一带土名"瓢儿菜",不是"瓢儿白"哦!它长势好,今天撇几匹叶子,三五天又长出来新的。这种速生植物,饥馑年月受欢迎。朱元璋第五子朱橚著《救荒本草》里告诫:"(牛皮菜)不可多食,动气破腹。"

现在也有人说红苕好吃,每顿饭里加点。这都是改良过的新品种,确实好吃。以前吃起噎人的那种,叫"猪红苕",猪吃人也吃,是没办法的事。现在说红苕、牛皮菜好吃,其实是荤素搭配,鱼肉吃多了,换个口味而已。做食牛皮菜方法多样,凉拌、放鲊海椒蒸炒、米汤煮等,不管怎么做,我都觉得难咽,有一种说不出来的怪味。

牛皮菜做饲料,猪喜吃。以前看姑妈把牛皮菜剁细后,经常拌在熟食中生喂。姑妈的活路多,蔬菜场又统一出工、放工,猪食都是大清早煮好一大锅,早中晚喂三次。牛皮菜不能随意,因久放之后易产生亚硝酸盐,猪吃了会中毒。不知为何,过去还是有人煮熟了喂猪,中毒后,把猪尾巴巅巅儿剪掉,放血解毒。有时猪尾巴放不出血,就把它耳朵剪一条小口,血一滴滴流出来,毒就解了。

姑妈出工时,我时常去坡上找她,摘野果子吃。有一次在半路上被狗咬了,好在穿得厚,只破了点皮。姑妈立即掰了匹牛皮菜,撕下绿色的叶片嚼烂,敷在我伤口上,用手帕包好,背我回家。以后每天早晚换一次,一个星期就结壳儿好了。

我家保姆说,瓢儿菜也有全是红叶子的,可疏寒湿。掰一匹,在火上烤蔫后手搓出水,在生病人背梁经上摩擦,擦得热乎乎的,每天擦二三次,就行了。

豆腐

有一天，尖尖脚的贺奶奶端着一只筲箕，蹒跚着走进我家，放下就走。筲箕里面装有四块豆腐，应该是她儿子贺伯伯让送来的。贺伯伯在城关镇公私合营百杂业总店当职员，我父亲是店里的公方代表兼政治指导员。贺伯伯又是一位民间书法家，川江名刹张飞庙临江石壁上"江上风清"四个著名的大字，"文革"后就是由他摹写出来再塑上去的，此事在新编《云阳县志》中有记载。可能父亲平时对贺伯伯比较照顾，他自己面子浅，便让老母亲送来豆腐，以示谢意。那时候除了肉食，豆腐算好东西。但父亲又怎么会收呢？马上退回去会把人"将"起，豆腐又不能久放。于是，把每块豆腐划成四小块，抹上盐，放到房瓦上晾晒。慢慢地，成了黄褐色的干豆腐。然后，父亲吩咐我给贺家送回去。为免于尴尬，父亲教我说："我爸爸帮你们把豆腐晒干了，炸起好吃。"

以前，豆腐不仅在城里属好东西，乡村人户儿也不轻易做一回吃。一般到了冬腊月，家里要打豆腐了，大人会提前告诫细娃儿："不要出去'跑野猫臊'哟！"荒山坡上野猫多，它经过的地方，特别是屙了尿，臊味非常大，难闻得很。如果不听话，真去了，回来后，大人会在屋外烧堆火，要细娃儿必须烤掉身上的臊味。不然，把那气味带进了屋，用石膏水点豆腐时就不拢来（不凝固）。

豆腐点不拢来,浪费食材不说,还是一种不祥的兆头。亮娃的爷爷奶奶要到山下跟大伯家过,条件好一点。走的那天中午,亮娃妈打豆腐吃,算是给爷爷奶奶送行。可点的豆腐始终散巴巴的,勉强压成了形,吃起泡爹爹不对味。那天,亮娃的脚没出过门前的院坝,绝对没"跑野猫膘"。亮娃妈接下来的几天里一直提心吊胆,生怕有什么不好的事发生。不想,真有了事。爷爷到了大伯家,十来天后突然生病,不到一个月便去世了。先前,爷爷身体硬朗得很,可以挑粪上坡,到自留地种庄稼。亮娃大伯是生产队队长,觉悟高,说:"不信那些迷信,碰巧而已。"

川江一带人户儿,过去家里有人生了病,医了很久不见效,请来"观花婆"试试,可以吃上一顿豆腐。因为观花婆治病需要少量的豆渣和豆浆。那时没得豆浆机,量少了,还不够塞石磨缝隙,干脆打一次豆腐吃,也好招待观花婆。泡过的黄豆用石磨推浆,滤出豆渣备用。观花婆说,她下了咒,霉运被磨碎,留在了渣里。吩咐用病人的内衣包扎豆渣后,丢进江中,河水就把灾星冲走了。然后,趁天黑无人时,又端一大碗豆浆,倒在十字路中间。来来往往人多,千人踩万人踏,分散带走了病痛,病人就好了。这治病方法听起来纯粹是为了宽心。

豆渣和豆浆治病的法子,我听姑爷家那条街上的唐忠明也说过。用小火在砂锅里把豆渣慢慢炕干,做成多个小圆饼,热敷无名肿痛和恶疮,直到松活为止;五更的时候,用刚出锅的滚烫豆浆冲鸡蛋花,再加白糖喝下,可止咳、补血。

老桡胡子冉白毛说:"我们走船时喜欢吃'灰毛儿'。到处跑,水土不服,吃了'灰毛儿'就没事。"豆腐别名"灰毛儿",二十世纪八十年代以前,川江沿岸老辈人普遍这么喊,而在乡村,连细娃儿也说"灰毛儿",并有俗话"吃了灰毛儿想豆腐",比喻人心不足。因川江各地口音差异,又喊成了灰门儿、灰猫儿、灰磨儿等。豆浆变成豆腐,由石膏兑水做凝固剂,石膏可除肠胃中结气、止腹胀暴气等症,对付"水土不服"不在话下。

我问冉白毛:"嘟个要给豆腐喊'灰毛儿'?"

"不晓得,从来都是跟着这么喊的。"一直满肚子龙门阵的冉白毛,这次却说不出"子曰"来。我想,因豆腐中的"腐"字有烂的意思,川江桡胡子忌讳,肯定不能说。明末清初时的方言词典《蜀语》中曰:"腐,烂也。当作脯,象(像)其似肉脯也。故脂麻曰麻脯、枣肉曰枣脯……"清代《蜀方言》中也说"豆汁作脯曰豆脯"。这名字从没听说过,估计是很早前的叫法,或书上才有。

我琢磨"灰毛儿"得来之意时,偶然看到民俗专家的文章。专家认为,豆子有黄、黑、淡绿色,混合后做出的豆腐呈灰色;"腐"与"虎"同音,明末清初时的巴蜀虎患让老百姓谈虎色变,便用"猫"替代"虎"。于是,有了"灰猫儿"的叫法,后衍变为"灰毛儿""灰磨儿"……讳"虎"之说有道理。但老百姓家里同时栽种或购买几种颜色豆子的可能性太小,也未必要把它们混在一起用。至今我没见过灰豆腐,民间谚语也是说"小葱拌豆腐——一青二白""豌豆尖炒豆腐——来青去白""老豆腐切边——充白嫩"。

　　我揣摩,"灰毛儿"又是川江桡胡子造的词。只要是忌讳的字眼,他们就重新造,岸上的人也跟着用。我曾经列举过:撑花儿(伞)、筷子(箸)、添饭(盛饭)、顺水(刘)……

　　《中国豆腐》一书中介绍,"豆腐"一家有很多兄弟:豆浆、豆花、豆腐脑、水豆腐等。其中"水豆腐"即大家平时说的豆腐,桡胡子避"水"为"灰"。如遇人"落水",他们说"落灰"。川江老百姓又称细粉状的东西为"灰":买几斤灰面(麦粉)做馒头;把桌上的灰灰(尘土)抹干净……特别是建筑工地上,砌砖的砂浆喊"灰"或"灰浆",黄豆用水泡胀后磨出的豆浆也因此称为"灰"。同姓之人,川江一带习惯称"家门儿"。豆腐出自黄豆门:家门儿——家毛儿。这样一解释,喊"豆腐"或"水豆腐"为"灰门儿""灰毛儿",就不难理解了。

　　川江人做食豆腐,我最喜欢两种方法。把豆腐划成小块,两面用油煎黄,再和红头香蒜苗翻炒,绝对可以找到大块吃肉的感觉。再一种,是著名的川式吃法——麻婆豆腐,下热冒冒的甑子干饭,把肚子胀得难受了,还不想放碗筷。在我老家云阳,豆腐家门儿中还有一种豆制品的吃法非常特别, 叫"糖醋霉皮子"。它与武汉和上虞的霉千张相似,又有不同,而且风味十足。

　　霉皮子这道菜在川江沿岸没有一点名气,菜名也不好听。看到这个"霉"字,不仅提不起食欲,反而倒胃口。但我老家人却喜爱有加。

做菜前,要先去菜市场买霉皮子坯料,冬季和初春时节才见得到。首先,豆腐作坊做出一张张很薄的豆皮,差不多像时尚杂志的铜版纸封面那样厚薄。再把一张张豆皮切成整齐的长方形小块,然后卷成一个个小筒。晃眼一看,像是裹的春卷儿。小筒卷儿挨个摆放在木框里,框底只安了几根篾片,便于透气。一个个木框里摆满小筒卷儿后,端进密封的屋子贮藏,保持二十度左右的室温。三四天后,小筒卷儿瘪了,因为发酵紧挨在一起,看上去像一个整块,面上生出一层茸茸的雪白的霉,十分可爱。这样,霉皮子坯料就算做成了。

霉皮子的烹调方法各有不同,但必须做成糖醋味的,这样才好吃。小时候守着灶台看妈妈做霉皮子,先切成大拇指大小的块儿,冷锅时倒进去,用小火慢慢炕干水分。那时候用煤炭灶,把火钳横插在炉膛上,再架铁锅,锅底离炭火远了一点,就算是小火。霉皮子炕干了,上面的霉也消失了。妈妈抽去锅底的火钳,改成大火,放菜油翻炒至金黄,再添加蒜苗头、干海椒,炒出香味。然后把事先加白糖和醋调好的芡水倒进锅里,炒到收汁后起锅,顿时一股醋香扑鼻。吃进嘴里,先是糖醋味,后留有涩涩的余味。我想,这涩涩的余味,可能来自豆皮发酵后的霉吧?

川菜中的糖醋味很常见,如果加上涩味,那算是风味十足了。当年妈妈做这道菜时曾说,芡水里的糖醋比例要掌握好,不能太甜太酸;芡水酽了也不行,收汁快,糖醋味没入霉皮子,涩味就重了,不好吃。非常考手艺。

我大妹妹做霉皮子,讲求既好吃,又好看。她把霉皮子切成三角形,不用小火炕,倒菜油在锅里,六成热后,直接放入霉皮子。大妹妹说,这样做的霉皮子吸味快,糖醋味更浓。霉皮子酥脆后起锅,留点底油在锅里,炒香蒜片、干海椒,再倒入霉皮子翻炒。最后与妈妈的方法殊途同归:勾糖醋芡水,收汁起锅。

居住在外地的云阳人,心里念叨这道风味十足的家乡菜时,一入冬,总是想方设法托人从家乡带点霉皮子解馋。

而我馋的是妈妈的味道。

竹木

柏

柏树虽然收进了《本草纲目》，但李时珍说："入药惟取叶扁而侧生者，故曰侧柏。"柏树有数种，我不是学植物的，肯定分不清。俗话也说，"庄稼人识不完谷，打鱼人识不完鱼"。药书上介绍，柏树叶可治各种出血，如鼻孔出血、拉肚子带血、月经不断等。川江一带乡间，农历腊月里杀了年猪，过去没冰箱贮放（即使有，也放不下一头半头猪的），肉用盐腌渍，然后沥水，去除水气后，熏制成腊肉。这样可久放，吃起又香。熏肉的材料就是柏树枝叶。

《酉阳杂俎》上说，有一种像猪的野兽，吃地下死人的脑髓，用柏树插在坟墓上就可以杀死它。因此，房前屋后不能栽种柏树，因属坟墓上的东西。有一次我下乡采风，在万州茨竹乡凉风垭口看见二十五棵高大、茂盛的柏树，疏落排列在三三两两的民房前,形成了一片林荫,一些村民坐在石凳上玩耍。这些柏树树干上有林业局制作的标牌,树龄都已达二百五十年。村民王大伯告诉我,本来是二十六棵,前几年被大风吹断了一棵。

民房前怎么会有这么多棵柏树,而且还是古人栽的? 虽不解,担心犯忌,没问。王大伯主动讲了缘由:这地方是个山垭口,遇到刮风天,风大得很,像要把屋顶盖盖揭了一样,老辈人种了这些柏树挡风。柏树挺拔。

王大伯健谈,我便有意和他摆龙门阵。"'大炼钢铁'时我还小,给生产队放牛。"王大伯已经七十岁了,摆起往事,有点自豪,"附近山上的树都砍完了,有人想打这些柏树的主意,我们队的社员把树照到起,坚决不准砍。嘿嘿,我也跟大人一起护树的! "

王大伯说,这些人不算厉害,不让砍,就走了。"大概是1972 年,我成人了嘛。市里木船社派来一批工人,拿起证明,盖了'红巴巴'的,说要砍这些树去打船。社员站到树前围起,不准他们进来。"柏树材质纹理细,质坚,耐水,是造船的好材料。过去川江里的木船基本上都是柏木造的,俗称"柏木帆船"。

我递给王大伯一支烟,他摆手不抽,正说到劲头上。"来的人说,不准砍树是破坏革命生产。我们不听,反正不准他们靠近。"这些古柏树由此被完好地保护了下来。

不过,我有点担心它们未来的命运。古柏树的林荫地面不再是泥土,已全部用水泥砂浆嵌贴石板,美化整治,方便村民休闲和外来赏树者游玩。另外，有一户儿村民的楼房紧挨一棵古柏树修建，外设的混凝土步梯将树干团团围住。我仔细观察，这棵树已经开始枯萎。而民房的主人却是侃侃而谈的王大伯。

三峡库区蓄水前，川江自然航段时期，南岸有一险滩，在忠县下游二十多公里的地方，因一山岩伸入江中阻流，形成紊乱的泡漩和贴湾水。自古木船下行，如有不慎，即使船头不撞上山岩，桅杆和船尾往往也会被其折断，桡胡子称这里为折桅子滩或折尾滩。民间传说，此滩山岩下水中有洞，其大如城，中潜一鱼，年久作祟，滩即为害。清乾隆四十年（1775），忠州刺史甘隆滨用生铁铸造十二口大钟，沉入滩中镇鱼妖。之后，江流减缓，泡漩减少，滩险稍杀。当然，并不是甘大人真的把鱼妖镇住了，而是沉滩的大钟使得河床粗糙，无意中改善了水流形态。当代航道整治技术中，也有类似的改善流态的方法。

然而，二十口大钟没能根治折桅子滩自古泛滥的险情。时光荏苒，二十世纪五十年代中期，川江航道部门听从苏联专家建议，以"沉树挂淤"的办法治滩。原理与一百八十年前甘刺史"沉钟"差不多，只是改成了"沉树"，施工更简单，成本更低。也许这才是主要因素，毕竟当年经济与技术条件都差。

按操作要求，沉树树种须选用枝叶繁茂的常青树，当地只有松树和柏树，而松树很少，又全是一些小树，便决定用柏树。1956年11月28日，"沉树挂淤"正式实施。先砍树，每棵树长三至四米，干粗十多厘米，树冠直径达两米。砍伐地点离折桅子

"沉树挂淤"手刻蜡纸油印资料（陶灵摄于2014年）

滩不远,现砍现用,时间久了,枝枯叶落,影响"挂淤"效果。为不磨损枝叶,砍下的柏树不在地上拖行,用人工抬到江边。

砍下的树用小木船装着,运到离岸三十米远,水深二十米的地方。滩上有一艘大船用钢缆绳牵引着小木船,每往江中投一棵树,向上绞行五米。投的树,冠朝下,根向上,每棵绑几百公斤重的条石为锚。第一批沉树四十棵,为第一层。接着,在同一江段水深十五米的地方再投第二层,共一百五十棵树。沉树完成,挖泥船在北岸浅滩挖了石沙,淤填在树周围,这就是"挂淤"。来年一月中旬,"沉树挂淤"完工,用时约五十天。

一个月后回来观察,沉树已被江水冲走一棵。因水流湍急,树干摇晃,磨断了拴系石锚的竹缆。当年汛期后再来查看,沉树已全部被洪水冲走。"沉树挂淤"治滩方法宣告失败。直到十四年后,川江治滩工人在折桅子滩砌筑"丁"字石坝,才根治了滩险。

突然有一天上午,在云阳老县城江边,几门大炮对着岸上的森林,"轰轰轰"一阵炮击,前后发弹四百枚。这并非军事演习,而是林业部门在用烟幕药弹灭虫。2005年入春以来,云阳境内川江两岸,有六万多亩森林遭受一种名叫"鞭角华扁叶蜂"的虫子侵袭,这些烟雾弹一打出去,害虫沾上就会变成"僵尸"。早在二十世纪九十年代初的一个冬日,我坐船回云阳老家,下趸船后目睹对岸上渡口山巅一带变成了红色森林。以为是冬天树叶自然枯黄的原因,后来才知是遭受了病虫害,柏树叶枯萎,远看一片红。1985年时，林业部门已发现小块林木有虫害，随即开始试验性防治。限于当时的财力，未能全面治理，后逐年扩散蔓延。

云阳川江两岸有林木十二万亩，于二十世纪六十年代初开始种植。新编《云阳县志》载：1958年3月30日，毛泽东乘"江峡"轮路过云阳时，见两岸山上光秃秃的，对陪同的万县地委领导说："为什么不植树？"于是，云阳几代拓荒人，几经艰辛，在境内两岸植树造林，终成规模。但因树种结构单一，属柏树纯林，成林二十来年后开始遭受虫害，最严重时平均每棵树上竟有两千多头虫子。2005年，病虫害防治费已在一百万元以上。

二十多年前，"中华环保世纪行"执委会负责人在云阳调研时曾提出："过去没有认识到树种单一问题，现在既然认识到了，为什么不改善呢？每年还要拿出一百多万元来治理。"

一直没人回答和落实这个问题。

据公开报道，2018年，云阳长江林病虫害防治费已达八百万元，至今防治工作仍在进行。

松

松与柏总是常连在一起说的。比如王安石《字说》里说：松柏为百木之长，松犹公也，柏犹伯也。公，即公平，公正；伯，旧时对表率者的尊称。又如，东晋大臣顾悦之与简文帝司马昱同岁，却早生白发。司马昱问其原因。顾悦之答曰："松柏经霜之后更加茂盛。"还有《世说新语》记载，东汉名士宗世林年轻时不愿与曹操结交。当曹操做了司空后，委婉地问："现在我们可以交往了吧？"宗世林回答："我的松柏一样的志气仍然在。"民间谚语也把松柏连在一起："岁寒知松柏，日久见人心。"

松树为针叶、常青植物，耐旱。有一年夏天，我带母亲去渝鄂陕三省市交界的鸡心岭游玩，她看见落在干净石头上的松毛（松针），捡了一包，带回去给我么妹妹做药引子用。我问妹妹怎么个用途？她说松毛泡酒，可治腰椎间盘突出，但必须是落在石板上的，掉在土里的就不灵验了。泡好酒后，妹妹却喝不下去，味道太怪。于是，送给楼下一佑客，这单方就是她介绍的。这佑客喝完了松毛酒，说确实有效果。

川江两岸盛产柑橘，过去保鲜技术差，下树后，不等开春就开始烂了，好果子吃起来也带一股陈腐味。我外公家的柑橘可放到来年四五月份，他用陶瓦缸装，缸底垫一层晒干的松毛，每过一段时间翻看一次，如果松毛湿了，就换上干的。我又听母亲说，还可以把松毛放在米坛子里，不生米虫。很多年前，我在餐馆里吃小笼包子，见蒸笼里垫着一层黑色丝状物，问老板是什么。答：松毛。再问，为何要放？怎么是黑的？老板解释：包子不粘笼底，好拿、好洗。蒸久了，就成了黑色。

开县九龙山镇双峰寨下有一棵长青古松，树干要两三个人才可合围，相传为宋元时期所栽，至今仍在，被列为县级保护古树。它像一把巨伞耸立着,故名"伞盖松"。1958年,住在附近的一个村民想从伞盖松上割松脂,卖给供销社换点油盐钱。松脂是一种中药,治关节酸疼很有效。用炼过五十遍的松脂与炼酥搅稠,每天清晨空腹服一调羹,一天中再服一次,吃面食,忌生、冷、酸食物,百日便愈。松脂采割,先在树干上剥开一道口子,再绑上一只竹筒,会有一种淡黄色、亮晶晶的油脂浸出来,滴进竹筒里。浸、滴过程非常非常缓慢。三天后,这个村民去取竹筒,却见里面装的全是猪血一样的东西,吓得飞跑回家。由此大病一场。

"该遭!"给我摆龙门阵的张大伯打了个通俗的比喻,"这古松就像你屋里的老奶奶,奶子都干瘪了,你还要挤奶喝?"

今年三月底,在寻访五宝山寨的乡村公路上,我碰到一位中年妇女,看样子是城里来的。她沿途摇晃路边的松树枝,飘落下少许的黄粉,用一只塑料圆盒接住,里面已经有了半盒。我好奇,停车问道:"你采的什么啊?"她回答松花粉。我从没见过松树开花,也看不见花朵。原来是穗状花,穗上有一层黄色粉状物,就是她说的松花粉。这应该正是松树大量开花的时候,树下土面都落有薄薄一层黄花粉。松树是风媒植物,借助风力传授花粉,摇晃树枝也是一种风媒方式。

我干脆走下车,问明白一点:"这松花粉有什么用?"

中年妇女手没停,边摇树枝边回答:"大便干燥,解不出来,每天舀一调羹,冲白开水喝。"她摇完一枝,走到另一棵松树旁,又补充道："牙齿、牙根痛也可以喝的,有作用。"

这时,一位骑摩托车的中年男人路过,停下来看热闹,答话说:"以前没得尿不湿,小娃儿胯里隔旧布尿片,得了皮炎,可以擦点松花粉,效果好,也不伤小娃儿的嫩皮肤。"我又学到了几招。

重庆是一座立体的城,城建在山上,山又在城中,嘉陵江与长江环绕,每当夜幕降临,错落有致的万家灯火闪烁,倒映在江中波光粼粼,构成了久负盛名的"山城夜景"。人人皆知,江对岸的南山上有一处绝佳的观赏地点——"一棵树"。那里确实生长着一棵枝叶繁茂、树干苍劲的黄葛树。其实这棵树1984年才从别处移栽过来,但"一棵树"之名早已叫开。

时光回溯到二十世纪五六十年代,南山森林因属马尾松纯林出现虫害,以后的一二十年间越来越严重,到了1983年,松毛虫害大暴发,南山山系的真武山、王家山、老君洞、文峰塔一带松树大面积死亡,凸显出一个个荒坡,那情形叫人心酸。王家山嘴有一棵松树却意外地活了下来,一树独秀,格外引人注目。上下山的人经过这里时,常作"幺店子"坐下休息,俗称它为"一棵树"。

1983年2月,市里成立南山植树造林指挥部,修复南山植被,在虫害迹地植树造林,持续三年,有十一万军民参与,混杂栽种了十来个品种的针、阔叶树种,不再是某树种的纯林。不幸的是,1984年夏天,狂风暴雨吹断了"一棵树"——那棵坚强活下来的大松树。当即，园林部门从别处移来一棵黄葛树，种在它原来的位置。

十来年时间，南山又变得郁郁葱葱了。

老鹰茶

川江流域夏季较长，空气湿度又大，闷热难受。小时候，我见许多人户儿一大早烧好"老鹰茶"，用缸钵或瓦盆装起，旁边放一只小土碗。口渴了，舀起一碗，咕噜噜灌一肚子，再听到一阵"咯儿——咯儿——"的嗝声，爽极了。

老鹰茶也称"老荫茶"，适合牛饮，过去是老百姓夏天的必备饮料。民国《万县乡土志》中记载老鹰茶"叶粗大，色红而性寒，盛夏饮之，祛暑……"虽名为茶，但本不是茶，属樟科，用其中的豹皮樟树的嫩枝、嫩叶制成，为一种代用茶。为何不称豹皮樟茶或豹皮茶，而叫老鹰茶呢？说是豹皮樟树只生长在崇山峻岭，像老鹰那样凶猛厉害的飞禽才能上去；它的芽叶清凉解毒，老鹰等飞禽啄食可解毒。

我不评判这得名之说对与错，认为也许叫"老荫茶"更适合些。川江流域南川、城口、巫溪、开县、云阳等老鹰茶出产地，山间有许多老豹皮樟树，枝繁叶茂，一棵就能成荫。黔江濯水镇甚至有一棵五百年的豹皮樟树，高约二十米，树冠近一百平方米，叫"老荫茶树"再恰当不过了。

重庆歌乐山三百梯上面出产一种"酒罐萝卜",形状上大下小,像土陶酒罐而得名。这萝卜好,皮薄不生布,入口化渣。农村生产队集体时期,有胆子大的社员用粪桶挑到山脚下悄悄卖。回去时,不"打空手",到队上包的单位公厕带一挑粪,可计工分。三百梯是一条梯路相连的陡坡,挑一担百多斤重的粪,大冬天都累得汗流浃背,头上直冒热气。夏天更是受不了,喉咙干得要冒烟。上了坡顶,有一棵大黄葛树,挑粪社员都要歇一脚。夏天,树下有个老鹰茶摊,一分钱一碗,痛快灌下。喝第一口时,有股樟香味,冲鼻,脑壳顿觉清醒。几口下肚,嘴里回甜,全身轻松、舒坦,力气又回来了。

我们巷子的余酒罐在河坝盐仓库捞盐包,下车、上船,活路狠,累了回家,都要喝一杯酒解乏。有天中午,他肚子有点气胀,喝了杯酒不想吃饭,倒头午睡。醒来时,三点钟了,感觉肚子饿。揭开桌子上的甑盖一看,只剩一碗冷干饭和半碗夹生泡红萝卜丁。又见桌上瓦盆里的老鹰茶是热的,估计佑客重烧水泡过。他舀了一碗,倒在冷饭里,就着萝卜丁吃起来。冷饭因热老鹰茶而回温,口感正好,萝卜丁加蒜苗用油炒过,油而不腻,香脆爽口,呼呼几下刨完。余酒罐心想,老话说"好看不如素打扮,好吃不过茶泡饭",看来真是这样子的。然后,十分满足地抓过木椅靠背上的汗帕,往肩上一搭,又出门做活路了。

过去,国营厂矿时兴给工人发放"劳保三件套":肥皂、棉线手套和老鹰茶。前两样一年半载才发一次,夏天入伏后,老鹰茶天天供应,由后勤人员直接送到车间。云安盐厂的工人称这为"清凉茶",里面还放有十滴水,祛暑、健胃。熬盐工下午五点交接班,三点多钟后,很多细娃儿拿着碗、钵去车间端回来喝,是他们老汉儿省下的老鹰茶。国营厂矿在采购劳保老鹰茶时,往往量大,存放久了,会生一种黑色的专门吃老鹰茶的虫子,叫茶虫,死后与老鹰茶混为一体。茶虫的粪便干燥后色泽棕黑,形似蚕沙,但比蚕沙小,称茶沙。老一辈的人说,茶虫、茶沙都是好东西,仍可与老鹰茶一起熬煮后当饮料,清热解毒、生津止渴、利尿消肿。用混合了茶虫、茶沙的老鹰茶给细娃儿做枕头睡觉,头颈不长火疖子;夏天时,拿茶虫、茶沙熬水,给细娃儿洗澡后身上又不生痱子。以前缺少药品,有草药医生专门收购老鹰茶沙,熬水,放冷了后冲洗患者眼睛,可治因发炎引起的眼睛红肿、流泪、疼痛等症状,几次就好。大多数人不认识,也不知道茶沙,草药医生说成是灵丹妙药,趁机卖高价。

二十世纪八十年代初,我们县城少有啤酒卖,开初也不习惯喝。二贤祠巷有家"六毛火锅",每天用非常大的锑锅熬一锅老鹰茶,供食客尽情饮用。那茶汁色泽深红透亮,我戏称"红糖水",每次吃火锅要喝几碗,边吃菜边喝。如果不喝,第二天肚子肯定不舒服,一上午会跑几趟厕所。究其原因,老鹰茶可释躁平矜,祛火除湿。清道光《城口厅志》说,老鹰茶并不清香,比茶逊色很多,但晒酱时,掺入熬煮后的老鹰茶,酱不变味。这就是品质。

在川江一带城镇的餐馆吃饭，顾客等菜上桌时，服务员一般给每人都倒一杯老鹰茶，边喝边等。老鹰茶口味大众化，人人可喝；餐馆老板也划算，抓一把老鹰茶可烧一大锅，只值一两角钱。十多年前，一种"苦荞茶"出现后，大多数餐馆改用苦荞茶招待顾客了。这种茶也不错，清热、通便、降压降脂。但很多人喝惯了老鹰茶，不愿改口。文友小芳说："有一次，几个闺密约起吃饭，有两家餐厅可选，菜品味道都差不多，我就选了有老鹰茶喝的那家。"她特别告诉我，喝着老鹰茶吃菜，一点不觉得油腻。

老鹰茶在初夏长出新枝叶后，过去都是由农民随意采摘回来，除了嫩叶，和着嫩枝也采下，需剪断成小节。小时候，我看到母亲买回来的老鹰茶，都是整片叶子和许多短截细枝混在一起的。农民把嫩枝叶背回家，要用开水稍煮杀青，不然枝叶中含的樟香味太冲鼻，接受不了。快速从开水中捞起枝叶，摊在筷巴折上，半阴半阳中晾干。赶场时，背到市场去卖。晾干的老鹰茶是泡货，不压秤，一大口袋才卖几块钱。老鹰茶粗枝大叶，喝的时候，最好抓一把在锅里熬煮十来分钟，才出味。如果不愿花那工夫，也必须用滚开的水泡。

近几年来，经人们研究发现，老鹰茶有保肝、降糖脂、抗炎的作用。于是，川江一带出产老鹰茶的地方，建起多家专业生产厂，硬是用生产茶叶的工序、手艺，精制老鹰茶，甚至还像做红茶一样进行发酵。这样制作出的老鹰茶模样与口感跟茶叶一样了，再也喝不出特有的樟香冲鼻味，失去了本真的东西，已经不是我曾经喜欢的那个老鹰茶了。

竹米

"开花结果"不一定都是好事,比如竹子。竹生长六十至一百年要开花,开花结籽后就会枯死;籽落地再生竹,六年又成林。这被人们称为"换根"。

《山海经》《酉阳杂俎》《埤雅》里都有竹子开花后枯死的说法。《夜航船·花木》中还介绍了一个阻止竹子开花的办法:竹子年月久了要结竹米,赶快把它砍断,留下离地二尺的部分,打通里面的节疤,灌进狗粪,其他的竹子就不生竹米了。我没得到印证,不知是否属实。这里说的"竹米"就是竹子开花结的籽,也就是竹的种子。

一字梁是开县、巫溪、城口三县界山,距开县城约一百二十公里,因山体呈"一"字形得名。此山山顶为平川地带,成片生长着枫竹、黄竹、龙头竹。这些名称是土话。竹的种类多,各地的叫法千差万别,很多只是大小粗细不同,看起来都差不多,我分不清。新编《开县志·自然地理》载:1951年、1961年、1967年、1976年,一字梁较大范围的竹子开花结籽后枯死,再重新发芽出笋,经数年才成林。当年百姓称这种现象为"还山"。

见过竹子开花的人不多,即使住在乡村的八九十岁老人,也许也从未见过,反而一些六七十岁的人却见过两三次。这两

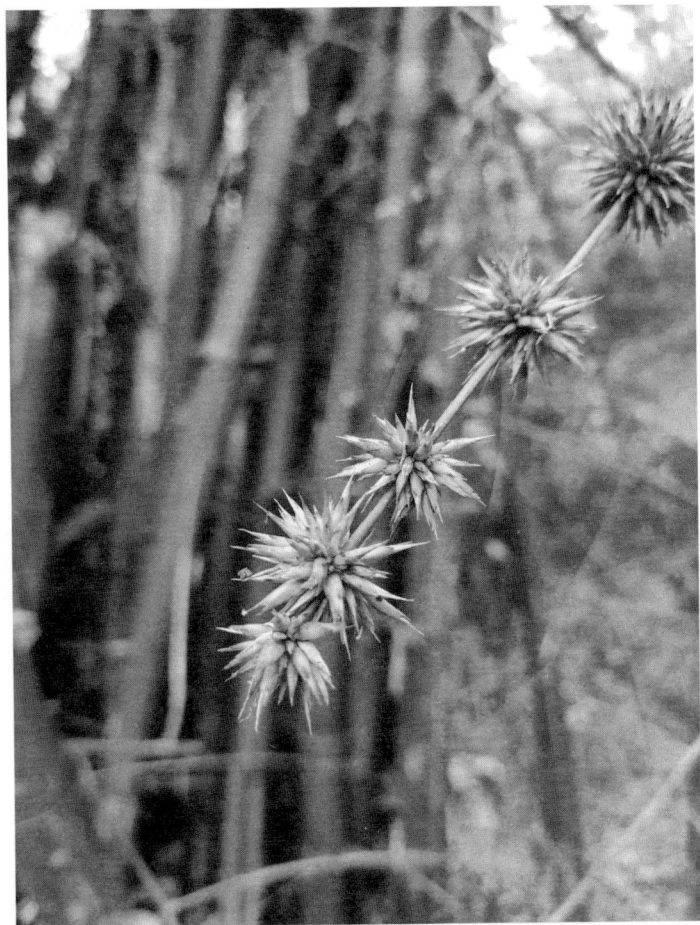

竹子开花后结的竹米(陶灵摄于 2024 年)

三次当然不是在同一个地方。我表弟五十来岁,十多年前就见过,而他七十多岁的父亲竟不知竹子开花的事。开花前,竹叶几乎掉光,然后每个竹节上长出许多苞芽。凡遇竹子开花,大家都会觉得惊奇,纷纷跑上山去采摘竹米。生竹米的枝丫位置比人高得多,先在地上铺一张床单,把竹竿扳弯,一枝一枝地用手抹下,都落在床单上。掉在土里就不好捡起来了。或者直接用布袋子接竹米,这就需要有人帮忙提袋子。摘回竹米,不用舂,晒干后自然迸出壳,再筛干净,做干饭、稀饭、磨成面蒸粑、煎粑、炒吃,都可以。竹米像麦子,晒干后为黑褐色,吃时略带竹腥味,生嚼有点甜。因竹米不容易碰到,以前被涂上了神秘的色彩,说凤凰"非梧桐不栖,非竹实不食",即凤凰只肯在梧桐树上歇息和啄食竹米。

中医药著作上称竹米为"竹实"。唐代医药学家孟诜的《食疗本草》上说:"竹实,通神明,轻身益气。"《神农本草经》也记:"实,通神明,益气。"白话的意思都是"具有使人神清气爽的功效"。

"我几次看到竹子开花,都是荒年,少吃的,饿肚子。"还不到七十岁的周老头见过几次竹子开花。他老家在云阳县农坝镇,周围大山连绵,属大巴山余脉,与开县、巫溪县相邻。二十世纪六七十年代的十来年间,农坝镇相邻几个县山上的竹子先后开花,周老头恰巧都见过。

民谚流传"竹子开花,马上搬家"的说法。家不一定真搬,意在提醒大家，竹子开花预兆灾荒年月来临，要想办法躲避。我在新编《开县志·灾害》中看到有这样的记载："民国十八年（1929），春荒兼水灾。天年不顺，颗粒无收。东里里二坝乡（今白泉乡）之民食竹结之物（即竹米）。"荒年有竹米吃，这是不幸中的幸事。宋代《太平广记》中有同样记录：唐天复四年（904），自甘肃至西，数千里之地天干缺食，民多流散。饥民吃草木，至有骨肉相食者甚多。这年，山中所有竹子突然开花结籽。饥民采之，舂米而食。一时间，山崖、溪谷，采竹米的饥民多如市场一样拥挤。

2009 年，海拔一千九百多米的大巴山脉星子山，一种名木竹的竹子大面积开花，当地村民上山采摘竹米，最多的获取三千多斤，人吃、喂猪皆有之。有个姓唐的酒坊老板用竹米烤酒几百斤。喝过的人说，其味清香，口感醇正，只是下喉略带竹腥味，但不失为难得的特色产品。这个不重要，重点是竹米用于烤酒，还拿来喂猪，而不像过去只是填饱人的肚子。要知道，旧时每遇灾荒年，政府都要禁酿。

竹子开花之年，再不见颠沛流离的景象，是好事。

竹筹

我陶姓同房的叔祖父从台湾回乡探亲，他女儿也一道跟随回来祭祖，虽然比我小几岁，但我应该称呼她姑姑。坐了半天车,又步行先下、再上一个大山沟,终于拢了老屋。小姑姑说要上洗手间。二十世纪八十年代后期,乡民们不懂"洗手间"这词,在亲属们疑惑的目光中,我让二爸家的堂姐带她去茅司。堂姐高中毕业后在家务农,是亲属中的灵醒人。乡下的茅司一边是猪圈,一边是粪坑,坑上搁几块石板,蹲跨在板间缝隙上就可以方便了。说不定圈里的大猪小猪以为你来喂食,会从缝隙中伸出头拱你屁股,有人就遇到过。因此连厕所之名都没得,就叫茅司。

刚去几分钟,小姑姑就急匆匆回来了,满脸通红。堂姐悄悄告诉我,小姑姑刚蹲下,突然间站了起来,问是什么"咕咚"一声。其实是大便掉进粪水发出的声响把她吓着了。我没忍住,"扑哧"一下笑了。

那时候我在集邮,有一套童话邮票《咕咚》,上面有文字介绍:一个成熟的木瓜落进湖水里,"咕咚"一声吓得兔子拔腿就跑,边跑边喊:"咕咚来了!"狮子对奔跑的动物喊道:"别乱跑,先去打听'咕咚'是什么。"动物们回到湖边,正好又有一个木瓜落进湖里,原来是一场虚惊。

小姑姑奇怪地看着我,不知我为何突然发笑。人少的时候,我悄悄告诉了她原因,她听后,笑得比我更欢。小姑姑临走时,我送了一套《咕咚》票给她。她也在集邮。

在小姑姑的笑声中,我想起如厕的另外一件事,不知她知道后会不会笑话我们。那时候的乡村人穷,特别是一些老者,揩屁股不用纸，方便之后拿竹片刮。事先他们有准备，把一指宽的篾条撇成十来厘米长一截一截的，放在猪圈条石墙的缝里，或者猪圈外面挂着一圈篾条，随用随取。这种篾条属二刀篾，是无韧性的里层，外层的头刀青篾要编织篾器，舍不得拿来刮屁股。

其实这事不丢人，小姑姑读的师范中文系，估计应该知道，在古代，不仅平民百姓，达官贵人也用竹片刮屁股，名字叫厕筹。西晋时，又是官员又是富翁的石崇生活奢侈，家里的厕所像卧室一样豪华，有婢女手持锦香囊站在里面服侍。有一次，同朝为官的刘寔拜访石崇时上厕所，还以为走错了门。他上完厕所，才知道婢女手中的香囊里装的是厕筹。《南唐书·浮屠传》也有记载：李后主与皇后定时念经，叩头跪拜，额头都有了肉疙瘩。除此，他还亲自给僧人削厕筹，做好后，要在自己脸上试试，看刮起舒服不，如果不光滑，会再修一下。说点题外话，难怪要丢江山，李后主的心思没完全在社稷上。

古时候的厕筹有竹片、木片的，都非一次性，用过后要清洗干净，留下再用。要不然，古人怎么拿旧厕筹疗伤呢？古时的人犯事，动辄处以杖刑，皮开肉绽，伤口溃烂成疮，烧旧厕筹烟熏，阻止寒气从疮口进入体内，才不至于伤身。如果有人染上霍乱，把旧厕筹堆放在床下烧，让热气渗入人体，可治。唐代中药学家陈藏器在《本草拾遗》中说："此物虽微，其功可录。"

单从"筹"字来说，竹、木等制成的小棍儿或小片儿为筹，古代常用来计数。木筹易折断，用得最广的是竹筹，制作起来也简

装竹筹的方木框子与小孩（[美]西德尼·D·甘博摄于 1917 年）

单、方便。听上过私塾的老人说，私塾的茅房只能蹲一人，教室墙上挂有一块竹筹，名叫签板。如果在，就带着上茅房。别人没见了签板，就等你回来，轮流去厕。

我读小学时，每天要穿过县城唯一通汽车的马路，上学放学都能看到满载盐包的货车驶来，停在城关镇搬运社门口。"嘀嘀、嘀嘀"几声喇叭，马上走出几个男人，偶尔也会有一两个壮实的年轻妇女，他们爬上货厢，跟车去盐业仓库下货。其中有一人，手提一只方木框子，径直拉开驾驶室右门坐上去。方木框子里面的分格中插满一尺来长的竹筹，用红色，或绿色、蓝色的油漆做有记号。提框人是搬运工的头儿。

"摆尾子"的老汉儿在盐业经销部当会计，我去他家玩时，见过这些搬运工下货。仓库保管员站在车尾货厢边，只要搬运工的肩背上一扛起大麻袋，就发给他一根竹筹。如果搬运工双手紧抓麻袋角，腾不出手，就努努嘴，意思是用牙咬着竹筹也行。有的搬运工头上裹着白布汗帕子，当年四川男人常见的装束，保管员就把竹筹插在他头帕里。搬完盐包，一数竹筹，就知道有多少包盐，司机交货，保管员记账，一清二楚，搬运工也好按竹筹数量计算工钱。我当时听搬运工和保管员都喊竹筹为"签子"。

那时候我的关注点不在竹筹，看到搬运工额头上的汗水直往脸上淌时，同情心油然而生。这是真话。

箬竹

我一直以为是蓼叶,也确实有蓼这种植物,川江一带多生长,知道以此为地名的就有六十多个。它们一会儿被写作蓼叶村、沟、湾、槽什么的,因老百姓多不识"蓼",特别是行政村名中使用了这字的,一些又被改成"辽"。所以我才被搞混,我熟悉的那种植物其实是"辽叶"。辽叶,学名箬竹的叶,《辞海》介绍箬竹为"中国长江流域特产"。本来,本地方志上"辽"与"蓼"分得清清楚楚的,只是我没看到罢了。清光绪《巫山县乡土志》载:"箬竹,干小叶大,今呼为辽叶,又名棕(粽)叶。"又,"蓼,水边更多,俗名水红花。"

《本草纲目》上说箬竹:"南(方)人取叶作笠,及裹茶盐,包米粽,女人以衬鞋底。"基本上如此。小时候下雨时上学没得伞,我戴的"辽叶壳儿"便是箬竹叶做的斗笠;端午节也常见大人们用辽叶包粽子。而裹茶盐的辽叶我只在老照片上见过,茶马古道上的背子使用;因川江一带盛产慈竹,女人做布鞋衬底多用慈竹笋壳,一般不用辽叶。另外,以前川江沿岸短途客班木船为保暖、防渗漏,有的船舱篾篷里也夹塞着辽叶。《本草纲目》记载它的药用,主治非外伤所引起的鼻、齿出血和咯血、便血等病症。

"箬"与"辽",完全不沾边的字,是因叶片阔、宽、大而得名?现在箬竹又被正式命名为"阔叶箬竹"。的确,辽叶比我见过的一般竹叶都要大两三倍，最长可达四十五厘米以上，宽有十来厘米。几年前的一个端午节，妻子家的二姐夫送给我一只食品厂生产的超大粽子，用了两匹这种大辽叶包裹。吃完粽子，我把大辽叶洗得干干净净的，拍了照片后存放在阳台上。那段时间正采访川江老治滩人，听他们讲过辽叶棚的故事，想留作以后文章配图用。后来搬家时，见上面起了很多斑点，才丢弃。

川江治滩，需在冬春水枯、礁石裸露时进行。1972年冬，工程队在丰都城上游一公里的瓦子浩炸礁，虽说吃住仍在野外，但离城近，生活条件相对好多了。春节来临，许多家属来工地过年，长期住工棚的治滩人倍感温暖。他们的工棚顶盖都铺扎一层厚厚的辽叶，上面再遮油帆布防漏。一天夜里，突遇狂风大雨，许多棚顶的油布被掀开，雨水透过辽叶滴进了棚里。治滩人从梦中惊醒，纷纷跑出去加固油布。测量员况常桦的妻子带着才两个多月大的女儿来工地过年，遇上了这风雨之夜，床铺被淋湿。况常桦看到一把测量用的大伞，灵机一动，把女儿放进一只装石渣的空箩筐里，撑开测量伞遮着，便和妻子一起出去加固棚盖油布。大家折腾了一夜，清晨，况常桦回到辽叶棚，一眼望见女儿香甜地睡在箩筐里，高兴地笑了，接着又掉下一行泪水……

治滩人的辽叶棚都搭在江边，篾席做围挡，四处透风。炮眼钻工钟朝海说，铺板上没得棉絮，铺一层稻谷草，一晚上都睡不热和。他只有把铺盖折过来，睡半边盖半边。有天晚上，冷得实在无法入睡,就和队友张吉明商量"搭铺",他爽快答应了。于是,两个男人挤在一个被窝里,有了两床铺盖盖。当时,辽叶棚里有不怕冷的人,但钟朝海不好意思找他们"搭铺"。他们睡觉不穿衣服,脱得光条条的——裸睡。那是一些从山区招来的合同工,担心稻草磨损了衣裤,穿着睡不划算。以前在家也如此,不分冬夏。

几十年后,网上说,裸睡除去衣服的束缚,给人无拘无束的舒适感,有助于放松心情、消除疲劳。不知当年那些合同工有没有这种体验?

虫

壁钱幕

舅舅去安徽当铁路工人，背上行李出门时，外公在他的衣领上粘了一点蜘蛛网，说："外面复杂，事事都留心点。"外公这样做的寓意是，人在外面闯，能够面对社会这张网，才不会轻易被伤害。王安石《字说》里解释蜘蛛："设一面之网，物触而后诛之。知乎诛义者，故曰蜘蛛。"所以，要当心触网。

我读过一首写"网"的诗，记得一句："把一个个洞拴在一起。"精彩！

几十年后，舅舅早已从铁路局退休回家，七十九岁生日这天显得很兴奋，滔滔不绝地给我们摆老龙门阵："以前我听老汉儿说，蜘蛛网还有一个作用。如果家里的人有忘事的毛病，不要让他晓得了，七月初七这天，粘一点在他衣领上，记忆力就会增强。"看来，舅舅目前还不需要我表弟这么为他做。

表弟明娃子凑热闹,也摆起蜘蛛网的故事:"小时候,有一次吹大风,一块破瓦片掉下来,把我右眉头上砸了一个口,血直冒。我妈在门板背后抠了一块蜘蛛网,巴在我伤口上,用布巾巾包起,一下就止住了血。"

我纠正道:"那不是蜘蛛网!蜘蛛网那么大的洞,哪个罩得住伤口?"接着问明娃子:"是不是白色的,有点像棉花,薄薄的?它的大小跟分分钱壳儿差不多?"我们称一分、二分、五分的硬币为"分分钱壳儿"。

明娃子连答:"对、对、对。"

我说:"它的学名叫壁钱幕。"

壁钱,一种像蜘蛛的小虫,织的网非常密实,只有铜钱大小,像白幕一样贴在墙壁、木板的阴角和窝凹处,因此称壁钱幕。川江老百姓俗称玻丝网网儿。李时珍老先生说,刀、箭伤口和各种疮出血不止,以及疮口久不愈合,用壁钱幕贴在伤、疮口上,可治。我试过的,它有多层,可把面上那层有灰尘的揭去再用。

川江民间又喊壁钱为"巴壁蜘蛛",但是不是蜘蛛的一种,我不确定。反正它属蛛形纲壁钱科小动物。北宋药物学家苏颂编《本草图经》说:"蜘蛛处处有之,其类极多。"

打屁虫

二十世纪八十年代中期,一个大雾的冬晨,我押送的运猪船扎雾,停靠在洄水沱岸边。船员们冷得躲进舱里,躺的躺、坐的坐,有的抽烟,有的发呆,无聊地等待雾散。只见水手长屠老幺戴起一双手套,拿着一条装过化肥的尼龙口袋,对我说:"走!去弄点下酒菜。"

我跟着他下了跳板,朝沱下面的碛坝走去。川江碛坝是卵石沙坝,汛期淹没于江中,枯水期裸露。浓雾中的屠老幺寻着一块卵石,弯腰,翻开,里面蛰伏着一两只硬壳翅膀的黑虫子,指甲般大小,像冻僵了,一动不动的。屠老幺立即把它捉入袋中,然后又去翻下一块卵石。我以为他捉了这虫子当诱饵钓鱼,可没见拿渔竿,再说江里的鱼不是那么好钓的。

有些僵手,我朝手心吹了一口热气,也帮着翻卵石寻找小虫子。"臭,这虫打屁!"屠老幺脱下一只手套扔给我,"戴上!"他翻着卵石块说:"这叫打屁虫,躲到卵石底下和石缝里过冬。你不戴手套,它打的屁把手指熏黄了,臭气好久都洗不脱。小时候我没得手套戴,就笼一只旧袜子。"

我看了手表,快半个小时了,袋里的打屁虫应该不少了,就问屠老幺:"还要捉?钓鱼够了嘛。"

"哪个说要钓鱼?"屠老幺回答,"这打屁虫就是下酒菜,还要多捉点才够一碗。"

这种丑陋的小虫子,我平时看着都害怕,想着要吃进嘴里,身上立刻冒起鸡皮疙瘩:"吃这虫子,闹不闹人哟?反正我不吃。"闹,有毒的意思。

屠老幺伸起腰说:"要得,你莫吃,免得过会儿不够。"接着他给我摆:"小时候去江边捉打屁虫回家,母亲炒了,吃起来满嘴生香,我们叫'五香虫'。有时捉得多,我拿到街上去卖,两三分钱一调羹。一个冬天能卖几块钱,补贴家用。"

　　这时大雾已散去,太阳快出来了,身上暖暖的。有时翻开卵石块,捉住一只,其余的飞跑了。屠老幺提起的尼龙口袋有了沉的感觉,说:"回去! 太阳出来热火,打屁虫不好捉了。"

　　回到船上,向船长说,吃了午饭开头(开船)。屠老幺马上忙碌起来,船员们也都围过来看热闹。

　　屠老幺烧了一锅水,快开的时候,倒进一只还能装一半水的烂铁桶里,再把打屁虫一股脑儿倒进去。桶里的水不断地鼓泡、冒气,打屁虫把臭屁排在了热水里。屠老幺说这叫烫杀。水凉后,他把打屁虫倒在筲箕里,又用清水冲几次,放起沥水。然后,屠老幺把锈铁桶丢了,说里面臭气难消。怪不得找了一只烂桶。沥干水的打屁虫倒进铁锅里,屠老幺不停地翻炒,不一会儿全炕枯了,慢慢变得油浸浸的。打屁虫身体含油多,不需再放,屠老幺只撒了一点盐,炒几下就起锅。他边往碗里铲,边带着遗憾说:"要是有葱子放一点就安逸了。"

　　一个船员从屠老幺端起的碗里拈起一只打屁虫,丢入口中,嚼得咔嚓咔嚓的,嘴上说道:"好香! "大伙纷纷尝了起来,连声叫绝。屠老幺把碗放在桌上,侧头对我说:"尝一下吧,保证你今后还想吃。"强烈的好奇心促使我拈起一只,喂进嘴里,一咬,先是脆,然后香,且越嚼越香,味美无比。吞下肚,嘴里还留着一种特殊的脆香味。我已不惧怕它的丑和毒了,手又伸向桌上的碗……

屠老么喝着酒给我们摆龙门阵:"小时候晚上睡着了,我净在铺上撒尿,特别是在冬天。只要我妈一晒棉絮,同街那些细娃儿就冲着我喊'撒尿鬼儿、撒尿鬼儿'。后来,我老汉儿认到一个老中医,说吃了打屁虫,就不尿床了。这样,严冬的早晨,我跟着老汉儿开始到河坝去捉打屁虫。"

屠老么说,还听老中医摆,明朝的时候,四川有个叫何卿的将军,脾肾亏损。为了壮阳,将炕得半熟的打屁虫,和陈皮、车前子等中草药一起,打成粉末,炼土蜂蜜搓成药丸,早晚用盐开水或在酒中放盐吞服。屠老么说,这也是古医书说的。

我和船员们都不信,只对他吃了打屁虫后,还在铺上撒不撒尿感兴趣。屠老么回答,记不得了,只记下打屁虫的香脆。

"哦,还是撒尿鬼儿!"我们起哄着散去,然后各就各位。向船长说马上开头了。

蜈蚣

听老一辈的人说,炖鸡的时候,不要揭锅盖,房顶上屋瓦里的蜈蚣闻到香气,爬出来吸味,掉进锅中,就成了一锅毒汤。过去的砖木土平房,屋瓦上尘土里生长着许多苔藓植物,雨水多的时候潮湿，瓦间缝隙里各种爬虫多，难免会有蜈蚣。

民间有"五毒"之说，蜈蚣位列第三，也有人把它排第一或第二，没再往后排。有个夏天，杨伯伯贪凉，搬了把躺椅，到屋后的阳沟坎上睡午觉。阳沟里面是石块垒砌的挡土墙，有两米来高，晒不到太阳，阴凉。杨伯伯睡得正香，感觉右脚背火辣辣的痛。睁眼一看，已经红肿，估计被蜈蚣爬了。挡土墙的石块缝里潮湿，最容易躲藏蜈蚣。于是，杨伯伯在阳沟后头大声呼叫他佃客，快去喊唐忠明。唐忠明是同街邻居，懂点中草药，经常给大家医点小毛病。他先用茶叶水给杨伯伯清洗脚背，然后从土里挖了几根曲蟮，装在土碗里捣成泥，敷在肿痛处。第二天，杨伯伯能走路了。后面几天里，杨伯伯自己挖曲蟮捣烂，敷了几次就好了。奇怪的是，唐忠明第一次敷完曲蟮泥，还用毛笔在杨伯伯脚背上画了一只蜈蚣。我姑爷说，画个蜈蚣虫，是以毒攻毒的意思。

二十岁的牛松，师范专科学校毕业分到大巴山腹地的小县里，没去教书，留在宣传部当理论教员。二十世纪八十年代中期，这里的机关十分缺少有文化的干部，读专科也称大学生，金贵，吃香。当然，小县城更缺有文化的女婿，三天两头，便有人给他介绍对象。有个傍晚，县委办一位嬢嬢介绍自己侄女给牛松认识。姑娘是幼儿园老师，模样俊俏，看起十分温柔。牛松心花怒放，回去的路上还在激动。时值八月，天气热得很，他顺便在河边抔水洗了把脸，顿觉凉爽。这小河从大巴山深处流来，绕城而过,河水冰凉,是小县城人歇凉的好去处。谁知第二天早晨起床,牛松成了个"歪嘴儿"——左脸面瘫。他在镜子中看见自己,本来不帅的一张脸更丑了,生怕昨晚那姑娘见了会反悔,当即请假去看病。

单位老同事说,这种情况看中医妥当些。牛松来到县中药材公司的门市,里面有个坐堂老中医,说是民国时当过军医,医术高超。老军医问了病情,仔细端详牛松的嘴脸后,慢条斯理地从抽屉里拿出一个红塑料壳壳的本本儿,翻看着说:"你这个治疗要'以毒攻毒'才行,怕不怕?"

"不怕!"牛松心里想着幼儿园的姑娘,斩钉截铁地回答。

"是吃蜈蚣哟!"老军医仍旧慢条斯理。

"啊?"想到蜈蚣的丑样,牛松全身麻起来,差点呕吐。

老军医解释:"不是活蜈蚣,制了的,泡酒后吃掉。"牛松松了口气。药用蜈蚣都要炮制,先开水烫死,再用竹签插入头尾,绷直晒干后,用竹片刮去它的头和多只足脚。也可把蜈蚣浸润酒后,用微火炙干。

老军医开了处方,用酒泡蜈蚣,每天嚼食六只。牛松总共吃下四十八只蜈蚣后,"歪嘴儿"正了过来。

他说,那蜈蚣的味道像是吃小鱼干。

蜜

一

"后天,旧历二月三十,早点来'消夜'哟!"老洪把头朝我耳朵凑过头来,低声说,"晚上割蜂糖,这两桶去年没割过,是药糖,安逸!"川江一带"消夜"是吃晚饭的意思。秋冬季开花植物少,蜜蜂采野菊花、枇杷花、桉树花的花粉炼糖,有保健、养生的作用,乡民称"药蜂糖"。

我问怎么要晚上割,黑灯瞎火的不好做事。老洪回答,白天"蜂子"要采粉,飞进飞出的,晚上都回桶了,才好割些。接着,我指指屋檐下问:"是割这两桶蜂糖吗?"他摆摆右手,声音更低了:"小声点!莫让它听到了,'龟儿子'晓得了,这几天要把糖吃完。"蜜蜂靠吃"蜜"存活,很多人却误以为蜂蜜是蜜蜂排的便。这点连李时珍老先生也弄错了,《本草纲目》上记载:"蜂采无毒之花,酿以大便而成蜜,所谓臭腐生神奇也。"

"是不是哟,它听得懂我们的话?"我笑笑。

"是真的哟!"老洪点头称是,一脸的虔诚和认真。我不再问,算是尊重和理解。小时候,家里放了"耗子药",姑妈绝对不准说"耗子""老鼠",要喊"高客"——从屋梁高处爬来的"客",老鼠就听不懂了。

英国民间有一种古老的习俗叫"告诉蜜蜂",王室人员都遵守,相信这个小精灵可以听懂人话。

二

　　乡间农户习惯在房前屋后搁架几桶蜜蜂，方便自己食用，顺便再卖一点，增加收入。乡民谓之"一搭二便"。蜜蜂的房子称桶，因其筑巢在篾条编织的圆筐里，筐壁内外用泥巴混合黄牛粪敷抹，透气不透风。张岱在《夜航船》里说："蜜蜂桶用黄牛粪和泥封之，能辟诸虫，蜜有收，蜂亦不他去，极妙。"没想到牛粪有如此妙用。

　　蜂桶搁架在可遮风挡雨的地方，避免强烈阳光照晒，太阳大的时候，用篾巴折遮挡。乡间有一种叫山野芋的植物，叶子巨大，可长到一米多长，摘来正好遮盖蜂桶。老洪在屋前的缓坡上栽了几兜，用时方便。但有三桶蜜蜂挂在猪圈粪池旁边的墙上，晒不到太阳，不用遮盖，看起让人十分不舒服。老洪却说："你放心，蜂子爱干净得很，绝不沾脏东西的，就是蜂桶里面脏了，它都要飞跑。"于是，老洪要经常抽开蜂桶下口封板，打扫灰尘和蜜蜂的粪便，同时提防棉虫、偷油婆、蜘蛛、糖蛾子这些虫子爬进去。

　　有一天，老洪正在地里做活路，突然感觉背上被什么虫虫之类的小东西咬了一下。他习惯性地抖动抖动身子，一只蜜蜂从身后飞到了面前。老洪明白，这是咬，像大黑蚂蚁夹一样，与蜇完全不同，自家的蜂子熟悉自己身上的气味，给他放信来了。老洪心里一咯噔："蜂桶有事。"连忙丢下锄头，赶回家。一看，一只牛角蜂正趴在蜂桶的出入小孔上，想进却进不去。牛角蜂是野蜂，个头较大，不仅偷吃蜂蜜，还攻击蜜蜂。老洪马上把它清除了。

老洪养了近三十年蜂子。那是一个夏天的傍晚，他从地里收工回家，看见路边树枝上有一群土蜂，应该是远处飞来的一群分桶蜂子。桶里的蜜蜂多了，自我分出一批，叫分桶。他暗自高兴，生怕它们飞走，一阵小跑回家，拿来一条装过化肥但洗干净了的尼龙口袋，一下子笼在树枝上，把蜂子全装了进去。提着口袋，老洪找到屋后的一户儿养蜂人，借了只空蜂桶，把袋里的蜂子罩进去。这样，他有了第一桶蜜蜂。

"古话说'蜂多出王，人多出将'，养了大半年，蜂子越来越多。"老洪请教同村的养蜂人，快分桶了，便开始留意起来。果然，不久后的一天，一大群蜜蜂飞到旁边的一截木桩上。他拿出一只甑子蒸隔，尖朝上，靠近木棒，点燃艾草，蜜蜂被熏后，纷纷飞进蒸隔的凹面，一层又一层，越聚越多。看见蜂王进去了，他才把蒸隔放进一只新做的空蜂桶中。装进了蜂王，外面散飞的蜜蜂自然会飞进桶里。老洪这样有了第二桶蜜蜂。

本来每桶蜜蜂每年要分出二三桶，最多时可分五桶。俗语说，"养蜂不用种，只要勤做桶"。但老洪喂了这么多年，也只有十多桶。因为有的也飞跑了，有的饿死了。我问他，蜜蜂怎么会饿死？老洪回答，冬天花少，采不到粉，炼的糖不够吃，就饿死了。加上飞跑的，有时一年最少时只剩下五六桶。很多人给蜂子喂白糖,让它活命。他不喂,那才是真蜂糖。

三

很快到了旧历二月三十,洪志祥约定的日子。吃过晚饭,夜幕降临,开始割蜂糖了。

老洪请来妹夫当帮手,两个人从屋檐下的搁架上抬下蜂桶,稳扎稳打地移动脚步。看起有点分量,也许是出于小心,都弓着背,吃力地抬到院坝里放好的板凳上。蜂桶上下用木板封口,蜂巢筑在上口盖板内顶。他俩又抬起蜂桶,反过来倒放在板凳上,上口盖板在下了。然后抽开已朝上的桶下口封板,马上拿大瓿盖盖住。瓿盖的手提錾錾儿用绳子系着,另一头挂在搭设的横木棒上。两人头戴纱布面罩,手持短木条轻轻敲打蜂桶壁,让桶内的蜜蜂往瓿盖内顶聚集。过了约十分钟,一人慢拉横木棒上的绳子,轻轻吊起瓿盖,另一个低头、弯腰查看,内顶聚集了大量蜜蜂。但蜂桶内蜜蜂还有不少,继续盖好瓿盖。每过一会儿,又吊起瓿盖看看。大约半个小时,蜜蜂差不多都聚在了瓿盖内顶,便吊起瓿盖,拴好绳头,一直悬吊着,好让散飞的蜜蜂仍往里聚。

我正看得起劲,一只蜜蜂落在右额上,本能地用手一扇,立刻被蜇了,像针刺一样痛。"快用口水擦擦!"老洪说,"最好用尿冲洗,可解毒,你肯定不愿意,哈哈哈……"我揉搓着额头说:"没事!没事!忍受得了。"

老洪与妹夫继续，他打开手电筒，往蜂桶内一照，透过光，饱含蜂蜜的一片片蜂巢为金黄色，玲珑剔透。养蜂人不喊蜂巢，这名字太书生气，不接地，他们称"列子"——蜂巢一片一片地排列在一起。老洪向上提开蜂桶，上口盖板留在板凳上，列子就全部显露出来。他拿一块像小铲子的竹片，从附筑在盖板上的列子根部，一片一片割下来，装在一只大盆里。老洪妹夫双手提着列子往盆里放时，亮晶晶的蜂蜜直往下滴。我这才明白，为什么说"割蜂糖"，确实是割下来的。

老洪说，割列子不能用铁刀，蜂子闻了铁味不炼糖，要跑掉。张岱在《夜航船》里记录祁连山上有一株仙树，它的果实像枣，如果用竹刀破开的话，味道是甜的，用铁刀就是苦的，用木刀是酸的。世上很多事有趣，说不出为什么的。

老洪手里这把竹铲子用了十多年，上下磨得锃亮，又被蜂蜜无数次浸润，不遭虫蛀。"这把竹铲子给我挣了不少钱。"老洪骄傲地说。割蜂糖考手艺，他第一次请师傅帮忙割，花了二十块钱，"三十年前的二十块好值钱呀，花得我心痛"。老洪很精明，花了钱要站在旁边看仔细，假装好奇地扒根扒底问。请来的师傅有点沾沾自喜，或许是想揽第二年的生意，不厌其烦耐心解释。哪晓得洪志祥把手艺全"偷"学会了，第二年开始自己割蜂糖。老洪会了之后，也对外挣钱，只要听到别人喊，或者"摩的"带来个口信——现在改用电话联系了——把竹铲子往腰背上一插，就飞快地去了。目前的行情是割一桶一百块钱，外加一包香烟,另供一顿酒饭。有一回,镇街上的一户儿人家急抓抓打电话叫他去,蜂子钻进旧沙发的破洞里筑了一窝列子,看起犯难了。"我把沙发洞划大些,还是用甑盖把蜂子招拢,照样割了下来。走的时候我多要了五十块工钱。"老洪乐呵呵地说。

割完列子,要收蜜蜂回桶。老洪解开绳子,放下甑盖,翻过来置放在一只箩筐上,再立马罩扣上空蜂桶,上口盖板已封好,底口没封,还垫上三支筷子,留一丝缝隙,好让外面散飞的蜜蜂归桶。老洪妹夫舀来一瓢水,嘴含着朝甑盖和蜂桶周围喷几口水雾。张岱在《夜航船》里又说过:"收蜜蜂,先以水洒之,蜂成一团,遂嚼薄荷,以水喷之。"这段话的意思是,收蜜蜂时,先用水洒它们,蜂会聚成一团,然后再嚼薄荷,含水喷蜂。薄荷可防蜂蜇人。老洪和妹夫虽没嚼,但收蜜蜂的原理差不多。

四

蜜蜂们留在院坝的黑夜中,自己慢慢回桶。老洪和他妹夫还有最重要的事要去做:挤蜂糖——蜂蜜饱含在列子里,需要从中挤出来。列子是蜂蜡,不能直接食用。

以前老洪挤蜂糖,是用纱布袋装入列子,两人抓住袋子的两头使劲扭转,让蜂蜜慢慢溢出来。土蜂蜜非常稠密,纱布袋里的列子一次不能放得太多,挤不干净太可惜。但人的手力有限,难免挤不净。现在用上了榨糖机,是老洪在外打工的儿媳妇从网上购买的。列子放入机器的漏筒里,双手转动压板支撑螺旋杆,步步紧压,只见一小股蜂蜜从机槽缓缓不断流入盆中。仍是用手,有了机械装置助力就是不一样,不费劲不说,出糖率高多了。

全部列子挤完,留下一洗脸盆蜂蜡。虽不能直接食用,但经过加热熔化、去杂质和熬炼、脱色等加工程序后,蜂蜡可入药,《神农本草经》《本草纲目》等多种古药书里有记载。

这时候, 我额头被蜜蜂蜇过的地方已肿了个包。老洪说:"老弟,你风重啊,这么蜇一下就肿了。我经常遭蜇,蘸点口水就没事了。你拿点蜂蜡回去泡酒喝,祛风。""风重"是中医术语,我不懂,但我相信老洪,他的经验贵在实践。

老洪在挤蜂糖之前,先从列子上掰下"儿糖"——里面是幼蜂。这种列子挤出的蜂蜜含糖量不高,会酸,不能久存。

看到掰下的儿糖不少,我觉得可惜。"这些有用的,我兑了水,灌给牛、羊喝,可以打它肚子里的寄生虫。"老洪喂有一头牛,还放养了几十只山羊,他接着说道,"这蜂糖卖这么贵,我也不能害别个呀!"这话听来十分顺耳。

五

已经夜里十点了,我向老洪告辞。他用矿泉水瓶装了两瓶蜂蜜递给我,说:"给我一块钱就行了。"两瓶蜂蜜有两斤重,要卖二百元,我有点疑惑。老洪解释道:"蜂糖不能白送人,蜂子晓得了要跑,你给一块钱,就算是我卖的了。"

"有这么一说？"

"是的！当真！"老洪又是一脸的虔诚，"就像找别人家抱猫儿一样，至少要给个五块十块的，不然抱回家，它不捉老鼠。"

我不再问，也不较真，再次尊重他的虔诚。

蜂

二十多年前，熊胖娃患了腰突症，坐卧立行时，只要一变换姿势就疼痛难忍，便按常规采取中医理疗，按摩、针灸、拔火罐都试过，效果不佳。有一天，一亲戚介绍偏方，说是县城南门口来了个"神医"，专医腰突症，方法简单、奇异，竟用蜜蜂蜇患处，谓之以毒攻毒。因蜜蜂尾部有刺，内含毒汁，察觉到危险便蜇人。但刺与蜂内脏相连，刺出，蜂则亡。

那时的老县城都是些小街小巷，费了好大一番工夫，熊胖娃才问到神医住处。一进门，简陋的旧房有个小天井，横七竖八地叠放了许多只蜂箱。专业养蜂人天南地北追赶花期，为方便途中运输，蜂房全用薄木板钉成方扁形的箱子，因而称"蜂箱"。其实神医就是无行医执照的"游医"，要到处走，当然也用蜂箱。

看见飞舞着进出木箱的蜜蜂，熊胖娃想到一会儿要活生生地让它专门来蜇，不免有些紧张。自己虽然先前从未被这玩意儿"亲近"过，却见过那些被它"修理"过的人"肿泡气壳"的惨兮兮样子。然而为了治病，只能豁出去了。

神医随意问了问病情，估计也只是个形式而已，便叫熊胖娃坐在板凳上，撩起上衣，露出后腰背。然后拿镊子，从装有蜜蜂的搪瓷杯里夹住一只，在他后腰上轻轻擦来擦去。大概十来秒时间，熊胖娃突然感觉到腰上一丝锐痛，瞬间又消失，紧接着又麻又胀。几分钟过后，只留有一点微痛，熊胖娃松了口气。神医却慢条斯理地说："再蜇一次！巩固一下！"

熊胖娃的龙门阵不仅摆得有趣，言语也幽默："第二只蜜蜂偏偏要和我做朋友，无论神医如何戏弄它，整得它个半死，却始终不肯出手伤人。虽然保持了'名节'，却惨死在神医的脚下，也浪费了我半天做足'视死如归'的思想准备。"最终，换只蜜蜂，熊胖娃还是遭蜇了第二次才算数。一结账，治疗费高得离谱，他咕哝道："你这是'抢钱'哟！"神医笑笑说："一个蜂子蜇一次后就死掉了，别个在用生命给你治病，不值这个价吗？"

每隔三天"蜇疗"一次，熊胖娃咬牙坚持了两周，打死再也不去了。二十多年来，他腰没再痛过。

为熊胖娃治病的是土蜂，学名中华蜜蜂，属中国独有蜜蜂品种。它的毒性很小很小。川江乡间有一种地蜂，因在土里筑巢得名，我们喊"地葫芦包"。它学名胡蜂，分布全世界，毒性非常大，尾刺也长，人一旦受到攻击，可能会立即致死。大义村一头黄牛在坡上吃着草，惹碰到了土里的地葫芦包，地蜂乱飞，往牛身上蜇。放牛娃儿急了，赶紧跑过去牵牛，又想吆开地蜂。结果一些地蜂又向他扑来。最后，人与牛一起被蜇伤，中毒而死。

江河故人

鱼福

白鱼入舟

蒲哥和几位朋友在长寿湖的岛上耍了一天,擦黑时,坐"打屁壳壳"回岸上。铁皮壳小船,装上三四十匹马力的柴油机,在水面行驶,远听"突突突"的声音像在打屁,因而得名。

行进中,突然"啪"的一声,一条三斤左右重的鱼从湖里蹦到舱中,落在蒲哥脚边。"哇——"大家欢呼起来,"捉到起,莫让它蹦起跑了!"蒲哥赶忙双手紧紧抓住鱼,乐呵呵地说:"哦,被我捉到了,这是福分哟!"

"安逸,找个馆子加工!"

"水清鱼鲜,做酸菜鱼。"

"还是麻辣味的,好吃些!"大伙儿七嘴八舌地提议。

"我要放回湖里去!"蒲哥做了个大家意想不到的决定,"来,你们摸一摸,沾点喜!"蒲哥抱着鱼,轮流让每个人摸了一

109

下,然后顺势丢进了湖里。"哦豁!"大家似乎有点失望。

这时,蒲哥开始讲故事:"有一次,唐太宗观看打鱼,见鱼不停地往水面蹦,问是怎么回事。渔夫回答,鱼在板子(产卵)。唐太宗下令马上收网,不打了。这是《酉阳杂俎》上记载的。"蒲哥是个有名堂的人,每天早晨起床首先洗凉水澡,然后喝着一杯热茶看西方哲学著作,读书多。大家听他的,不争辩。

三峡库区蓄水前,川江为自然河道,江里时常也有鱼蹦到船上。有一次,万州渔民刘家两爷子刚把船划出去,一条鱼蹦了上来。正在掌舵划桡的刘老汉儿双手没空,赶快呼唤:"快点按到!"儿子捉住鱼后,刘老汉儿马上教他,快用嘴巴咬一口,要把鱼咬出血来。儿子照着做了。晚上,吃着这条鱼的时候,儿子问:"老汉儿,啷个要把活鱼咬一口呀?还要咬出血才算数?"刘老汉儿喝着酒慢悠悠地回答:"这鱼无缘无故地蹦到船上,不是好兆头,咬一口破灾,出了血更避邪。"

小时候听大人说过,如果在路上捡到钱,不能马上放进衣服口袋里,是"纸洋"的话,撕一点小角角儿,钱仍然可以用。如果是"壳儿",就咬一下。纸洋是纸币,壳儿为硬币。大人没告诉为什么,我觉得和刘老汉儿说的"破灾"差不多。

二十世纪七十年代中期的一年,川江支流澎溪河秋汛,滴水岩过河船封渡。这天,一个姓杜的姑娘出嫁,急着要过河。结婚日子不能改,早定好,客人们都来了,婚宴前几天已开始准备。当地有两个农民,一个姓肖,一个姓张,想趁机挣点钱,于是，找"王打鱼"租渔船打卖渡。打第二渡时，一条红鲤鱼突然蹦到了船头。王打鱼当时在场，他是老渔民，懂得这水里的"规矩"——放信来了！马上劝肖、张两人歇渡，莫打了。这两人见过河的人多，生意好，根本不听劝阻，而且过河的人也不许停渡。结果打第三渡时，船在河心翻沉，淹死十六个人，新娘新郎在内。后来，王打鱼和肖、张三人都被判重刑，县志上记载了这起特大交通事故。

在长江中下游一带，如果行船时碰到鱼突然蹦上来，也认为不是好事，但破灾的方法却不一样。船工捉住鱼后，不可留下来自己吃，要把鱼老壳剁下来，与鱼身子一起扔回水中。他们认为这鱼是河神派来的，提醒注意安全，所以以此祭河神、祈平安。某个早晨，洞庭湖有两只木船同去四川，出发不久，其中一只的船舷边突然飞起一条大鱼，约三尺长，鱼翅全是红的，然后落入了水中。船工没捉到这鱼，不能剁头祭河神。当天傍晚，这船的桅杆被大风折断，布帆扯得稀烂。

活鱼蹦进船舱的事，不但长江上有，黄河还出了个成语：白鱼入舟。《史记》上有记载：约公元前1048年，周武王决定伐纣，率军队过黄河时，一条白鱼跳进他船舱。鱼鳞似战士铠甲，鱼腹多子又如兵，古人把鱼当作军队的象征。大家说这是吉兆，正是讨伐商纣王的时候。武王却认为时机还不成熟，用这条鱼来祭天后，率军队回去了。另据《封神演义》上说，这条鱼祭天后被武王煮来吃了。"白鱼入舟"比喻用兵必胜的征兆，形容好兆头开始。

同样"鱼入舟",凶与吉,各有说法。

长江十年禁渔期之前,木洞的老喻打了十二年鱼,在这行中算不上老手。他听信老一辈的,遇到有鱼蹦到船上,一定要放回江里去,这叫放生,保佑平安。有一两年,鱼老是往老喻的渔船上蹦,遇到过十多次,每次都放了生。有一天下午,又蹦上来一条白鲢,有六七斤重。少有这么大的白鲢,看起都喜人,老喻却毫不犹豫地要往江里丢。这次他佑客不同意,要拿去卖钱,野生鱼抢手得很,白鲢起码也是二十元一斤,还是批发价。老喻只好把鱼放进渔船的活水舱喂起,第二天早上再给餐馆或鱼贩子送去。晚上,老喻躺在船舱里翻来覆去睡不着,心里惦记着这鱼,就怕有不顺的事发生。半夜,佑客被吵醒了,见状,只好说:"好好好,明早你就放了!"听到这话,老喻才安下心来,马上就睡着了。

随后的日子里,时不时还是有鱼蹦到船上。老喻是个实诚人,不管是凶是吉,都不愿碰到这种事,这成了他的一块心病。他佑客回娘家耍,"搭呱"时跟母亲说起这事。母亲说:"你喊他来一趟。"老喻立马去了。丈母娘找来一位"观花婆",问了老喻一些话后,然后烧了点纸香烛。

"我没留意,一点记不起她们问的啥,也不晓得具体哪个弄的。"老喻不解,"怪得很,就这以后,再也没得鱼蹦到我船上了。"

不过,同样是木洞的渔民,有人却想办法要让鱼往船上蹦。

他们在慢流水中划行一只小木船,船舷一面张开兜网,另一面装上一人多高的木板,刷着白油漆。小木船慢慢行进,时而会有一条鱼从水里蹦起,落入舱中,或掉进兜网,手到擒来。木洞渔民称这办法为"划白船"。因白漆木板反光,映照到水中,江里的鱼以为到了流水口,就会蹦起来。川江的鱼喜欢斗滩。渔民掌握了这个特点,专门"划白船"捉鱼卖钱。

这些鱼和蒲哥、刘家两爷子、老喻等捉到的鱼,往往都属鲤科,在水的上层生活,性活泼,善跳跃,因而入舟之事也就不奇怪。

吃鱼

一

小时候,我家旁边是父亲单位职工食堂。因常停水,食堂里有一口用石板嵌砌的直径约两米的水缸,每天蓄得满满的。炊事员柳伯伯在缸里喂了几条鲫壳儿,我经常趴在缸沿上看它们闲游。喂了一两年,没见长大,加尾巴才一拃长。

我问柳伯伯:"这几条鱼好久才长大可以吃哟?"

柳伯伯回答:"鲫壳儿只长得到这么大。"

"长不大,喂起有什么用?"我不理解,"不如喂几条金鱼好看些。"院子天井的太平缸里就喂的金鱼。

另一个炊事员姚孃孃说,水缸里的鲫壳儿活起的,水就没得毒。这么多人吃饭,水要干净才得行。

天井的"太平缸"是两口长方形大石缸,缸壁正面都刻着这三个字。每口缸可装二十多挑水,缸沿因此太高,我使劲踮起才能瞄到水面。有一次,找来几块半截砖头垫脚,我才看到里面的金鱼。缸沿做得高,是防止小孩耍水而栽进去出危险。

父亲说,太平缸是消防池,水预备起灭火用的。那时候房子的楼板、隔墙多是木板,最怕起火。

不吃太平缸的水,怎么也喂鱼在里面?

父亲回答:"一缸水装在那里是死水,久了,会发黑发臭。喂了鱼,水就活了。"

二

食堂石缸里的水从没毒死过鱼,而炊事员姚嬢嬢有一天却差点被鱼毒死了。那天,食堂里做鱼吃,平时很少能吃到,是小河那边蔬菜队送来的两条大鲢鱼,他们包了父亲单位的茅厕挑粪,做肥料。姚嬢嬢感冒了正咳嗽,她以往听别人说起过,鱼苦胆止咳。破鱼时,顺手把一只鱼苦胆丢嘴里生吞了。可没多久出现头晕、恶心状况,随后心慌,心跳加速,呼吸困难。她支撑不住,倒在饭堂的长木条椅上。柳伯伯吓坏了,站在天井呼唤几声,办公室几个同事跑来,赶紧卸下一扇木门板,急急忙忙把姚嬢嬢抬到医院。经过几小时抢救,才把她的命捡回来。

后来有熟人给姚嬢嬢说:"你弄错了,生吞鸡苦胆才治咳嗽。"姚孃孃回答:"你现在说吃龙苦胆我都不会相信了。"

前几年母亲住院,我在医院陪护。有一天大半夜,送来一位急诊病人。一个护工"看热闹"回来摆:病人老陈,下午从超市买回一条五斤重的草鱼,路上遇见一老头,边走边"摆白"。老头顺口说起鱼苦胆可降火。老陈前几天连续喝酒吃火锅,燥火,嘴唇起了泡。剖鱼取出苦胆后,嫌腥味大,他就着酒吞下了肚。晚饭后,腹部开始疼痛,接着上吐下泻。以为是吃坏了肚子,他喝了支藿香正气水。半夜病情加重,屙不出尿来,双脚水肿,被家里人送到了医院。医生说,鱼苦胆中毒可导致多种器官功能衰竭,那麻烦就大了。

近几年,我在手机上刷屏,也看到过多起变着花样吃鱼苦胆治病而中毒的事件。其实,根据古代中医药书上记载,鱼苦胆是可以口服并能治病的。首先是《神农本草经》说鲤鱼胆味苦、性寒,主治眼睛红肿疼痛,消除青盲眼,有明目的作用,长期服用身体强壮,长气力。唐代中医著作《千金要方》里还介绍了鲤鱼胆的外用方法,可治小儿咽喉肿痛。明朝《本草纲目》也说,心腹突然刺痛,呼吸喘急,可用草鱼胆加温开水调和后喝下,与雄鸡胆、麻雀蛋一起做成药丸吞服,能治阴痿。草鱼、鲢鱼属鲤科。这些药书介绍口服鱼苦胆时都不是生吞,应在腊月取出阴干后备用。这是一种炮制方法。

可我在北宋博物学著作《埤雅·卷一》里又看到不同说法,众多鱼类中,唯有乌鱼,即黑鱼的胆味甘,可食用。是否可治病,没说。《埤雅》毕竟不是医药书,存疑。但让我费解的是,《本草纲目》解释"乌鱼"时,引用《日华子诸家本草》的说法却与之相似:"诸鱼胆苦,惟此胆甘可食为异也。"这可与此书中鲤鱼、草鱼胆能口服的介绍自相矛盾了。

不懂,我们就听医生的,莫乱吃。

三

一天,重庆某钢厂有个青工高烧不止,并伴随着皮肤呈黄色。在当地医院治疗两个星期后,高烧退去,皮肤黄色却不减,还有加深的现象。经检查发现,他血液里的白细胞计数增高,被迅速转到医学院附院的传染科治疗。经医生多次仔细检验,最终在他大便里寻找到一种寄生虫,确诊为肝吸虫病。对症下药,青工的病很快治好了。

这个青工喜欢钓鱼,地点是一些乡村堰塘。他有一个怪癖爱好,生吞钓到的小鱼。吞的时候,用拇指和食指尖提起小鱼的尾巴,鱼头朝下,仰起头,张开大嘴,一气吞下,每次七八条。没想到肝吸虫的囊蚴寄生在这些小鱼的鳃和肌肉里,因生吞而染病。

八十岁的王昌宇是赤水河边丙安镇的一位民俗文化作家,搜集和体验过许多凡人奇事。他知道有个患肝硬化的人,肚子里起了腹水,在邻近的四川泸州市大医院治疗一个多月,没得一点好转,只好抬回来等死。可家里人又心不忍,找到当地一个有名的外号“何草药”的民间行医者，“死马当活马医”。何草药都是自己上山采药，平时给人看过病后，从装药的背篓里抓些叶叶草草、树皮皮、树根根，让病人熬水喝。一般两服药见效，不行就另请高明。何草药告诉肝硬化病人的家里人：“我试试，医死了不要找我扯皮哟！”家里人背着病人回答：“不会不会，本来就是等死的人。”

病人喝了何草药配的草药之后，没多久，竟能下地走路了。

“你有救了！”何草药高兴地对病人说，“现在你每天拿舀篼去河边舀鱼，舀到寸把长的小鱼，就抔口水，直接活吞下去。”一年后，病人腹水已消，去泸州大医院复查，很多指标都正常了。医生连说三个“奇迹”。

有人慕名找到何草药，想买治肝硬化起腹水的药方子。

“生吞小鱼！”何草药理由很充分，“人肚子里有水，挤也挤不出来，倒也倒不掉，只好吞小活鱼进去喝干净噻。”

腹水是腹腔内的积液，生吞小鱼进入了人胃里，能喝得到吗？

有一种历史悠久的招数称“祝由术”，说与巫术同源，是古人用来治病的一种方法，常见于古代医书中。现代人认为是一种精神疗法。何草药的手法算不算呢？

四

川江人喜欢吃鱼的多，但以前并不容易吃得到。

抗战时，重庆的报纸上说：“平均每年十人仅得食鲜鱼一斤……鱼价高于鸡价三倍,高于(猪)肉价五倍,高于牛肉价七倍,中等之家,亦经常叹食无鱼。"民国时期出版的《新都见闻录》里称:"重庆虽号滨江之区,水产物却非常稀少。青鱼、鲤鱼之属,尚可在扬子江(长江)中网得,惟因难捉之故,数量既少,价复奇昂。"川江支流嘉陵江的情形差不多,据民国《苍溪县志》载:"嘉陵江水色白,多深潭,鱼不易取。沿江两岸,业渔者少。"

著名教育家叶圣陶先生喜欢吃鱼,抗战期间居住在重庆时,给远在上海的朋友通信,多次提起吃鱼的事。有一次,家里打麻将,赢的人请客,买菜在家做,有全鸡和红烧牛尾、蹄子、鲤鱼等十多个菜,特别解释"鱼是难得吃的"。后来,叶老离开重庆,到乐山的武汉大学授课,在给朋友的信中又说:"蜀中鱼少,惟此间鱼多,今日买小白鱼三条,价一角八分,在重庆殆须六角。"紧接着还提到,昨与两位书店朋友吃馆子,菜里有"块鱼"。在另一封信中,叶老再说吃鱼:"流窜经年,颇思鱼鲜……"

阅读有关川江历史文化的书籍和文章时,里面常有例证,说某处考古发现墓穴中有鱼骨刺,某处又出土了渔网网坠……以此推断川江古人以猎渔为生。其实这只是一个概念。川江及其支流虽然鱼的种类繁多,但属山区河流,水深且湍急,难以生长鱼卵依附的藻草类植物,大多附着在礁石上孵化,却常被激流冲散,因此繁殖量并不丰盛,渔业生产根本不可与长江中下游相比。可另一方面,水流湍急中生长的鱼与缓流中的鱼品质不一样。《新都见闻录》里解释，川江鱼肉嫩味美。这如优生学的原理，凡稀有之物，其种必良。

川江人为了吃鱼，使用各种工具和办法弄鱼：钓、钩、叉、拦网、拖网、刺网、扳罾……甚至采取毒、电、炸等粗暴、违法手段。

黄木浩岸边的罗崇国今年七十岁，四十三岁那年有了个外号"一把手"——本意是一个单位或组织的最高职务者。那年农历七月初九，女儿要回娘家，老罗心里高兴，大清早决定去浩里弄几条鱼回来让女儿尝鲜。川江上称"浩"的地方，都是江心有又长又大的石梁或沙石土坝洲，离岸近的一侧为内江，即称浩。浩里风平浪静，是鱼的栖息地。

老罗拿着两只玻璃小瓶，里面装有雷管、炸药，去找渡口的肖老五帮忙在浩下口放第一炮，自己接着在上游二三十米处放第二炮。两炮相夹，获鱼可能性大得多。远远看见肖老五门前有三个女人晃动，高矮胖瘦差不多，看样子年龄都在四十岁左右，穿着像是川西少数民族的服饰。肖老五老家是川西那边的。他家里有客人，不便再喊去帮忙。老罗一人走到黄木浩水边，点燃其中一只小瓶的引线，准备丢进浩中。咋没听见火药燃烧时的吱吱声？是不是引线受潮了？老罗迟疑了几秒，突然"轰"的一声，瞬间，右手掌不见了。

"当时很痛吗？忍受得了不？"我问。

"没得知觉。"老罗说，"可能事情发生得太突然，我很紧张，不晓得痛了。"

八月酷暑天,老罗开设的麻将茶馆里没有一位客人,我俩光着胳膊在电风扇下摆龙门阵,他一五一十地给我讲了当天的事:

　　"我还算清醒,把手腕上的血管死劲捏住,赶快往乡卫生院跑。他们哪里见过这阵仗,惊慌得连声说'我们不得行、不得行,医不了'。我又跑回江边,喊了一只渔船,送我到河对岸,那里有区卫生院,大得多。上岸后,碰到个黄木浩过来卖菜的熟人,我叫他给我屋里带个信。

　　"医生先给我打麻药,再把炸断的骨头锯整齐,然后将肉皮合拢,包住伤口缝好。第二天,我老婆卖了一头猪,带着六百来块钱赶过来补交住院费。第三天钱就花完了,还差医院几十块。我也没得钱吃午饭了,医院又不给我吊盐水,肚子饿得好快。我喊一个打鱼的朋友送来一条鱼,有两三斤重,找到主治医生家,说我今天就出院,欠的钱实在拿不出来了。过几天我来找你拆线,帮个忙!"

　　"你各人害怕没得?"听着老罗的讲述,我有点胆怯了。

　　"先还是'雄起'的,躺在医院的时候'粑'了。又一想,只是手断了,也没要命。如果我不是想着找肖老五帮忙,把一炮的药改成了两炮,早被炸成了碎碎儿。"现在老罗倒是无所谓,"没得了右手,吃饭、挖地用左手重新学,他们喊我'一把手'了。"

　　"也该我'背时',如果当时找到了肖老五,时间岔开一下,可能就破了灾。"他又感叹地补充道,"后来肖老五说,那天他家里根本没来客。"

五

二十五年前，我辞职"下海"，挂靠一家房地产公司修建了一幢商品房单体楼，有五十来套住宅。我们是小城市，项目又在城郊的开发区，住宅不值价，每平方米才卖五六百元。而土地出让金、税费和工程费用加在一起，成本差不多达到七百元，一平方米倒亏几十上百元。唯一的赚钱办法是靠出售商业门面，单价四千元左右。因此，临街层、第二层都设计为商业用房，比较好出手。但住宅即便是亏着卖也非常难销售。我建房的钱，是找亲戚朋友东借西凑的，还抵押自己与母亲的住房在银行借了款，如果大部分住宅不能尽快脱手，会背上一大笔债务。

四月份，正进行基础施工的时候，当年第一场暴雨袭来，基槽里满是泥浆。天刚晴，工人马上去抽基槽里的水，抓紧时间浇注地圈梁混凝土，再下雨就不担心费工费时了。

不一会儿，年轻电工双手抓着一条约三斤重的鲤鱼，笑嘻嘻地走进施工办公室："陶老板，抽水的时候，我在基槽里捉到一条鱼，安逸，晚上煮来吃了！"真奇怪，左右后三方虽说是坡地，但无沟无河，又没有渠堰、水塘，后面半坡上还有一条即将通车的铁道横穿而过，鱼从哪儿来的？百思不解。

施工员马上发话，他年龄在我们中间最大，懂的多："这种莫名其妙来的东西违背常理，吃不得。"

"要相信这种风俗!"钢筋工有切身体会,跟着说道,"那年,一只麻雀突然落在我家门口,我老汉儿捉住给我儿子耍,第二天,麻雀死了。年底我老汉儿害病,没等到过年就'走'了。"

"是嘛!麻雀是天上飞的东西,无缘无故落到地上,不是好兆头。"施工员坚信这种风俗,"坡上、土里会长鱼?"

煮熟的鸭子怎么舍得让它飞了。年轻电工不信邪,硬是煮来吃了。我尝了几筷子,真鲜嫩!

半年后,我的项目才进行到一半,遇上旁边征地拆迁,修建行政审批中心。我那难卖的几十套住宅被征购,用来安置拆迁户。

签完合同,我如释重负。晚上,请大家吃了一顿鱼火锅。

悬鱼

有一次,在贵州的古镇游玩,一家咖啡茶吧的木板墙上挂着一条卡通鱼,是块防火警示牌。妻子说,这个有创意,鱼与水不可分,代表水,以克火。寓意好!

我不以为奇:"过去的房子常用鱼做平安符号的。"这古镇到处都是上百年的老房子,我顺手指着一间的山墙问:"你看,那正梁头子上吊的是什么?"

"像条鱼!"妻子惊奇地叫道。这鱼做得比较粗糙,只是大概样子有点像,但一眼还是能认出来。我解释说:"对。这叫悬鱼。"

以前建房用原木做屋梁,我们土话喊檩子棒棒,它上面再铺搁板,然后盖瓦。檩子棒棒伸出了山墙,常年风吹雨打,特别是"人"字顶的正梁最迎风,时间长了会腐烂。建房时,木匠在檩子棒棒的端头钉一块木板遮挡,建筑上称之为搏风板。渐渐地,讲究的人,或富裕之家,搏风板做成各种各样的鱼形,十分美观。因这"鱼"高挂于梁上,民间都喊"悬鱼"。过去建房主要材料为木质,防火很重要,水克火,鱼为水,悬鱼意寓平安。

却说古时有一"悬鱼"故事。东汉时,一个名叫羊续的人担任南阳郡太守。下属一官员听说他喜欢吃鱼,送来一条当地特产白河鲤鱼。羊续出于人情世故,收下但不吃,悬挂在屋檐下。风吹日晒,鲜鱼变成鱼干。后来,这属下又送鱼来。羊续指着悬鱼说,上次的还在那里呢。这样,"羊续悬鱼"作为古代为官清廉的成语传了下来。内容虽与"建房悬鱼"截然不同,是不是其来历不好说,但这名字之间有没有联系呢?

宋代的建造文献记载,悬鱼一般长三尺至一丈,即一米到三米多,或配有花瓣图案及各种传统吉祥纹饰。1902年,日本建筑学家伊东忠太到巴蜀一带考察,看到民居中的悬鱼造型优美,花样繁多,鱼、蝙蝠、蝴蝶、花纹都有,非常喜欢,谓"妙不可言"。

自从那次贵州古镇行之后,我与妻子再外出时,看到老房子,她都要寻找悬鱼。看到它们挂在那里,或抽象或写实,概由

老房子上的悬鱼（陶灵摄于 2023 年）

建筑物装饰风格而定,有的是两条"鲜活"的鱼并挂一起,还刻着一个"水"字。木鱼多为本色,有的刷了土红油漆,少数富裕人家的宅院为彩绘悬鱼。在四川一个寺庙建筑群中,我们找到的悬鱼是琉璃瓦材质,配吉祥云纹,造型美观、绚丽多彩,真是别具一格。

在妻子的赞叹中,我指着寺庙屋面的一个个琉璃瓦小物件问:"你看到没有?斜面屋脊上有一排排小东西。"我告诉她,"里面也有鱼。"

"看到了,看到了,小时候就在城隍庙的屋顶上见过,还以为是歇的雀鸟,一直不见它们飞走。"妻子有点小兴奋,"也叫悬鱼吗?"

"这叫脊兽,有龙、凤、天马、鱼、獬等十来个,安装规矩多得很。"我也只知道个大概,"主要作用就是镇火、祈平安。"

小时候,我生活在下川东,没见过民居中有悬鱼,檩子棒棒端头的梁瓦是往上错叠而盖,向前翘起,可挡飘风雨。另外,沿屋檐口都扣盖着瓦,把檩子棒棒端头和边搁板都遮住了。这也是搏风雨的好办法。

下川东属山区,山大山多,交通不便,旧时"棒老二"也多。于是,百姓选择多面悬空的"方山""桌山"修筑寨堡躲避,以求平安。据不同时期当地县志具体列名记载,清道光时城口有寨堡六十六个,清同治时万县为二百七十六个,民国时云阳存三百四十一个。仅三个县就如此之多,可知匪盗多么猖獗。

云阳磨盘寨是下川东一带有名的寨堡,四周绝壁,确有"一夫当关,万夫莫开"之势。1999年版《云阳县志》载:"1958年3月,成都会议之后,毛泽东主席乘船路过双江,曾向陪同的地方领导仔细询问磨盘寨的历史掌故和沿革,称它很奇特。"清乾隆五十四年(1789)后,此寨一直为当地非常富裕的涂氏家族所拥有。1920年农历正月初二,突然二百多名土匪围攻磨盘寨,但几次都失败。匪首姓王,向寨上喊话:"交出两万块钢洋、一千石粮谷,我们就走。如果不交,就困死你们、渴死你们。"寨上不应答,僵持了一个多月。按理说,官府早已得到情报,很快会派兵来解救被困民众。但这正是四川军阀混战时期,根本等不来官府的救兵。头年入冬以来又一直未下雨,眼看寨上堰塘要干了,大家惶恐不安。涂家"掌墨"老爷更是急得茶饭不思。家人见状,一天中午吃饭时,专门给他做了红烧鲤鱼,换换口味。涂老爷很惊奇:"哪来的鱼?"家人回答:"堰塘要干了,捉的,灶屋水缸里还有几条喂起的,明天再煮给您吃。""莫忙煮!"涂老爷吩咐道,一个退匪计谋在心中酝酿……

　　第二天是个大晴天,将近中午时太阳很大,寨下的土匪一个两个被晒得懒洋洋的。突然,寨子上有光影晃动,王匪首大惊:"有动静!"手下报告:"是寨墙上在晒渔网,上面巴了很多鱼鳞,反光。"

　　王匪首更吃惊了:"用网打鱼?他们还有恁个多水?"

　　手下劝说道:"围了这个久,他们就是'不虚火',恐怕'炖不炻'哟！"并献策，"耽搁久了不划算，不如撤了，到别的地方去照样'弄方儿'。"王匪首想想，觉得是这个道理，"不要在一棵树上吊死"。当天夜里，带着人马悄悄走了。

磨盘寨上晒网，求得平安，也是一种"悬鱼"。

下川东一带寨堡类似的"悬鱼"故事多。很古的东晋时，白帝城的夔州太守鲍陋，用"偷水孔"钓的鱼解了围；清初年，石宝寨谭家兄弟从通江的"鸭子洞"钓起鲜鱼，挂在竹竿上退兵……以至于万县"鱼木寨"的百姓投鱼退兵后，连寨名也换作姓"鱼"了。

"悬鱼"是平安"符"号，更是"福"号。

黄股头

三峡库区还没蓄水前，夏天时，川江边的细娃儿去江里游泳，都要远离拴船的钢缆绳。那时水流湍急，一不注意，快要接近钢缆绳时，岸上休息的同伴会大声呼叫提醒："黄股头！ 黄股头！"

钢缆绳用无数根细钢丝绞编而成，旧损后，说不定哪里就冒出根断头来——我们喊黄股头，它扎进身上的肉里很深，鲜血直冒，疼痛难忍。断头钢丝有锈，我生怕得了破伤风，有一次被刺后，用掉家里小半瓶白酒擦伤口。偷偷下河游泳的事因此遭发现，被父亲用篾片抽打得双脚直跳。这个痛也牢记在了心头。

黄股头是川江里一种无鳞小鱼的俗名，一般只有十多厘米大小，胸和背都长着如牛芒刺一样尖硬的鳍，而胸鳍短小，不被注意，捉它时一不小心，手指常被刺出血而钻心痛，就像是遭断头锈钢丝扎了一样。我小时候被它刺过多次，记忆犹新。当时还以为是它胡须所致，一直不解，那软软的胡须怎会如此厉害？

　　黄股头学名黄颡鱼。颡，额头的意思。说是古代原生桑树通常都高，要搭梯子才可采桑叶。而长得与人差不多高的桑树容易摘，古人就专门为这种桑树造了个"颡"字。黄颡鱼嘴大头扁，全身黑黄，因而得名。我感觉这说法有点牵强。

　　现在川江人普遍喊它黄腊丁，重庆人喜欢做食麻辣味的，也叫黄辣丁；北京延庆人因其背黑褐色、肚子渐浅黄而叫黄帮子；东北人称嘎牙子，源于其群游时发出的嘎嘎叫声。还有，上海人喊昂牛，江苏常州渔民唤安公，安徽蚌埠市民说盎鱼，贵州凯里老百姓称之角角鱼……全国各地对黄颡鱼的俗称不下三四十种。我从小叫惯了黄股头，直到现在都改不了口，也不知这名字是怎么来的。

　　俗话说：涨水鱼靠边。以前，川江汛期的涨水日子最适合在岸边钓黄股头，运气好的话，大半天下来，有了十来条，可以吃上一顿了。十来条黄股头不到一斤重，虽小，但嫩而鲜，熬汤最好不过。先用菜油混杂猪油在铁锅里煎一下，又香又能去腥味。江里的鱼腥味本来也不重。鱼嫩，只需煎几分钟，两面煎黄后，掺一瓢清水，放几片姜片，最好用陶瓦钵，小火熬上至少半小时,就可以喝上雪白鲜美的鱼汤了。当然,放点豆腐条进去,凑成满满一大碗,一家人都可以吃到几筷子。黄股头像这种最本质的吃法最富营养。当年坐月子的女人没奶水,物资匮乏年代又少有其他营养品,家里的男人便下河去,或钓、或买,想方设法都要弄几条黄股头熬汤,让女人喝了发奶。

最本质的吃法虽最富营养,却没有麻辣味可口。难怪有美食家说,一般好吃的都没营养,有营养的都不好吃。于是,流行在重庆大街小巷的黄辣丁有泡椒味、麻辣味的,还有干锅的、水煮的,吸引着无数的"好吃佬儿"。叫法和做法再多,都围绕一个"辣"字,其中最重要的一点不能忽视:必须是急火爆油做出来,肉质才鲜嫩。

我十四五岁时,有一次在江边看一老人钓鱼,他和旁边人摆龙门阵,说是一本古医书上写的,人的颈项上长了老鼠疮(瘰疬),溃烂流脓,把黄股头的肚子破开,放二十颗蓖麻子进去,用麻丝绑好,放在茅司坑里泡起。冬天放三天,春秋放一天,大热天放半天就行了。取出来后洗干净,再用黄泥巴包好,拿到火上烧干枯,然后研成面面,调香油敷在疮上。要不了几天就不流脓了,十多天就开始结壳儿。当时我听后,觉得神乎其神,同时也不太相信,茅司坑里泡过的东西又臭又脏,还能治疮? 后来,我确实在古医书读到这个方子,书名《本草纲目》。

三峡库区蓄水后,沿江城市的河滩大都修了堤岸,不方便下到江边去,我很少再去看人钓鱼了。三年前,采访即将上岸转岗的渔民，我在万州的一条渔船上，看见一大盆肚皮翻白的黄股头，显然这是所有鱼快死亡的象征。但其中一些黄股头不时又游动几下，看起挺有劲似的，与真正翻白的鱼不同。船上的渔民说，这鱼叫黄股头，肚子里气泡大，仰起游水。那种正常浮游的是黄辣丁。我半信半疑。黄股头不就是黄辣丁吗？只是名字叫法不同而已。几天后，我在江边遇一中年钓鱼人，见他旁边的小桶里又是翻白的黄股头，因只有三条，水阔，活蹦得很。于是问他为何翻白。钓鱼人回答："现在蓄水后水很深，这种鱼从三四十米的水中钓起来，承受的压强大，快速出水后，肚子里充满了气，就翻过来了。"他为了让我相信，又说："你用针把它肚子的气放了，保证会翻转来。"他的话也许有道理，但我没试。

黄股头也生长在川江支流的溪河。记得童年时，我跟同街的大娃儿一起去汤溪河电鱼，手摇式电话机的正负极线各接一块铁片，丢进洄水凼，使劲摇转手柄，只有这种无鳞的黄股头被弱电麻昏，不一会儿漂在了水面被舀起来。电鱼是我非常悔悟的一件童年往事，埋藏在心里很久。现在说出来，终于如释重负。

所以，我又怎么会用针去刺它呢？

外公的川江号子

十岁少年时，我第一次听到川江号子。

那年寒假，我第一次去外公家，乘坐的柏木帆船停靠在沙湾河坝。每天天没亮，柏木帆船装着村民们到县城赶场，是走下水。返程为上水，中午一点必须准时开头，不能耽误。这种短途木班船属外公他们生产大队集体的，叫副业船，种庄稼才是主业。副业船的收入全部缴给大队，每个船工则由队上每天按全劳力计工分。

本来头一天就要去外公家，因是农历腊月十九，川江行船忌日，停了航。外公说，船工不敢公开信奉封建迷信，借口船底漏水，要修船一天。

我跟着外公从岸边的跳板上了船头，一个头裹白汗帕的高个瘦老头打招呼："李烧火佬儿，接外孙过年呀？"我不明白"烧火佬儿"是什么意思，正准备问，外公却对我说："这是船上的张家长，喊张外公。"我又奇怪"家长"这称呼。后来弄明白是"驾长"，木船上掌舵的人，全船的人都得听他的，下川江一带方言喊成了"家长"。

我叫了声"张外公"。张家长高兴地"哎"了一声，说："到舱里坐。"

木船中部为客舱，顶着一个拱形篾席棚，棚顶齐大人胸口高，船头和船尾的船工可隔着棚说话。人进舱时需低头，进去后可以直身，里面的船板比外面低。舱内摆着一排排木板凳，已坐了很多村民，他们面前或放着一只竹背篓，或歇着一副箩脚担子，里面是盐巴、肥皂、煤油和化肥之类的物品。客舱前的船板上还有两只竹篓，装着"叽呀呀"叫的猪崽儿。

刚在板凳上坐下，我身后突然传来一阵吼声："喂呀吆哦嗬吆嘿哟哦。"回头一看，张家长手掌舵杆，正大张着嘴唱着。声音刚落下，船头接着响起整齐的和声："哦吔吔吔吔！"几个手持篙竿的中年船工，有的戳在岸上，有的撑着旁边木船的外舷，我们的船慢慢后退出来。

外公说："张家长在喊号子，旧社会时，大河的大木船上专门请人喊，现在不兴了。"外公熟悉这一切，十多岁时就跟嘎祖祖(外曾祖父)在川江上跑船，短航、长航、打广船都跑过。后来舅舅出去当铁路工人，外公也老了，就上岸照顾一家子。外公继续说："开船了，两边都停着船，我们从中间退出去，叫退挡，喊退挡号子。"

客舱前的中间竖着一根高而直的树干，我知道是桅杆，杆顶吊着木滑轮和棕绳挂船帆用。这天江面打上风，好行船，但是微风。一个缺了颗门牙的老头和两个年轻船工使劲拉着桅杆上的绳索，手臂一上一下，身子一屈一伸，竹竿做骨架的布帆"哗——哗——哗——"地一步步上升。缺牙老头边拉边高唤，脖子上青筋凸现："喔啰啰啰……"年轻船工齐呼："莫在坡上转呀！"缺牙老头又喊："喔啰啰啰……"年轻船工再应答："河下有人盼呀……"一会儿，船扬帆上行了。

眼前的这一切完全远离我的世界，新奇而陌生，简直看呆了。外公见我有兴趣，便介绍："缺牙老头是船上的二篆(船工工种之一)，他们扯布条喊的是呼风号子。"因"帆"与"翻"同音，忌说，过去船帆称布条。

我不解："为什么要喊号子？"

"做活路才不觉得累呀！"外公回答着，轻声给我哼了几句，"挨姐坐来对姐说呵——嗬，没得鞋穿打赤呵脚呵，姐姐——咘。"第一次听到外公清脆的歌声，曲调抑扬，歌词新颖，和我们平时熟悉的歌曲完全两样。

"好！"背后一直在扳舵的张家长叫了一声，说，"烧火佬儿，今天来一段川江号子嘛。"外公回答："那是'封资修'的东西，不敢唱！"张家长又说："我们不对外说，别个又不晓得。今天逗你外孙耍一下，没得关系。"船舱里的村民也附和着："李老头，唱一段嘛！""李老伯，我们都想听，从来没听过……"

这时木船正来到二郎滩下，虽已扬帆，但风力不大，要靠拉纤才能上滩。船靠着岸走,撑船的船工都已跳上岸,还有几个坐船的村民也跟着去帮忙,缺牙老头正往岸上放拉船的纤藤。外公也许是很久没喊过川江号子了,也可能见我兴趣浓,经不住鼓动:"那就唱一回吧!"他站在船头,张口就来:

> 爹娘生儿一尺五,
>
> 还没长大就送我去读书;
>
> 读书又怕挨屁股,
>
> 收拾一个包包走江湖!
>
> …………

我眼里的外公一直是个瘦弱、矮小而不善言辞的老头,一年四季好像都穿着舅舅给他的劳动布工作服,肩宽袖长,从没合身过。这一刻,他却精神抖擞,声音高亢洪亮,旋律中交织着一种悠远与述说的情感。我完全被震撼了,全身的血液快速地流淌……从此,外公和他的川江号子永远留在了我十岁少年时的那个寒假里。

外公唱的是"书头子",算是一个前奏,提醒船工做好过滩准备。唱完书头子,船工们拉纤的褡裢已挎在肩上,等着外公的发号声。

"呀——呀——拿下来!"外公的领号声粗犷、敞亮、清脆,船工们齐声回应:"嗨!"短促、有力。

外公又喊："呀——呀——倒下来！""嗨！"船工们一边应答，一边身体向前倾，开始用力拉纤。这种叫"幺二三号子"，船工开始拉纤的时候喊，意思是"1，2，3，开始！"。

领喊：啊——呀，搂一下哟！

众答：喔嗨！扯呀！扯呀！

领喊：呀嗬——众家兄弟再搂一下哟！

众答：扯呀！扯呀！扯呀！

听到这段号子时，只见船工们一边应答，一边使劲把纤藤拉直。这叫"小斑鸠号子"，代表进滩口了，要下大力拉纤。"斑"指橹，"鸠"是桡，扳橹划桡时，与支撑木桩摩擦发出的"叽嘎、叽嘎"声，像斑鸠叫而得名。

木船进入二郎滩激流，外公和船工们的喊答声都简短、急促：

领喊：喔左！喔左！

众答：喔左！喔左！

领喊：喔左！喔左！

众答：喔左！喔左！

…………

二郎滩的水流朝船冲来,外公领号:"呀嗬啊——嗨嗨!"船工应答:"嗨!"这一声"嗨"音落在右脚上,船工们调整步伐,等到整齐一致了,外公又敞开喉咙喊起"数板号子",一喊一答:

> 领喊:船到滩头哟!
>
> 众答:嗨!
>
> 领喊:水呀路开呀!
>
> 众答:嗨!
>
> 领喊:阎王菩萨哟!
>
> 众答:嗨!
>
> 领喊:要呀钱财呀!
>
> 众答:嗨!
>
> …………

二郎滩不长,没多久木船就上了滩,但还有一段流水要继续拉纤。外公很久没喊过号子了,一直憋足劲,有些累了,朝岸上的船工叫了一声:"我歇一会儿,你们各人喊一下。"

拴在船桅杆上的纤藤长长地斜横于前方岸边,纤藤每边四人,纤头还有一个,称头纤。拉纤的褡裢挎在肩上,是白布做成的套子,不勒肩背,连接一根麻绳,在纤藤上打上活结,越用力拉,活结越紧。远远望去,纤藤像树干,绷直的麻绳就像树干上生出的枝丫,"枝丫"越多,表明拉纤的人越多,滩越大。

头纤接过外公的话,喊了起来:"三个盘子两个碟,仁兄累了我来接。仁兄说的隋唐传,我来就是爹口黄。声音不好要高鉴,字眼不明要包涵。"他也首先来了一个书头子。

喊完书头子,头纤正在爬坡,接着喊道:"龙抬头!"告诉后面的纤工要爬坡了,最后面的一个纤工回应道:"往上升!"表明知道了,其余纤工齐答:"嗨!"

坡路中间一个大石头挡道,头纤喊:"当中有!"尾声答:"两边分开走!"众声仍应"嗨!"过了大石头,道上又出现很多乱石:"满天星,各照各!""乱是乱,顶到干!""嗨!";"乱石嶙峋!""不要看人!""嗨!"前面下坡了:"新姑娘儿拜堂!""脑壳啄啄起!""嗨!"这一呼一应一答的是报路号子。

一直站在船头的外公,突然高喊一声:"呀呀嗬——吊下来!"岸上一阵回应:"哋——哋!"纤工们都直起身,纤藤落入江中,缺牙老头忙着把湿漉漉的纤藤收回船上。外公喊的吆尾号子,告诉纤工们"拉纤结束"。

以后一段时间里,木船一直扬帆行驶。头纤得空,手拿一沓零角票在客舱里挨个收坐船人的钱。有的村民为货票讨价还价,磨磨叽叽半天才肯掏钱,差不多半个时辰才收完。但我没看见头纤找外公收。

船又要过滩了,名叫烧火佬儿滩。成年后我弄懂"烧火佬儿"一词由来已久,讥讽公公老汉儿想占儿媳妇的"便宜",川江一带民间喜欢这样取乐有儿子的老头。若干年后我回想,是不是用"烧火佬儿"来讥讽、取乐滩的凶险，藐视它，才能征服它？就像给细娃儿取贱名，越贱越好带大。

烧火佬儿滩水流汹涌、江浪翻腾。木船靠岸，一个船工跳下去，在岩石上拴好绹绳（缆绳），搭起跳板。张家长大声喊道："盘滩了、盘滩了，都起坡、打旱！起坡、打旱！"船上只留张家长掌舵和缺牙老头在船头探水路，所有人都下了船。那两只装猪崽儿的竹篓和舱里的背篓、箩脚也背、挑上了岸。下了船的人，沿着岸边往滩上面走。

人货少了，船也轻载了，拉纤的人反而添了七八个帮忙的村民。外公站在拉纤队伍最前面，面朝下游，一会儿盯着江上的船，一会儿又看着拉纤的船工和村民，不停地喊着号子：

领喊：呀莫嗬哟！呀歪呀吨！

众答：吨！吨！吨！

…………

拉纤的人几乎四肢着地，身子随着应答声往前拱。赤着脚板的，脚趾深深抠进了泥沙；穿着草鞋的，在地上蹬起一道道槽痕。走路的村民也纷纷放下背篓、箩脚，手抓纤藤帮忙拉船。我也凑热闹，抓着纤藤拉。突然，张家长一阵吼叫："那个细娃儿不要命了？赶快让开、让开！谨防纤藤把你弹成两半截！"刚刚还和善的"张外公"这时却凶狠起来，我吓得赶快松了手。

外公在拉纤队伍旁跑来跑去,或趴在地上,或弯下腰,手舞足蹈,喉咙里吼出的"抓抓号子"声明显带着嘶哑。纤工的脚步已不再合拍,但应答仍然合声,并且雄壮、高亢,久久地回荡在江岸:

领喊:水汉英雄!

众答:喳!

领喊:南北哥弟!

众答:喳!

…………

领喊:使力的是我的老子!

众答:吆哦! 嘿喔!

领喊:不使力的是儿子!

众答:喳! 喳! 喳!

…………

这时突然出现意外,江中的岩石缝卡住了纤藤,再怎么拉,船都一动不动,很有可能磨断纤藤……在这紧急关头,只见头纤迅速脱光衣服,"咚"地扑进冰冷的江中,几下子游到岩石边,爬上去,挪开纤藤,所有的人这才松了口气。头纤游回岸上,擦干水的身子竟然热气冒冒,他颤抖着穿上衣服。外公后来告诉我,把卡住的纤藤挪开,叫"抬挽",旧时广船上专门有人做这个活路。

　　船快上滩了，最前面的头纤站起身，提起褡裢的连接麻绳一抖，活结从纤藤上脱落了。他赶忙跑到拉纤队伍最后面，重新套上，弯腰埋头继续拉。接着第二个纤工重复头纤的举动……差不多每个拉纤人这样轮番两遍，船终于上了滩，离外公家也不远了。

　　木船靠岸，接上走过滩的村民继续上行。这整个过程，就是张家长喊的"盘滩"。直到下船，我始终没看到外公给船钱。外公说："副业船人手不够，找坐船的人换工，不给工钱，也不收船钱。"

　　过完年回县城，是下水，木船行驶容易多了。这趟外公没喊号子，一路上小心翼翼地护着一竹篮鸡蛋，垫着粗糠（稻谷壳）还生怕打烂一个。鸡蛋是航标艇上一个水手找他买的，年前就约好了日子。每只蛋五分钱，外公用蛋钱再买回盐巴和点灯的煤油。

　　船工们一边划桡，一边喊着"起桡号子"，简单、轻松：

　　　　领喊：哦嗬！

　　　　众答：哦嗬！

　　　　领喊：吆哦嘿啦！

　　　　众答：哦嗬！

　　　　…………

过扇沱时忙了一阵,那是一个大湾,船工们站成八字脚、低着身用力划桡,"招架号子"响亮:

> 领喊:吆莫嗬——!
>
> 众答:嗨!
>
> 领喊:吆莫嗨么哦!
>
> 众答:嗨!
>
> …………

桡手应答的"嗨"字,落在桡片击水的那一瞬间。

出了扇沱,进入一段很长的慢流水。船工慢腾腾地扳着桡,很是悠闲,最后干脆停下,坐在前舱板上抽叶子烟、摆龙门阵,让船自个儿随流水前行。张家长一个人在船尾掌舵,他拿出一只装满老白干的小玻璃瓶,大伙互相传递着,直接用嘴对着瓶口抿一口,提神、暖身。小瓶很快就干了。一个多时辰,船拢了县城。

这是我唯一一次完整地听到原汁原味的川江号子,虽如张家长小瓶里的酒一样干了,没有了,而生命之呐喊的韵律却永远留在了我心里。

有航标的河流好行船

"对我来"

"对我来"——川江边一处山岩的石壁上刻着这三个字。这山岩在忠县下游二十多公里的地方,伸入江中阻流,江水湍急、紊乱,形成险滩。自古木船下行,稍有不慎,即使船头不撞上去,桅杆和船尾往往也会被其折断,因此得名折桅子滩,或折尾滩。宋孝宗隆兴元年(1163),古人为便于航行,凿去山岩的一只翘角,木船被折撞的状况才有所改变。

时光荏苒,六百多年过去了,不知折桅子滩又损毁了多少船只。清乾隆四十年(1775),新任忠州刺史甘隆滨决心整治折桅子滩。他亲自坐船上下往返几次,探摸航道状况,掌握水流形态。终于,与木船桡胡子一起找准航标点,雇人在这山岩的石壁上刻下三个大字:对我来。意在引导行船对准驶去,可减少撞头和折桅、折尾的事故。

"对我来"算是一句短语，刺史大人用了第一人称。初听时，觉得有点不符合川江人的语言表达习惯。像这种情况，我们一般会说"对着去"，含有告知与指挥的意思。"去"，离开；而"来"与之相对，回、归。"对我来""对我来"……在心里默念几遍后，觉得有了一种亲切的口吻，仿佛刺史大人就站在那儿不断地招呼："来、来、来，对着我来……"川江老桡胡子说："这是叫你莫怕，朝'我'来了，就可以保护你。"

也真有川江桡胡子把"对我来"当成可保佑其平安的有神力的"菩萨"。在三峡夔门前的江中，矗立着一块高二十六米、宽十多米的巨石，名滟滪堆。每年冬春枯水月份，江流被阻挡后向四周扩散，形成直径达二三十米的巨大泡漩，并在滟滪堆后形成湍急的回流。不识水性的掌舵驾长想远远避开，哪知紊乱的漩水或回流改变了船的航向，正好撞上去，一船人顷刻间粉身碎骨。

听《自贡日报》老记者黄兆华摆龙门阵，他少年时有一次出川，乘坐大木船快拢夔门时，远远看见滟滪堆，船舱里的人惊恐万分。船工急忙招呼大家坐稳，说有"对我来菩萨"保佑，不要怕。眼看船头直朝石壁上的"对我来"三个字冲去，即将撞上的一瞬间，身手敏捷的驾长用力将舵把杆往左一扳，船头顺势从滟滪堆脚下驶过。生死就在这分厘之际，几十年过去了，每当忆起那次惊险，黄兆华无不心存余悸。

除滟滪堆、折桅子滩之外，西陵峡中崆岭滩的江心礁石大

瞿塘峡夔门及滟滪堆（[美]凯塞尔摄于1946年）

珠上也刻有"对我来"三个字。据说是一个叫张来子的人凫水过去刻下的。他在峡里长大,老汉儿帮过滩木船拉纤挣钱养家,遇险摔死在望夫岩下后,十二岁的张来子便子承父业,下河当了小纤工。在崆岭滩上摸爬滚打了十多年,他认得滩中的每一块石头,成为三峡里最好的滩师之一,专门给那些过往的大木船放滩、领江。

十九世纪末,川江上开始有外国人驾驶轮船试航。1900年12月27日早上七时,德籍商轮"瑞生号"载客约二百人,从宜昌上驶,探寻川江航道。当时,川江上仅有两艘英国人的小轮船先后各试航过一次,瑞生轮为一艘长达六十四米的大轮船,船主自认为是"宜渝间第一艘真正载运客货的轮船"。为确保航行顺利,由航行经验丰富的德兵舰舰长布里台格担任船长,特别雇用滩师张来子领江(导航)。上午十一点,瑞生轮驶入崆岭滩航道,滩中大小礁石裸露,犹如石林。布里台格船长下令停泊滩下,派大副和张来子乘坐木划子去察看航路。回船后,张来子报告:水太浅,瑞生轮过不去。傲慢的布里台格船长不熟悉川江航道不说,又不相信中国的"土领江",再派大副单独去探水深。大副回来报告的结果一样。固执的布里台格船长仍然决定过滩。正是川江枯水期,崆岭滩航槽狭窄,江面漩涡翻滚。张来子知道江中的暗礁位置,引航避开,便对着大珠上的"对我来"驶去。布里台格船长以为张来子有意撞礁,把他赶下驾驶台,亲自扳舵转向,迎流上行。大约五分钟后,船底猛地撞上暗礁。布里台格船长紧急发令开倒车，几分钟后瑞生轮挣脱出来，顺流而退。但前舱底已被礁石撞破，水直涌入舱，船头部开始下沉，船尾上翘，甚至连螺旋桨都露出了水面。船长想移船靠岸，已不可能。随即船头入水，船尾完全翘起，倒立江中。紧接着蒸汽锅炉又爆炸，后舱被炸毁，整条船很快沉入江中，在水里发出"嘶嘶嘶"的声音。一场灾难的发生，前后只持续了二十多分钟，崆岭滩又恢复了平日的咆哮。

幸好，瑞生轮备有救生带，但数量不够分配。旅客中有两位外国传教士不去争抢救生带，镇定地随船下沉，因为会游泳，幸运地被救上了岸。中国水手和乘客坐上两只救生木划子逃生，当时轮船尾部还没上翘出水面，第一只木划子靠得太近，被螺旋桨掀起的波浪卷翻，十二名水手落水毙命。第二只木划子又被激流冲下滩去，救生红船把他们救到了岸边。救生红船是川江上一种官助民办的慈善救助机制，长年值守在各滩岸。瑞生轮一出现险情，崆岭滩的红船立马开始施救。逃生的乘客尽管穿绑着救生带，但水流湍急，没这些红船的得力相助，很难获生。布里台格船长虽然固执傲慢，却是一个真正的绅士，他坚持最后一个离船。当跳入江中时，已没任何救生物品，他很快被江中的漩涡吞噬。

瑞生轮载有三十四名外国人，六名是船员，除布里台格船长外，其余全部获救。死亡的二十多人都为中国乘客和水手。其中一个搭船回万县参加科举考试的年轻人，在随行仆人的帮助下本来已爬上了救生红船，想起行李箱还在船上，便回去取里面的钱财。没等回到舱里，瑞生轮沉没，他随着他的财物一起埋葬在江中。

我想，"对我来"本来不仅可以保佑木船平安，如果布里台格船长相信，也会是他和瑞生轮的"菩萨"。

"喊滩人"

桡胡子把"对我来"当作"菩萨"，用的是拟人的修辞手法。但川江航运史上，确有普通的真人驻守在滩上保平安，他们叫"喊滩人"。

江津龙门场位于川江南岸，岸边一大石梁直插江心。清乾隆《江津县志》载："龙门滩：县（东）二十四里，水势甚险，蜀王（杨秀）命工凿去石梁如门。"这门是一道宽口子，为行船航槽，因水流湍急，时有木船撞石而毁。清道光元年（1821），江津县一个名叫郑飚的秀才，捐钱在滩石上竖立一根铁桅杆，提醒木船驾长们注意避险。殊不知，铁桅杆竟被行船撞折。当地人另设置木桅杆导航，至今桅杆洞尚存。铁桅杆都能被撞折，何况木质的，只是更换起来容易一些。没办法，船帮商户出资雇专人管理，看见有木船将要过滩时，为避免撞石，一边敲锣，一边叫喊："船——走——北——面！"

罐口滩在合江县神臂嘴下，是川江著名的急流险滩。江流

147

在这里拐了个大弯,形成江心洲大中坝。坝首端有一条千米长的石梁,横阻江流,滩浪汹涌,每年打烂船只上百条,淹死的人数更是其几倍之多。清道光二十八年(1848),邻县江津的乡绅孙世芳、孙世瑞兄弟俩路过这里,因赶路有些累,便坐在江岸一块岩石上休息,闲看江上过往船只。这一看,震骇了兄弟俩,先后七条顺流而下的木船至罐口滩时,全部被江浪打翻沉没。如此凶猛的滩险让兄弟俩坐不住了,决定捐资凿打碍航石梁。说到做到,他俩捐资两万余金,雇请几百名民工,向泸州府、合江县衙立案治滩。施工期间,孙氏兄弟亲自到现场督工。因施工需避开汛期,前后用七年时间,凿去最碍航的豆腐石,滩势大减。泸州府、合江县衙为褒扬孙家兄弟的义举,在江心石梁上刻下"利济群生"四个字。

一百七十多年后,我前去拜谒神臂嘴,缅想古人,意外地在神臂嘴临江石壁上又看到几个凿刻大字。因石斑和杂草遮掩,只辨认出四个:放船依□西□。要弄清楚不难,立即在手机上"百度",马上跳出完整的"放船依近西流"六个字。川江水自西向东奔流入海,西流为回流,川江人常说"洄水"。"放船依近西流"也是短句,其意好懂——下水船顺流速度快,要靠西,有回流,慢一点。

搜索中,我读到"长江航道"公众号上一篇写神臂嘴的文章。说这六个字在光绪二十二年(1896)由船帮和盐商共同凿刻。同时,在神臂嘴岩石上还修建了一间竹木房子,雇请识水性的壮汉,用一截南竹筒做喇叭,看见上游有下水木船驶来后,便一阵长呼"哟——哟——哟——"提醒船工们要过滩了,集中精神,全力以赴。当木船快进罐口滩时,壮汉的声音不仅提高八度,而且语速加快,时而一短声"哟",时而连续发出两个短声"哟、哟",就像是喊号子一样,鼓舞船工们搏击险滩的意志。自从有了这个"喊滩人",过往船只出事率下降十之八九。1935年,"喊滩人"不再"喊"了,改用红、白旗指挥。

早在唐代,川江上已有挥旗导航的记载。唐元和十四年(819),大诗人白居易任忠州刺史,从江西溯江而上至三峡,看到有人举旗击鼓,引导船只过滩。于是,在《入峡次巴东》一诗中描绘:"两片红旌数声鼓,使君艛艓上巴东。"到了宋代,这办法仍然沿用。南宋诗人、资政殿大学士范成大,在游记《吴船录》里记述了坐船过瞿塘峡的情景:前面一只船进峡几里后,后面的船才可入峡,不然无法避让,碰撞在了一起。具体办法是,官府派士兵手执旗帜,分别站在山岩的上下,见前面的船平安驶过后,再摇旗招唤后面的船进峡。

一位长江航道老专家告诉我:"举旗击鼓的导航办法,开创了川江信号台的历史。"他解释:信号台类似陆上红黄绿交通信号灯,但有人值守,是川江上特有的助航设施,其他内河少见,连长江中下游都没有。

1915年8月17日,一个名叫蒲兰田的英国人,乘坐小船来到万县狐滩南岸。此滩因水势出没无常,如狐狸一样狡猾而得名。枯水期航道狭窄，上下船只避让不开，多次发生碰撞翻沉的灾难。特别是近代轮船航运开始后，海损事故更多。

蒲兰田第一个跳上岸，沿着岩石往上爬，忽然脚下一滑，呼地一下梭入江里。随行人员赶紧把他拉了上来。正值盛夏，打湿衣服也不碍事，蒲兰田回过神来，继续爬上岩石。他指挥工人挖坑、垒石，竖起一根南竹标杆，并配备三角形黑色竹篾牌子，雇专人值守此处。每当有船只即将进入狐滩航道时，立刻在标杆顶端挂起竹篾牌，行船远远就能看见。如果尖角朝上，允许上水船通过；尖角朝下，下行船只才可进入航道。这样避免了碰撞事故发生。虽然设施和手段都很简陋、原始，但这是川江第一座信号台。之前，蒲兰田已派人向川江行船发布《航行通告》，说明了信号标志的设置和使用办法。接着，他把狐滩信号台作为标杆看守员培训点，亲自讲授信号规范，培养出川江第一代信号员——一种新"喊滩人"。

蒲兰田原本是一位有海洋和内河航行经验的英国船长。1898年，在川江经商多年的英国人立德回国时在伦敦认识了他，鼓动他到中国发展。这个立德不久前刚驾驶一艘不到十七米长的小火轮首次试航川江，正需要蒲兰田这种航运人才帮助他探索满是"荆棘"的川江航道。蒲兰田到川江后，受聘担任立德的"肇通号"轮船船长，把川江第一艘商轮顺利地从宜昌开到了重庆。秉承冒险精神的蒲兰田由此对暗礁密布、险滩纵横的川江产生浓厚兴趣。1908年，他又帮助中国人开办的川江第一

三峡中的信号台（长江重庆航道局供图）

家轮船公司在英国打造一艘商轮，并担任船长。转眼已来川江十四年，一天，中国海关海务副巡工司米禄司乘坐他驾驶的轮船考察川江。航行中，对川江谙熟于心的蒲兰田为米禄司逐一介绍航道及险滩情况。米禄司认为蒲兰田是最恰当的人选，力举他担任新设立的川江航道管理机构负责人——第一任长江上游巡江工司。

蒲兰田没辜负这一聘任，任职五年，在川江上设置各种信号标志六十六处（座）。中华民国总统曾两次授予他嘉禾奖章。1921 年，蒲兰田任期届满回国，途中不幸病逝。航运业界人士为铭记他对川江航运业的贡献，捐资在青滩北岸寺大岭建起一座"蒲兰田君纪念碑"。

此后，川江信号台设置多起来，二十世纪五十年代中期达到一百三十多座，配备了电话、无线电台以及电子信号信息管理系统，技术、设备不断更新，确保了川江船只航行安全。

2003 年 6 月 11 日这天，我来到狐滩，三峡库区已蓄水一百三十五米，远远凝望着肃立在水边的红色沿檐式八角亭信号台，只听一个洪亮的号令声响起："五、四、三、二、一！"话音刚落，"轰"的一声巨响，信号台瞬间倒入江中，腾起如滚烟的江浪。也许，蒲兰田当年没有预见到，八十八年后，狐滩信号台被爆破拆除，完成了它的历史使命。

如今，已是高峡平湖的川江三峡库区航道，航行状况大为改善，剩下二十多座信号台仍伫立两岸。

"管闲事"

朱沱镇的江面有一道长石梁,像一条潜水的游龙。明代江津举人夏泽的《黄石龙记》里说:"色黄而赤,兼之壤土漾沙,时或积之,恍如鳞甲,故又名黄石龙。"意思是,石梁的颜色黄而红,汛期之后,堆积的泥沙像鳞甲,故名黄石龙。

传说这条石龙原来是一条真龙,经常从水里抬起头,打烂行船,祸害百姓。多亏一个法术高强的和尚,采来坡上叶边锋利的斑茅草当剑,脚踏篾条筲箕为船,驶向江心,当石龙正抬头再次作害时,挥剑斩下去……龙被制服了,从此行船安全。

这和尚真有其人,法名广惠,但没有传说中的高强法术。明弘治年间的某年,广惠云游到了江津,来到朱沱镇的江边,一天之内,亲眼看到几条木船在黄石龙滩被撞沉,心里顿生慈悲,决心治理黄石龙滩。随即,他向过往的客商化缘,筹集整治资金。但相信他的人很少,认为治滩是官府的职责,你一个和尚能有多大本事,纯粹是"管闲事"。因此,他筹集到的资金非常有限。

广惠并没灰心,前往四川成都、松潘等地游说、筹资。经过一年的努力,终于筹集到三百余金,带着善款回到朱沱镇。人们这才见识了广惠的苦心和善心,也被他的真诚所感动,纷纷出力帮助治滩。经过七十天的努力施工,凿去了石梁尾部容易撞船的岩石,行船过此,安然无事。广惠这才放心离开,云游他方。

为纪念这位慈悲为怀的广惠和尚,当地人建了一个寺庙奉祀,并把治滩经过写出来,记入《江津县志》,以示后人。

清嘉庆年间,更有一个"管闲事"的人,正儿八经地组织施工队伍,拿出巨资,自费整治三峡中的险滩。此人名李本忠,汉阳府下汉阳县汉口镇的一个中年粮商。清嘉庆九年(1804)十月,他向归州(治秭归)知州提出申请,自费整治秭归的险滩。从没听说过民间人士自费治滩的新鲜事,又正是川楚地区白莲教起事刚被平定之时,知州大人害怕聚众闹事,以需报批为由而没了下文。

李本忠"管闲事",申请自费治滩这事,还得从清乾隆中期的一年说起。有一天,一只运粮商船在秭归叱滩翻沉,遇难者中一位叫李武的汉口商人连尸首都没打捞到。子承父业,儿子李之义继续经商,行走于川江之上。岂料几年后,他乘坐的商船又在秭归泄滩沉没。家中妻子得知噩耗,悲痛万分,竟服砒霜自尽殉节。李家搭起灵堂办丧事,摆上李之义和他妻子的牌位。亲友正吊唁之时,李之义突然活着回来了。原来他落水后,抓住一块船板,顺江漂流近百里,在三斗坪村被救上了岸。

李家两遭川江滩险灾难,船货损毁,家道中落。李之义安葬了妻子后强打精神,凭借"李祥兴"商号的信誉,筹借资金,重操旧业,仍铤而走险于恶浪险滩中。

"李祥兴"是李家经营的粮食商号,其创立故事颇有趣。清光绪《湖北通志·志余》记载,清雍正末至乾隆初年,李武是汉口长江上的一位摆渡人。一日,过渡人全部上岸后,他发现船舱里有一个包裹,沉甸甸的,打开一看,全是银子。肯定是某位过渡人丢下的,于是停船等候失主。不一会儿,急匆匆走来一人,问李武是否看到一个包裹。原来这人是浙江商人,过渡拜会一位客户,手提很多土特产品,不料下船时落了装银子的包裹。李武将包裹交还给浙商。浙商十分感激,从包里掏出一锭银子答谢。李武婉拒道:"你一包银子我都没要,还会要你一锭银子吗?"浙商过意不去,执意送了一只随带的土特产金华火腿。李武接受了。

第二天正逢农历初一,李武在船头点香燃烛敬奉祖师爷,把浙商送的火腿当供品摆在船头。突然,一只鹰俯冲下来,叼走了火腿。它并不飞远,在附近江岸盘旋。李武划船去追。火腿太重,从鹰嘴里落了下来,砸进芦苇丛中。寻找火腿时,李武意外发现了一只朽烂的木船,舱里有一堆像银子的黑砣砣。他捡起一个,擦去黑色,果真是银子。李武判断这是一只古代沉船,找不到失主,便将银子带回了渡口。这时,那位浙商又来了,这次是专程而来的,因敬重李武的人品,邀请他合伙做生意,从四川购运大米到江浙一带售卖。于是,李武用沉船上的银子开了商号"李祥兴",从四川贩运粮食到汉口,再卖到江浙去。

遇险获生的李之义重操旧业后,带着十多岁的儿子李本忠一道学习经商。家里的不幸遭遇对年少的李本忠震动巨大,他暗自立下"凿川江险滩,永杜后患"之愿。

几年后，李之义因劳累成疾，加之心中一直郁闷，便撒手人寰。李本忠接过父亲手中的祖业商号"李祥兴"，继续经商于川鄂之间。同时，也为少年时立下的志愿筹集经费。

　　时间过得快，转眼到了嘉庆九年（1804），李本忠已经四十五岁了。经过二十多年的苦心经营，终于成为一位"沟通川楚"的大行商。有了资金实力，他决定治滩。

　　可是归州知州的不闻不问，让李本忠错过了当年枯水期治滩的时机。第二年，他干脆呈文归州上级衙门宜昌府，提出治滩申请。宜昌府官吏办事效率高，八天后批准了他的请求。

　　接到批文，李本忠即同他家商号的掌柜兼好友周步洲一道，雇请石匠、挑夫六百余名，开始对秭归泄滩、牛口滩进行治理。当时治滩手段十分落后，炸药和雷管还没出现。为把一块礁石凿碎，先要打一个石洞，放进煤炭燃烧，达到一定温度后，浇上冷水，礁石表面立刻开裂一层。然后逐层这样煅烧，直至成为可用铁锤打碎的小块。用这种办法治理东湖县（现宜昌市夷陵区）渣波滩，李本忠用了六年时间，可想治滩之艰难。

　　李本忠的治滩手段虽然原始，但施工措施却不乏科学性。治理渣波滩时，他将滩上打下的渣石，全部填入滩下一个一百多米深的大坑，既减少渣石搬运量，又改善了流径。这坑没填浅之前，水流紊乱，时常泡漩翻滚。

　　每年枯水期完成治滩施工任务后，李本忠便安排专人在汛期守滩，观察治理效果，收集船工对滩情水势变化的意见，便于下个枯水期继续整治。他自己也常去查看滩情，再三叮咛船工："滩已打平，清吉无事，若照旧样航行，还受其害。"渣波滩整治完工后，李本忠派人守滩三年，向过往船只告之治理后的航行要点。

秭归城对岸江南有一个碎石滩，因夏季暴雨，山洪挟带大量山石冲入江中形成。当年除去滩石，来年仍会冲来，再次形成险滩。李本忠实地调查后发现，岸上阳山和阴山之间有一条长约十公里的陡溪，当地蔡、马、王、刘、姜、谭六姓人家自嘉庆十年(1805)以后陆续开垦，植被遭到破坏，山石裸露，每逢大暴雨滚进陡溪，再冲入江中成滩。李本忠认为，杜绝后患，必须封山育林。于是，他与这六姓人家商议，欲购买两山山权。谁知其中两姓人家刁难不卖，李本忠只好报请官府裁定。后经湖北布政使司批复，令宜昌府督促归州吊销这六姓人家山契。最终，李本忠用一千多两纹银买下阴阳两山，并把山契捐给归州衙门，六姓人家全部迁出，退耕还林，封山禁伐。封山后，李本忠在要道位置修建两处瓦房，雇人守山。同时，又出钱在别处购买田产，收租用于守山人的工钱。

道光三年(1823)十月，李本忠获准治理奉节瞿塘峡黑石滩、石板碛等险滩时，与他风雨同舟治滩十八年的好友周步洲因病去世。李本忠又从汉阳聘来亲戚管理，继续施工。奉节知县万承荫在给上级衙门的报告中说：我不时携带酒肉到工地，一是查看，二是犒赏。每次都见一百多名民工勤劳苦干，管理人员尽职尽责,坡上煤炭堆积如山,以备锻炼之用。

治滩期间,李本忠根据家中实情,安排长子及次孙经管商号"李祥兴",次子及长孙读书求功名。年仅十岁的三孙李贤佐跟着他治滩,他将治滩资金转入其名下,希望三孙继承他的治滩事业。李贤佐跟着李本忠治滩十年,不幸在二十一岁那年七月病故。道光帝从县省衙门的呈文中得知后,钦批"乐善好施"四字,拨款修建牌坊彰显。

早在七年前,在家经商的长子也已病逝。李本忠在治滩中经历了丧友、丧子、丧孙之痛,但从没动摇过信念,从四十五岁至八十三岁的三十八年中,治理大小滩险四十八处,共耗银十七万八千多两。根据当时的工价记录,将这笔治滩银换算成工作量,在 2013 年时,笔者折合成当今的工价,总计达二亿四千三百多万元人民币。

李本忠八十一岁时,自知将辞人世,将三十多年的治滩经历整理成《平滩纪略》一书。并编纂《蜀江指掌》,自费刊印数千册,散发给三峡航道中来往的船只。《蜀江指掌》介绍了整治后的二十五处险滩水情变化及行船须知,告诫船户不能照搬治滩前的水情行船,不然反而出错。

现在,我的书柜里就插着一册精装本的《平滩纪略》及《蜀江指掌》,作为文献资料新近才整理出版,纳入了湖北省重大文化工程"荆楚文库"。

"盘滩"

一天，上学路上，碰到一位农民挑着刚下树的李子在卖，果子上生着一层白扑扑的粉子。以我从小好吃的经验一看，这李子好吃，不仅新鲜，而且已离核——果肉与核分离。一个手挽竹篮去买菜的中年妇女正好路过，赶快蹲下来挑选。她把筐里的李子翻了个遍，突然站起身，"算了"。估计舍不得钱，毕竟一斤李子是好几斤蔬菜的价钱呢。这是二十世纪八十年代初，大家口袋里都没几个钱。

"你是来'盘滩'的哟！"卖李子的农民一脸的不高兴，"你把李子上的粉都擦掉了，看起不新鲜，我啷个卖？"

"盘滩"，一个新鲜词，我一下子记住了，是哪两个字都不知道。

1982年7月中旬，我们县城连续下了几天暴雨，后来看新编《云阳县志》，说是1870年川江遭遇特大洪水后最大的一次。城东隔着一条小河，名"鸡扒子"，其两岸山体因此大滑坡，一千七百三十幢房屋被毁，一百八十万立方米泥石涌入江中。但无一人员伤亡，全部提前转移了。平时一百二十米宽的鸡扒子航道只剩下四十米，流速超过川江最险急流滩西陵峡青滩，成为川江新"滩王"，通航严重受阻。有一天，水位下降，鸡扒子滩滩势更猛，一条只有七百多吨的货驳上滩，三艘合计八千匹马力的轮船联合起来才拖上去。如果进入冬季枯水期，鸡扒子滩很可能断航。

当时,我在报上读到新闻,鸡扒子航道南岸抢修出一条两公里多长的简易公路,准备采用古人的办法"盘滩"——这不是卖李子的农民说过的词吗?

多年后,我在范成大的《吴船录》里找到"盘滩"的出处:青滩石乱水汹,行船顷刻间被浪打翻,上下之船要避其害,必须搬货上岸,人从陆上走。两岸居住的人多,一些人帮着把货物搬下船,从岸上运过滩,待空船上、下滩后,再把货物搬回船上去。也有的人,专门拉空船上滩,或帮空船放滩。他们以此为业,叫"滩子""滩夫""跑滩匠"。这种从岸上搬运货物过滩的办法称为"盘滩",或"搬滩"。

对于川江船户和商家来说,盘滩之举不但不产生效益,反而要花钱,又淘神费力,耽搁时间。久而久之,岸上的人借用"盘滩"来比喻做事"白忙活、无效果"的举动。

事物有多面性,利弊均占。川江支流汤溪河沿入江口上溯三十里为云安盐井,运盐船从盐场下驶硐村十五里往来平安顺畅,但硐村至江口十五里却有十五个滩,乱石嶙峋,不可行船。所运食盐必须在此盘滩,由人背马驮至江口。山路崎岖,盘滩人十分辛劳。唐人段成式的《酉阳杂俎》中说:唐玄宗时期,三峡中有一天师名翟乾祐,身高两米,道法无边。比如在山中行走,成群的老虎伴随他左右。有一天,他到了夔州城,大声告诉老百姓:"今晚有八人经过这里,要好好对待。"没人领悟其意。当晚,夔州城发生大火，烧了几百户人家。翟天师说的"八人"，其实是个"火"字。翟天师要救云安盐井的盘滩人于疾苦中，在山上设置道坛，召唤河中十五个滩的守滩龙自行凿平滩石。当夜，风雷骤起……第二天早上，十四里江面滩石全无，风平浪静，唯一处险滩如故。翟天师严令神吏追命这条守滩龙。过了三天，这龙化成一女子前来复命，说："我留着险滩，是想助您的道行。"翟天师不明白，认为她狡辩。

女子解释："把滩凿平了，航行畅通，背盐的人断了衣食来源，怎么养家糊口？"翟天师听后觉得确有道理。于是，立即让群龙恢复十四里险滩原貌。

话又说回到 1982 年的云阳鸡扒子滩，后来盘滩并没有实施。长江航道管理机构用了另外一种办法——绞滩。

童年时，我时常跟着母亲去江边洗衣服，为了看大轮船。有一天，在故陵镇的江边，下游一艘拖轮顶推两条驳船逆江而上，任凭它加大马力，烟囱里冒出滚滚浓烟，怎么也上不了眼前的庙基子滩。它"昂昂昂"几声汽笛后，江对岸岩湾的趸船旁很快"突突突"地开出一只气划子，下驶到滩下的拖轮船队旁，把牵引的一根钢缆绳抛过去，拖轮上的水手立马拴在船头缆桩上。这时，趸船上一个手握小旗的人，指挥卷扬机缓缓转动起来，钢缆绳拉着拖轮船队慢慢前行，越来越近，终于上了滩。一声长笛后，拖轮解开钢缆绳向上游驶去，渐渐消失在我眼里。这个过程就是绞滩。岸边的趸船为绞滩站，也称绞滩船。

二十世纪七十年代川江绞滩中工作人员指挥施绞（长江航务管理局供图）

当代著名作家、诗人雁翼,1976年5月在川江体验生活时,看到绞滩船的施绞过程后,情不自禁吟唱道:"拉它一把,拉它一把,在它最需要的时候……"恰如其分的比喻,形象地赞颂了绞滩站的奉献精神。

1937年11月,抗战全面爆发后,国民政府从南京迁都重庆,一些机关、学校、科研单位和工厂也退守武汉、沙市、宜昌一带。1938年夏,武汉告急,大批人员与物资、设备急需抢运入川。面对众多的川江险滩,抢运船只仅靠人工盘滩、拉纤过滩已不是办法,国民政府军事委员会指示"各急水滩险均设绞滩机器,以利航行……"于是,1938年10月,汉口航政局绞滩管理委员会在宜昌成立。

正值国难之时,经费、技术、机具严重缺乏。绞滩管理委员会一方面聘用长江下游日占区离职船员,经培训后弥补技术人员的不足;另一方面,在等候入川的企业和江轮中征集绞滩设备。通告一发出,各单位纷纷响应,有的借出蒸汽锅炉,廉价转让绞机、钢缆绳,也有的慷慨捐赠圆钢、角钢、铁板等建材,一时间征得六百万元的材料与设备。十天后,绞滩管理委员会不负众望,在云阳兴隆滩建起川江第一座人力绞滩站,装置大小铁质绞盘各一部,建筑混凝土基盘与绞桩多个,可对上行一千吨以下的轮船和木船施绞。又一个十天后,在青滩南岸装置大型铁质绞盘一部,建起川江第二个绞滩站。

川江水位涨落变化大,岸上绞滩设备移动不便,施绞出现难度。1939年,绞滩管理委员会试着把设备安装在浮具上,建成绞滩船。这只浮具由几只磅桶拼连而成,非常简陋。改装工程本来只需二十多天,因经常躲避日机轰炸,拖延两个月才完工。绞滩船除了简陋外,设备功率也不大,安置在泄滩北岸,只能施绞上行小型轮船。不过这一改革和创新措施,对后来川江全面改用绞滩船从而实现灵活移动施绞,起到了先导作用。

1956年,重庆航道工区用旧驳船改造出单机和双机人力绞滩船。之后,川江航道处又利用驳船改建成机械绞滩船。1973年年底,设在岸上的绞滩站全部淘汰,一律改用绞滩船施绞,并全面实现机械化绞滩。

川江绞滩站最多时设有三十二个。几十年来,随着航道整治机构对川江航道的不断治理,一个个险滩得到根治和缓解,绞滩站逐渐被拆减。1963年12月,兴隆滩滩险被治理消除,川江上第一个设置的绞滩站又第一个被拆除。1981年,葛洲坝水利枢纽大坝建成蓄水,川江著名的青滩、泄滩、崆岭滩等三十处险滩消失,又一下子拆除十一个绞滩站。2003年6月,三峡库区开始蓄水,碍航险滩随即全部消退,最后七个绞滩站退出历史舞台。

雁翼诗中"年年月月,日日夜夜,守候在三峡滩口"成为过去时,而"拉它一把,拉它一把,在它最需的时候……"之精髓留在了川江。

龙船儿

一

以前端午节划龙船儿比赛，是川江上最热闹的事。

龙船儿看起很长，是因为船身太窄映衬的，实际上仍算小船，并且又属于娱乐工具，所以川江人儿化音——对小而巧的东西都有这种习惯。

龙船儿由龙头、龙尾和船体三部分组成，要请专门的掌墨师打造。在看好的黄道吉日和时辰，掌墨师左手提着一只雄壮的大公鸡，右手拿着锋利的菜刀，在鸡脖子上拉开一道口，血涌出来，第一滴血必须滴在龙船儿定位的第一块底板上。这时公鸡还没断气，一个劲乱弹，掌墨师奋力一挥，抛向空中，看它挣扎着飞有多远。飞得越远，这条龙船儿赢的可能性越大。

龙船儿底部纵向有一根主筋，称龙筋，多用大船的桅杆做成，并且最好是去偷别人船上的桅杆来做。此意为偷儿偷了东西跑得快,偷来的木料做龙船儿别人追不上。晚上,请来掌墨师等起,再派人去偷。偷回来,掌墨师马上在桅杆上弹好墨线。失主找来,一看有墨线,明知是自己的,也只好忍痛割爱,不言而去。如果没弹墨线,失主是可以要回去的。有趣的是,偷回来的桅杆有多长,龙船儿必须造多长。如果锯短了一截,除非失主不知道,否则找上门来,一定要赔偿损失。

往年的龙船儿可抬出来再用。不过放了一年,船体有了裂缝,需要修补。先从南竹上刮下竹瓤,也可用野生葛根舂茸后调石粉、桐油,做成油灰。再检查清理船板缝,往裂缝里嵌扎麻丝填实,然后灌油灰充塞。反复几次,船体内外裂缝都按这种方法补好。最后,龙船儿全身用石块打磨一遍,涂抹一层桐油,焕然一新。龙船儿多用松木建造,古话说"水泡万年松"。有些地方上次划完龙船儿,把它埋在河岸泥土里,含水,又与空气隔绝,不易腐朽。农历四月初八是民间浴佛节,佛祖诞辰日,多在这天清晨把龙船儿挖出来,称"起龙"。川江一些贫穷的地方,没钱打造专门的龙船儿,选用木划子或木渡船代替。在船头仰放一条板凳,用树枝在凳脚上扎一个龙头,便成了龙船儿,桡手们照样快乐。

农历四月二十八,是龙船儿下水的黄道吉日,要先去庙里请龙头。龙头称"请",而不叫"抬",是一种敬重。每年端午节后,龙头、龙尾送到龙王庙供奉,第二年端午节再请。龙头用整块木料雕刻而成,最好的用料是桧柏,木质细腻,耐腐蚀,散发芳香。

两名未婚男子把雕龙头的木料送到一个专门的房子里,除了雕匠,其他人一概不能进入。雕刻前,雕匠须洗澡后换上干净衣服。雕刻期间,每顿吃素,不得与佑客同房。

敲锣打鼓从龙王庙请来的龙头龙尾,不能直接安上龙船儿,要送到码头临时搭建的龙棚龙架上,由道士做法事,为龙头"开光"。然后由帮会会首领着桡手,每人敬一炷香后,再小心翼翼请出。安上龙头龙尾,便点响一挂鞭炮,称"醒龙"。这时,有人扯来一把青草,喂进龙嘴里,让它吃饱,跑得快。这叫"抢青"。仪式做完,一二十个桡手抬起龙船儿,一步一步涉入江中,水淹过了膝盖,才慢慢放下,先是船头,再是船尾。

龙船儿下水后,划着去拜码头。每到一处,领头的人要倒立船头,表明诚心诚意。被拜的码头帮会早已得到消息,安排专人在岸边点放鞭炮迎接。龙船儿在江面划三圈后靠岸,桡手们下船抽烟喝茶。两家码头关系比较亲密的,还有酒肉恭候。龙船儿拜完码头离开,主人送行时,为龙头披上七尺红绸,再送桡手每人一根三尺红绸头做腰带。龙船儿回到本码头,也放鞭炮迎接,同样划三圈后靠岸。然后抬下龙头和龙尾,送进临时龙棚供奉,第二天再请,不能留在龙船儿上过夜。

夜里有专人轮班照看龙棚,提防其他帮会的人偷去龙头和龙尾。参加不成比赛不说,还让人笑话,受人洗刷(奚落)。

二

　　川江举办划龙船儿比赛,由各码头帮和船帮操办。有帮会单独参赛的,也有两三个帮会联合参赛的,按各自主营业务取名,炭码头称乌龙,米帮为黄头,酒帮叫白龙……龙头、帮旗、服装也做成乌黄白的颜色。当年重庆城洪崖洞镇江寺下面有个纸码头帮,因纸遇水必烂,不能取名"纸龙",便联合旁边码头的盐帮,盐也怕水,就按地名镇江寺取了个威风的名字:镇江龙。船身涂为黄色。峡江秭归县归州镇是屈原的故乡,不管在哪儿参加划龙船儿比赛,都是白龙,他们称孝龙,为屈大夫戴孝。

　　每年农历三月四月,参加划龙船儿比赛的帮会,要在自己的码头公开竖起帮旗才算数。参赛要造龙船儿、办服装、管桡手吃喝等,一系列开支太大,行内有一句俗话:"玩得起一条灯,划不起一条船。"意思是,划龙船儿比元宵节办灯会的开销要大得多。每年农历四月间,参赛帮会都派人举着会旗、拿起账本,在本帮地盘上找商户、店主募捐。有钱出钱,有物出物,米行资米,肉店捐肉。只要找上门,都不会拒绝,多少都有所表示。

　　因开销大,有的帮会不一定每年参赛。有一年端午节,重庆城嘉陵江贺家码头帮不打算竖旗,可帮里有个绰号"大鸡罩"的人"神兮儿"(调皮),邀约几个兄弟伙,趁会首不在家,从他佑客那里骗来帮旗,鞭炮一放,大张旗鼓竖在码头上。会首回来气得直跺脚,但竖了帮旗不能输面子,只好吃哑巴亏,立即发请柬宴

168

请本码头的商绅,筹集参赛经费。为解气,会首执行帮规,拿篾片狠狠抽打了大鸡罩的屁股。

有一次,嘉陵江水府宫码头帮想歇一年。南岸靠外国轮船的洋码头玄坛庙青龙,天天划着龙船儿来水府宫码头江面挑逗、炫耀,招惹得水府宫码头帮终于沉不住气,在端午节前五天竖起了帮旗。

重庆城太平门码头历来水运繁忙,川东道、重庆府和巴县的各个衙门均设在这一带,商号、钱庄、酒肆、花楼也多,都愿捐助划龙船儿比赛。太平门码头帮会首为显示本帮实力,年年竖旗,其他帮会送了一个绰号给他:顿旗会首。

三

农历五月初五正式比赛划龙船儿,划逆水赛,或选择对岸赛,看哪条"龙"先游到终点,夺得标旗。这才是端午节的高潮,江河两岸早早站满了大人细娃儿,一些生意人趁机摆上摊点,做生意、看热闹两不误。有钱人家,一家或几家出钱,包租一只装饰漂亮的游船,携家人、亲朋好友坐在船上,追着龙船儿观赏。坐游船的有钱人为了取乐,比赛没开始时,不时抛出几只活鸭,让桡手去追赶、抢夺。技艺高超的桡手,抢到鸭子后,一手一只高举空中,竟从水里站立起来。这叫踩水,双脚不停地在水里上下运动,保持身体平衡。嘉陵江中游南充人划龙船儿,有抢醉鸭子的习俗。二十世纪八十年代中,有一次划龙船儿时,一下子投放一千四百只鸭子,都被灌了烈酒的鸭子在江面扑棱棱四处飞,满江的龙船儿和桡手追、抢,场面十分壮观,热闹非凡。

比赛前"抢猪尿包"的游戏更有趣。吹胀后的猪尿泡像一只气球,漂浮在水面,每条龙船儿都去抢。猪尿泡体轻而表面光滑,本来到了手,生怕用力弄破了,一下子又滑脱,很难捉住。岸上的人看起很着急,发出一阵阵"哟豁"的叹息声,帮着惋惜。

"宁荒一年田,不输五月船。"这是龙船儿桡手们的一句俗话。民国中期的一年,川江末段宜昌举办划龙船儿比赛,十里红鸭蛋青龙在初赛时输了,一个姓龚的桡手头气得把桡片一甩,回了家。桡手们决心在正式比赛时赢回来,结果仍然输了。那个龚姓桡手头在家听到消息后,呕得卧床不起,三天后竟郁闷而亡。

晚清名将鲍超是奉节人,传说称病引退回家期间,喜爱筹办龙船儿赛。因家里开煤矿,鲍大人领队的是乌龙船儿,桡手为运煤船桡胡子,驾船本领强,又知水性。而他佑客的娘家人在江边碛坝熬盐,划白龙船儿。盐工天天从井下扯卤水上来,然后挑至盐灶,耐力过人,是乌龙船儿的劲敌。每年端午节,这黑白两龙都要较上劲。有一年乌龙在五月初五的"头端午"、五月十五的"大端午",连输给白龙,鲍大人不罢休,硬要在五月二十五的"赖端午"再比。川江人的"赖端午"顾名思义,端午节已过完,赖着再过一个。于是,老百姓编了顺口溜:"乌龙输得苦,要划赖端午。"鲍大人更"赖":"我不赢,还要划六月六,划月半(七月十五),划八月十五!"他的桡手们一听,这么划下去,那还挣钱养家糊口不?于是,悄悄跟鲍大人佑客求情:"请夫人劝一下白龙,让一回,不然鲍大人不松手,我们一家老小要活命啊!"赖端午再比,白龙果真让乌龙赢了,鲍大人才心满意足。

川江有些地方龙船儿比赛结束,"吆鸭子"(放鸭人走在鸭群后面撵)的龙船儿要拆了重做,或者改船头、修船尾。

聪明的桡手,比赛前把草本植物白及的茎捶出浆,和着生猪油一起,涂抹在船舷和船底,处理过后船体表面非常光滑,在水中可减小阻力,起到增快船速的效果。也可用鸡蛋清、桐油、猪板油混合擦抹船体,稍干后,再涂抹熬成胶状的仙人掌汁,船体就如鱼一样滑溜溜的了。夜里,龙船儿都有人照守,提防别的帮会派人悄悄潜入水中,往船底钉船钉,影响船速。

龙船儿的竞技指挥称"踩头",开赛前,他领着桡手们点香烧纸祭祀,口中念道:"众清弟子,造下飞龙一只,三代公祖,老少亡人,一起请上神船。见船会船,见船赢船。"

"轰、轰、轰",手铳火炮连发三声号令震天响,"咚、咚、咚……"急促的鼓点声中,一条条五彩缤纷的龙船儿,"嘿哟、嘿哟"地贴着水面向前蹿。这时的鼓点很重要,慢了,整条龙船儿的速度便慢;快了,桡手跟不上节奏,达不到一齐发力的效果。鼓手一边打鼓,一边喊号子:"五月五日是端阳,龙船儿下河闹长江……"为了不哑喉咙,鼓足劲,鼓手事先都吃了洋参。

江面的龙船儿开始都保持间距，途中为争道，少不了互相碰撞，眼看着桡手又挥起桡片干水仗，偏过船头逼旁边的龙船儿，不让上前……桡手们平时干的是力气活，这时相互不守规矩、相互捣乱，要的就是这种尽情尽兴的欢畅场面。有一年划龙船儿比赛，重庆城东水门码头的"黄辣丁"和太平门码头"老白龙"干水仗，抓扯了起来，相互谎称被打死了十多个人，死者说得有名有姓，还做了灵牌供在龙棚里。实际上双方都没死人，弄起热闹些。后来其他帮会出面调解，双方听劝、言和。

抗战胜利后的第一个端午节，重庆城两江四岸共四十八个码头帮全部竖旗，是规模最大的一次划龙船儿比赛，各帮会都想夺冠。南岸玄坛庙的青龙会首冷静分析，这次是嘉陵江逆水赛，龙船儿都会争着走水势较缓的左边航道，肯定拥堵。右边航道水势虽然急一些，走的龙船儿会少。比赛那天果不其然，龙船儿都争走左边，相互不让道，还撞沉了几只。青龙靠右岸迎激流而上，先佯装很吃力，麻痹大家后，猛然提速，然后全力以赴冲刺终点。等其他龙船儿明白过来时，青龙已顺利夺冠。

比赛结束，各帮龙船儿都要划到江心，把粽子、馒头等食物纷纷抛进水里，与屈大夫告别，同时向龙王表示歉意，龙船儿闹江，打扰了。完毕，龙船儿不掉头，倒着划回岸边。一年一次的划龙船儿比赛正式结束。

（本文参阅《重庆的龙舟》《宜昌龙舟史话》中少量资料）

腾空放炮

　　黄老汉儿年轻时在汤溪河驾鹅船，有一年缺粮，从上河（上游）的山里运苞谷，麻袋装起的，二百斤一袋。途中，他拿一小截细竹管儿，削尖一头，"欻"地一下插进麻袋，管儿中马上滚出一颗颗苞谷籽。他用碗接着，一会儿就满了，再顺手扯出竹管儿，麻袋上不留一点痕迹。干净、利落，那动作恰像乡下人劁猪。桡胡子之间的"黑话"就叫"劁猪"。

　　一大麻袋苞谷少这么一点，看不出动了手脚。每袋"劁"一碗，一船几十袋，便有了一二十斤。苞谷不能带拢码头，怕被发现。半道上有一片卵石滩，滩上地名闲窝凼，水平缓。鹅船靠头，岸边有一个穿蓝布衣服的女人等在那里，接过黄老汉儿提过去的一袋苞谷，转身就走了。这一提一接之间，连一句话都没有，配合默契。然后，黄老汉儿用篙竿往岸上一点，鹅船离了岸。

　　运完苞谷，歇船一天，黄老汉儿去了趟闲窝凼。蓝衣女人早用石磨把苞谷推成了面，这天，做了一甑子苞谷面饭，热冒冒、

173

香喷喷的。就着菜油炒过的陈年盐菜，黄老汉儿吃了三大碗。临走，提上一袋苞谷面，算是"扯回手儿"。几十年后，黄老汉儿回忆说："山里的女人真能干，苞谷饭做得好香哟！"

黄老汉儿怎么认识山里女人的，不好问得，我是晚辈，他女婿又在旁边，是他带我来听黄老汉儿摆龙门阵的。

黄老汉儿驾的鹅船是一种平底小木船，腹宽头窄似鹅身而得名。鹅船专走下水给盐厂运煤，夏天水大装五吨，冬天水小装二三吨。上水多数时间返空，偶尔装盐，看路程远近，装一吨或半吨，一路全靠桡胡子拉船、推船。那时候盐用竹篾包装，每包一百斤。篾包为方形，软细篾条扎口，黄老汉儿解开四只角，用木饭勺从每只角里舀一勺盐。运盐交货时须过秤，少了斤两要赔偿。黄老汉儿就往四只角里灌米汤，稠酽，不稀释盐，交货时看不出，斤量又足够。黄老汉儿说："这叫割耳。"

桡胡子动手脚的花样多。装桐油的篾篓子用油纸封口，便烧滚烫的开水，用热气润湿后揭开，赶紧舀几瓢，再趁热敷上，干后看不出一点痕迹。装散煤，面上撒了石灰做记号，就从下面撮，不撮太多，然后脚往煤堆一蹬，上面石灰和煤一起下滑，看起很自然。多撮几个地方，弄一两百斤没问题。偷撮的煤不一定卖钱，那时人穷，没钱买，一般和沿岸的人户儿换米换洋芋换腊肉，反正是能吃的东西。也有白送人的，是亲戚朋友熟人。

黄老汉儿直言不讳："我们沟沟河头的船，都是装么子，吃么子。"

川江拖轮上的退休老船员郑老头说："我们私下有一句自嘲自讽的顺口溜：'十船九强盗,一船不偷不公道。'那些木船挨着我们靠起,晚上悄悄用绳子拴住他们船上的货,天亮船开头,东西一下子拖下了水,然后再拉起来。拖轮开头阵仗大,机器'轰轰'响,木船上的人一点也察觉不到。"

过去民间讨生活的人,大多有这种好占便宜的习惯。

老桡胡子冉白毛摆龙门阵："过去我在嘉陵江的沟沟河驾木船,经常装猪,一般都由猪贩子包伙食。有一个猪贩子很啬巴(吝啬),我们有时连饭都吃不饱,更不用说有烟酒招呼了。连手们(伙计们)暗地里整他,大热天,给猪喝水,放了很多盐。那些猪渴得在舱里乱拱、乱窜,像疯了一样,有的蹦出亮子(船舷),掉到河里。连手们边看边笑,猪贩子急得双脚跳,只能好言好语请我们帮忙捞猪。下一次再装猪的时候,这个猪贩子学乖了,一上船,买了猪蹄髈炖起,还放了很多白糖。说大家辛苦了,白糖炖蹄髈补身子。哪晓得蹄髈油水大,又腻又甜,吃了败口味,我们几天都不想吃饭。"

乌江运盐都是上水,全靠扎船子拉纤。最远从涪陵到龚滩码头,要走一个月左右。途中,有的船主偷偷把盐卖掉,篾包里装上沙石,这叫"腾空"。然后,船主自己掌舵,过滩时,看准时机,尽往江中的石头上撞,直到船烂"货"沉,此为"放炮"。事后,船主假装哭诉着向盐商报损。整个手段称"腾空放炮"。事前,船主怕走漏风声,绝不让扎船子有丝毫察觉。因此,"放炮"的瞬间,扯船子来不及松开拉纤时挎肩的褡裢,被纤藤拉入江中淹死,或撞石而伤亡。1939年5月的一天,侯老伯拉船到了羊角滩,天黑了,本来夜晚过滩不安全,伙计们拉了一天的船,也想睡觉了。但船上的管事从后面一只船上跑来说,船主非要把船扯上滩去。果不其然,船出事了,撞石而翻,十三个伙计被纤藤拖下水,恶浪把他们一个个吞掉。幸好,侯老伯一跟斗栽在江边一块大石头上,只是双脚受伤,保住了性命。第二天,他脚伤剧烈疼痛,躺在船舱中,隐约听到管事在发牢骚:昨晚分到的钱少了。原来头晚翻船是船主搞的"腾空放炮",可怜十三个扯船子白白送了命。

有一次,一个姓王的船主盗卖了装运到彭水的盐,被头篙暗中发现。只要王船主扳舵往石头上撞,头篙就在船头迅速用篙竿撑开。王船主心中鬼火直冒,也只能忍着。晚上,王船主想了个鬼点子,在放篙竿的架子上淋了一些桐油,想让头篙撑船时打滑。第二天,头篙没中招,用围腰包裹住篙竿照样撑船。船拢彭水后,王船主交不出盐,盐商报官,被盐警抓了起来。

川江瞿塘峡里有一处地名叫石板碛,由"赤板岬"简略而来。岬,指水中突出的石嘴。过去有船主搞"腾空放炮"时,专门选在这里,撞船的瞬间,自己正好可以跳上石嘴获生。船主搞"腾空放炮",一般都和"地头蛇"合作,才能迅速销赃,他们大多在江边码头的茶馆里商量细节。

重庆府巴县衙门档案里记载着一桩官司。清道光十一年(1831)八月,归州船主范开科,承运湖北商人李本忠的粮食四百石,从重庆至汉口,商定水脚钱(运费)四百四十串,一次领清。然后,范开科将货船交其胞弟押运,自己用水脚钱订了一条新船,又运李本忠的大米三百八十石去汉口。船已受载,正等时日开头。这时,李本忠得到消息,范开科胞弟押运的货船在西陵峡水平滩翻沉,人获生,船与货均损。李本忠觉到蹊跷,出事险滩已得到整治,范开科的货船又属归州帮,对这一带水域十分熟悉,按说不应该出事。于是,他把范开科告到巴县衙门。巴县知事发令,查封范开科尚未开头的货船。经查验,船上所载粮食少了五石一斗,折银二十余两。范开科盗卖粮食,也预备"腾空放炮",不料被抓了现行。

滇铜为朝廷贡品,走川江水运,由朝廷派员押运进京,沿途地方官员必须护送船只安全过境。清史资料记载,途中,有船主趁夜晚停船时,偷偷把铜块丢进江中。私下里早和"地头蛇"商量好了,第二天等运铜官船走后,他们划小船去打捞,事后平分所得。有时偷盗的铜块多了,担心事情败露,船主故意凿破船底,漏水而沉。沉铜由船主出面雇请"水摸"打捞,水摸除赚得一笔打捞费外,又故意留一些铜块在江底,等官方处理完事故离去后,便打捞自得。

民国后期,云阳县城有一家油脂商号"兴泰祥",资本雄厚,直接和美商美孚石油公司做生意,在万县、武汉、上海都设有分号。商号经理姓傅,是最大的股东。傅老板小时候死了老汉儿,随母改嫁，继父是个桡胡子，他便跟着跑船。后来赚到钱，自己打造了一只木帆船，独当一面。有一年，傅船主在宜昌装一批棉纱入川，货主随船押运，途中不慎，掉进江里淹死了。因行规不便随意打听，货主与货的情况因此一无所知，一船的棉纱成了无主货，归了傅船主。当时棉纱在川内属贵重物资，变卖后，傅船主用钱开了"兴泰祥"油商号。这是《云阳县商业志》记载的真人真事，但不算"腾空放炮"。我兄长谢老夫子说，他小时候见过傅老板，傅老板与其父有生意往来，经常出入他家，看上去温文尔雅。

这真人真事读来像民间文学故事，不过，类似的故事倒真有一个。

清末，万县四角里耀灵场有个油商号掌柜叫张世烈，有一天在七曜山的盐道上赶路，没留神，一下子滑下道，幸好抓住路旁树枝，才没摔下崖。他爬上来，惊魂未定，瘫坐在路边，心里暗自道：好险呀！看来是老天爷不想我死，等二天有钱了，我一定好好修一下盐道，挑二哥好走路。当天夜里，一个白胡子老汉儿托梦给他："老天爷要给你一些银两，你不要推脱，记住自己说的话。"张世烈猛然惊醒，再也无法入睡，本来准备第二天要去万县城里打听油价，这时干脆起身上路。

在万县水井湾码头，张世烈遇到楚帮一船主，那人上下打量他一番后问："你是不是张世烈？"张世烈回答："是呀。"对方又说："你的一船棉纱到了，快点提驳，我们好又装载了回去。"

张世烈心想,我哪有什么棉纱,可能是把同名同姓的人搞混了。正要解释,突然想到头晚做的梦,便没推脱,跟着去接了货。然后将棉纱卖掉,所获银两全部用来整修了盐道。

挑二们给张世烈立了块功德碑,至今还在川鄂古盐道边。

走蛟

夏天的雷阵雨，一阵噼里啪啦的炸雷声从天那边传过来，像是落到了姑妈家屋后的阳沟里，我吓得赶紧用双手捂住耳朵。姑妈说："又是那个凼子走蛟，雷公雷母要打死它。"川江方言中的"凼子"是指地方。

我问姑妈："啷个叫走蛟？"姑妈边剁猪草边回答："躲在山洞里的蟒想成龙，跟着山洪跑下来，跑到河里，再下到海里头，龙都住在大海里。"她把猪草煮到铁锅里后，又说："蟒一走，那个洞就要垮，山坡就滑下来了，害人呀！"

下雨天姑妈不出工，才有空给我摆龙门阵：她女祖祖生么姑奶奶时，菩萨托梦说竹林那股浸水后面土坎子里有一条蟒。女祖祖生下么姑奶奶后，男祖祖把人衣（胎盘）埋在那里，水不流了。人衣是"脏"东西，它就移走了。

有一个热天的半晚上，男祖祖到湾里的大堰塘去放水，田里谷子渴得很。他走过溢洪口时还是干的，这里比塘坎位置要

180

低。当他走上塘坎，正准备从梯道下去抽木桩放水，突然塘水涌起来，瞬间齐他半腰，只见一条比人头还粗的黑乎乎的蟒顺水翻过塘坎，一下子没了踪影。堰塘的水又回落下去，一切归于平静。第二天听下面肖家沟的人说，好端端的石桥，既没打雷又没下雨，夜里却垮了。男祖祖原以为蟒移走了就没事，结果还是害了人。男祖祖说，那桥拱洞顶本来悬着一把斩龙剑，几天前被人偷了，这东西感应得到，所以趁机"走"了。

川江一带走蛟，在地方志中多有记录。《重庆府志》和《巴县志》都有载，乾隆十二年（1747）三月，重庆城刮大风，府署青阴堂前古黄葛树内出蛟，由千厮门入江，所过屋瓦皆飞，江中破舟无算。又，清道光《城口厅志》记录，道光二年（1822）三月，高观场枞树沟山民上山打猪草，看见山边洞穴中有物，大如牛头，昂首水中。几天后走蛟，山崩，冲塌田地百余亩，葬埋山民七家，共三十六丁口。

"人也可以打死蟒的。"姑姑肯定地说，"那可不是一般的人，他有状元身，算是人中之'龙'。"她继续摆：重庆府有个私学堂，教书先生有一晚做梦，一个白胡子老头说："你那个姓骆的学生，明天让他背书，不管背得到背不到，都罚他跪在香案前。"教书先生猛然醒来，想起不久前土地菩萨也给他托了梦："你给那个姓骆的学生说一下，他把船拴在我门口，叫我照到，这么久了也不来撑走，烂了我是不赔的哟。"教书先生一打听，原来几个月前，骆学生在河边放竹叶船儿耍，玩累了，把剩下的一只用

181

小棍儿插在水边，侧头正好看到路边石龛里供着土地菩萨，顺口一说："土地公公，帮我把船儿照到起，我走嗒。"教书先生料定骆学生是文曲星下凡，带星宿的人随口说的话都要作数，哪怕是菩萨，都听他的。这回白胡子老头又托梦，不知哪个要罚他下跪，先生感觉事情不一般。

第二天，教书先生果然照办。那姓骆的学生被罚跪在香案前，突见墙根冒出一丝浸水，朝他流来，必定会湿了裤子，便在心里默念道："莫流、莫流！"浸水不仅仍在流，而且渐渐大起来，有了酒杯粗一股。骆学生生气了，举起巴掌，"啪"地拍打在流水上，说："叫你莫流嘛！"当真，流水止了……几天后，教书先生上课时总闻到一股臭味，时有时无。他问学生们，哪个屙了屎没揩屁股？没有一个人作答。一连几天都是这样。终于，教书先生闻出臭味是香案后传来的，但后面什么也没有。他叫来人帮忙，寻着臭味，挖开地下一看，一条已死的蟒，身体开始腐烂了。原来骆学生灭了蟒害。教书先生坚信了自己的判断，而且学生的姓也正配文曲星身份——"骆"字拆分为"马""各"，马长角（各），与石头开花并列为天下两大奇事。川江方言中，"各"与"角"读音相同。姑妈说，骆学生后来当了宰相。

蟒是民间的叫法，古人称之蛟，或蛟龙。《本草纲目》上说：蛇与野鸡在正月里交配后生下蛋，遇打雷下雨，蛋即入地几丈深，孵化为蛇形物，经过二三百年的修炼就会成龙。如果没遇雷雨，蛋不能入土，就孵化为野鸡了。有古书上说，蛟会害人。野鸡与蛇为不同类的动物,怎能交配呢?其实它们都是蛇精所变,冬天为野鸡,春天成蛇。

《本草纲目》中有几则蛟的故事。唐代有个六十多岁的老尼姑,腹部鼓胀已有两年时间,身体出奇的瘦。名医甄立言给她诊断后说:"你误吃食物,腹内有虫。"便配雄黄剂一方,让老尼姑喝下。片刻,老尼姑吐出一条拇指粗的蛟。名医将之烧成灰,尼姑的病便好了。另外,明朝时有个太医叫周顾,也用雄黄清除过人肚里的蛟。一日,周太医在宫中遇见一黄门侍郎,因其为皇帝身边近臣,担心对皇上不利,便禀告:"此人腹中有蛟。"皇帝惊讶,便叫来黄门侍郎询问:"你是否有哪里不舒服?"他回话:"我快马跑过广东与江西交界的大庾岭时,又热又渴,喝了山溪水后,肚子硬胀,里面像有一块石头一样。"周太医当即用雄黄和消石(中药)煮水,让其喝下,立即吐出一条指头粗、几寸长的蛟。东汉医学家张仲景的《金匮要略》里又说:春夏二时,蛟龙带精入芹菜中,人食之,则病蛟龙症,痛不可忍。治以硬糖,日服二三升,当吐出如蜥蜴状也。

我朋友魏兄摆他父亲和蟒的龙门阵,说蟒并不害人。川江北岸有一条支流御临河,从入江口往上走,不远的地方叫白杨坝,一条小溪从这里流入御临河。故事就发生在这里——

"那年农历六月的一天,我父亲十来岁,和几个细娃儿去打猪草。天很热,才上午九十点钟,太阳已经很毒了。猪草也差不多打满了背篓,几个细娃儿约起到溪沟的水凼里洗澡。水凼不大,是小溪拐弯形成的,靠里边岩石上稀疏地长着一笼竹子,下有一个洞,被溪水半淹。洞口也不大,却透出一股寒气,就是三伏天,离近了,也不免打寒战。冬天的时候,洞口基本上露出水面。

"几个细娃儿还没走到水凼边,冲在最前面的一个同伴突然收住脚步,目瞪口呆地盯着什么。大伙赶上去一看,岩洞口的水面上,拱着一条土钵粗的巨蟒,那拱弧有一人多高,像一张弓,不见其首尾,潜入了水中。在阳光照耀下,巨蟒的鳞甲闪亮耀眼,晃得看不清到底是什么颜色。几个细娃儿吓得腿脚发软,全部瘫坐在地上。这时,一个稍大一点的同伴突然想起了什么,大声唱道:'你成神就上天,成龙就下海!'其他几个都跟着唱起来,边唱边爬起来就往回跑,吓得屁滚尿流。

"几天后,白杨坝下了一场暴雨,这条巨蟒带着三尺洪水,顺利地闯过下面的周家拱桥关口,下到御临河,下到长江里去了。父亲说,这是走蛟。蟒修炼到土钵粗的时候,就要功德圆满了,但是否能成龙,完全取决于是否有人给予封赠。他们看到的那条巨蟒,是来讨封的。他们念的歌啰句,就是封赠。

"后来听白杨坝的大人摆龙门阵,住在水凼半坡上青冈林边的周老头,祖上那辈就见过那岩洞里的蛇。那时只有小碗口粗,还不能称蟒。到了老周这一代,他每隔两三年,总要撞见一两回。但老周从不害怕,也不和它交流,更没给它封赠,双方就像是哑巴邻居见面一样。走蛟后的第二年,老周的三儿子被抽了壮丁,离家后杳无音信,再也没回来。

"几个给巨蟒封赠的细娃儿,一生都没什么大灾大难。我父亲后来当兵三年,剿匪时中弹多次,却皮毛未伤。退伍后拆洗棉裤时,从棉絮里抠出了三颗弹头。

"但魏兄听了父亲的龙门阵后,有意无意都避开那水凶,不曾踏足半步。"

四十多年前,川江历史上出现过一次最厉害的走蛟。那年七月中旬,云阳连续下了几天百年未遇的大暴雨,县城东边隔着一条小河的山坡走蛟了。我老师说他亲眼所见:"白天间或放晴,晚上八点左右,我在江对岸半山腰的院坝里和亲友们摆龙门阵。暗暗暮色中,对岸突然出现闪电似的火光一道,紧接着烈焰冲天,一声闷雷般的巨响过后,只见石板沟山体犹似万马千军排成的列阵,排山倒海般扑向江里,顿时掀起数丈高的排浪,顷刻又死一般的沉寂……"

县水电局的王技术员说:"这叫滑坡!"

王技术员给我们讲解:这里小地名"鸡扒子",属古滑坡地貌。持续大暴雨,排水不畅,古滑坡复活,一千七百多幢房屋被泥土埋掉,滑到江里。川江被阻塞后形成巨滩,一般的轮船都上不去,三艘两千多匹马力的拖轮一起,拖一条几百吨的货驳才勉强上滩。

后来,我在长江重庆航道工程局档案室看到这样的记录:1982年10月20日开始,奋战四个枯水期,消除鸡扒子滑坡造成的急流险滩,航道畅通。其抢险工程获得国家科学技术进步三等奖。

雷公雷母灭不了的蛟害,被航道工人治服。

埼岸叙话

文峰塔

一

　　英国商人立德来到中国已二十四年。1883 年农历腊月三十这天，他先从上海坐着轮船到武汉，再租乘木帆船进入川江。此行的目的是探路和了解民俗与商情，他试图把生意做到富裕而闭塞的西部地区去。船过西陵峡青滩时，要在当地雇几十个滩夫拉纤才能上滩。人力拉船太慢，船又多，需排轮子等候，立德趁机去岸上的村子里看看。这次入川途中，他时常下船，跟随纤夫一起在岸上行走，遇到城镇和较大的村落时，都要上岸找当地人摆龙门阵。

　　一位年轻的"头纤"陪着立德走进青滩的村子。立德能说流利的中国话，谙熟中国老百姓的人情世故。来到一户儿普通民房前，头纤请他看看这房子的风水怎么样。立德知道，中国老百姓自古都崇信风水学说，解答比较委婉，把不利因素怪罪在客观条件上,说:"上游吹来的大风,把这房子的财运刮走了。"没想到还是尴尬了,这房子正是头纤的家。他事先不告诉立德,是想听听洋人对风水的理解以及他不偏不倚的意见。头纤的母亲也正为房子的风水发愁,她告诉立德:头纤的老汉儿驾船在三峡险滩中遇难身亡,儿子原本在大商船上做事,因生意不好遭解雇,现在做了收入少、更累又危险的滩夫中的头纤。

立德头脑灵活,马上化解尴尬局面,善意地建议道:"在家门口砌一道屏风,挡住吹走好运的大风。"在川江民间,这种建议及实施手段称为"调风水"。接着,立德又劝说头纤趁年轻力壮,还是去大商船碰碰运气,找份收入高的工作。头纤和他母亲高兴地点头称是,并连声致谢。

川江水自西奔腾而来,带着财富。然后,随滔滔东去的江水又流失了很多财运。这是重庆城风水的得获与缺陷。然而,重庆城正对岸有一座山,状如威狮,得名狮子山,山上树木苍翠,狮为青狮;重庆城下的江边,又天生一弯石梁,长年被江水冲刷变得灰白,远看,极像一头大白象。青狮壮实威猛,白象圆润温和,两者搭配完美。宋朝置重庆府时,民间已有"青狮白象锁大江"的说道。这种自然状貌的"锁",也是一种调风水。重庆城风水缺陷因此被修复,成为西部商都也就不奇怪了。

还是那个立德,他乘坐的木船快拢万县了。在下游远望,万县城风水非常完美。左岸高山遮挡住了北来的阴气,右岸连绵的山峰屏障高度适度,又没阻碍南来的阳气。再有,城上游巨大的盘龙石突入江中拦截激流,江水拐了个弯,形成回水沱,名水井湾,将财富源源不断送入万县城的怀抱。随后,城下红砂碛的大片卵石坝又挠阻江流,形成第二个回水沱,称聚鱼沱,再次聚财。但江水东流是必然规律,万县城两岸又没有修复风水的自然状貌。于是,清乾隆五十五年(1790),知县孙廷锦在城下游南岸岸边建造了一座高约三十米的九层宝塔,"锁闭"水口,以调风水。宝塔名洄澜,释义:洄,水回旋而流;澜,大波浪。合起来即"滔滔江水回旋而流"之意,寓意万县城的财富回归。洄澜塔以砖石所筑,塔身呈六边形,塔内各层用木楼梯相连。

英国旅行家伊莎贝拉·伯德在《1898:一个英国女人眼中的中国》中也写道:"优美的宝塔和三层的亭阁(钟鼓楼)守卫着道路(水道)。据认为,万县的风水很完美。"

以宝塔调整各种风水都很灵验。说是湖北巴东县,从康熙到光绪的两百年间没出一个举人。清光绪九年(1883),当地百姓捐资在城下游窝龙沱建造宝塔一座,祈调文运。塔还在建造中,果然有了变化,一姓舒的秀才中举。在民间,老百姓统称这种调风水的宝塔为风水塔。

二

我母亲那时在云阳县故陵区邮电支局当话务员。小时候,我放假了去玩耍,三十里水路,来回都坐慢腾腾的木船。回县城是上水,特别慢,两岸的高山又一模一样,辨别不清到了哪里,焦躁不安:怎么还不拢? 突然,看见前方谭家山顶的宝塔后,马上高兴起来:快到家了。这个宝塔,成为我缓慢旅程中一个象征希望的标志。

在川江上旅行,不管是坐木船还是轮船,有同样经历和感受的不只我一个,中国人和外国人都有,有男也有女。1936年9月,中国现代文学家何其芳在《呜咽的扬子江》里记录回家乡万县的情景:"第二天下午四点钟的时候便看见×县下面的塔了,我和妹妹早已收拾好行李,焦急的,不安的,说不清是欢喜还是难受的等待着船停。"前面提到过的英国旅行家伊莎贝拉·伯德,她在游记中是这样写的:"一座美妙的九层白塔出现在河岸上……说明城市快到了……于是万县出现在眼前。"1902年,日本建筑学家伊东忠太坐船顺岷江而下,在《中国纪行》里写道:"行百里许,发现川江岸边有高塔矗于山丘之上,是以得知叙州(宜宾)已近。"

我坐的木船是农村生产队的副业船,每天走县城一个来回。母亲和前驾长谢老八熟悉,我一个人坐船时,托他照看。遇江面打上风,扬帆前行,谢老八活路不忙,坐在船头给我摆龙门阵。他说谭家山顶这宝塔叫"文峰塔",古时候建的,也不知有什么作用。我想弄清这宝塔的来龙去脉时,已是几十年后。小时候曾有许多疑问,正当年时没想去弄明白,往往错过了最好的时机才去"刨根儿",结果时过境迁、物是人非,留下一些遗憾。好在《云阳县志》上可查到这宝塔。

新旧《云阳县志》上都有记载:据传,清道光年间,一条乌龙在云阳境内川江上兴风作浪,致使文运衰颓,读书人屡试不中。故陵镇一姓戴的读书人,四十多岁了也没能中举。究其根源,县城东约四公里的谭家山巅系乌龙之首,只有镇住乌龙,云阳文运才能兴旺。道光十六年(1836),云阳县知事恒裕募捐,要在谭家山巅建一座宝塔镇住乌龙,戴某等读书人和乡绅纷纷解囊响应。宝塔建成之后,取名文峰塔,戴某一举成名。从此,云阳文风焕然昌盛。此文峰塔共七层,高四十一米多,塔身为六边形,基础及下面两层由条石垒叠,以上各层均为青砖所砌。

后来,我经常在川江上行走,发现沿岸每个城镇的下游,几乎都有宝塔这种古建筑,有的竟达两个。奉节有江北岸耀奎塔与南岸文峰塔,万州新旧宝塔都在江南岸……即使没见到宝塔的城镇,以前也有过,因各种原因损毁了。江津城外川江两岸原有大中小三座宝塔,抗战中,日机正好以大、中宝塔为航标,向东精准飞行,对重庆城进行轰炸。因此,当局不得不拆掉这两座宝塔。拆除前,老百姓依恋不舍,前去塔下烧香跪拜。另外的那个小宝塔虽然留下了,因年久失修,不久也坍塌了。忠县和开县的宝塔却毁于当代特殊时期。

川江宝塔名称不一:青云塔、耀奎塔、映南塔、培元塔、培文塔、白塔等,但最多最普遍的称呼是"文峰塔"。这些塔一般为五、七、九层,最高达十三层,全为单数。古人信奉阴阳五行说,双数为阴,单数为阳。人们崇阳,因为阳代表温暖、明亮、鲜明与生气。我也进一步弄清楚了,这些名称各异的宝塔都属文峰塔性质,归类风水塔,与佛教塔构成中国宝塔的两大类别。

三

　　风水塔源于佛教塔,唐代已出现,明朝初期开始兴盛。风水塔的建造远没有佛教塔丰富与豪华,塔身主要为土红色、青灰色和白色。川江风水塔以白色最为普遍,有些地方的老百姓干脆称其"白塔",大都建在城镇下游江岸的半山峦或山之巅,离城路远且崎岖,造型更为简洁。然而,川江沿岸重山复岭,风水塔绝大多数又在七层以上,虽简洁,但与周围自然环境浑然一体,十分美丽壮观,不失为当地重要的历史人文景观和水运时代的标志性建筑。

　　涪陵城下游南岸高高的刘家山巅,卓立一座八角棱形的文峰塔,清同治十年(1871)建造,高约四十米,共九层,有四轮台基,第一轮直径达三十三米,层层内收,有步步高升之势,庄严肃穆。在山脚近观,从江对岸远眺,都一览无余。如果是站在缓慢的江轮上,或坐在奔驰的汽车里,也能一睹其芳容。涪陵文峰塔成为当地一大景观,曾被誉为"城标"。

　　"隔江塔受诸峰拜,入峡帆飞一鸟轻。"这是近代夔关监督长燕翼咏奉节文峰塔的诗句。其塔建在瞿塘峡夔门南岸一千二百多米的乌云顶上，昂首屹立，四周群峰像是在对它跪拜。瞿塘峡尽收眼底，峡中帆船如一只只飞鸟。站在塔前眺望，群山逶迤，实在令人襟怀坦荡，尘虑皆空。

川江支流嘉陵江与其支流涪江汇合处有一文峰塔，又名振兴塔，塔身呈八边形，通体灰白色，俗称"白塔"，清嘉庆十五年（1810）由合州知州董淳集资修建，共九层。二十六年后，后任知州李宗沆增建四层，共十三层，总高达六十二米多，是川江及其支流上风水塔中少有的高塔。登临塔顶，可观著名抗元遗址钓鱼城及嘉陵江的另一支流渠江，三江汇流于塔下，蜿蜒数十里。继任知州强望泰在《增修文峰塔碑记》中叹曰："壮哉观也，江山灵淑，俱萃于斯，奕奕奎光，照耀四境，合阳贤哲，从此兴矣"。

川江另一支流汤溪河上盐业重镇云安，清咸丰年间，盐务大使陈廷安筹资建造的文峰塔为六边形七层砖石塔，一改川江风水塔的简洁风格，建造比较精美。云安文峰塔塔身土黄色，檐口下为朱红色绘画和"回"字纹，塔顶六面嵌以照妖铜镜。各层开窗均不同，长方形、正方形、扇形、圆形、六边形等，使塔立面造型丰富美观。最具特点的是每层檐口做成挑角，形成曲线，使塔身给人一种"弧身"的美感。中国塔研究专家张驭寰教授表示，此塔是把曲线美运用于古建筑中比较成功的一例，并在《中国塔》《中国风水塔》二书关于"塔的艺术"的论述中，列举了云安文峰塔这个案例。

云安文峰塔建成川江风水塔中的精美者，与云安因盐而

云安文峰塔（陶灵摄于 2017 年）

兴,成为南来北往商贾云集之地分不开,更因经济的繁荣,使建筑艺术得以先行。

四

我出生在县城东约三公里的宝塔公社,父亲当年是那里的一个国营小酒厂厂长。《四川省云阳县地名录》载:"宝塔公社以宝塔沱得名……下边有一沱,早年为了在长江安全行船,曾在沱旁石上刻了高一丈许宝塔标记水位,人称宝塔沱,故名。"

宝塔沱靠北岸,岸边有石嘴延伸江中,汛期时水流紊乱,行船极险,成为川江有名的险滩。明嘉靖年间,有人在岸上长十米、高四米多的岩石上凿打了一个壁龛,龛内雕凿浮雕宝塔一尊,高约一米五。川江桡胡子因此留下行船口诀:"水浸宝塔脚,下舟休要错;水淹宝塔顶,十船九个损。"这浮雕宝塔是川江上一个重要的航行标志。

清代,三峡沿岸,每隔几公里曾有过一种白色小宝塔,并排几个一组,称烟塔、烟墩。清代中后期,峡江地区战乱频发,遇到险情,人们在小塔内燃木刨花、树枝,一时青烟四起,以示告急,请求救援。烟塔为官民兼管的报警设施。现在已难觅烟塔踪影,它们在民国初期全部被损毁了。

清咸丰《开县志》记载,临江镇私塾先生上官仪,除经常救助孤老贫困者外,还修建了一个字库塔,雇人捡字纸焚烧。字库塔外形就是一个宝塔,凿打石头砌筑,一般三四米到八九米高,三、五层不等,塔中间是空心的。川江一带乡镇、城郊至今遗存很多字库塔,有的也称惜字塔、焚字库。

小时候听大人摆,旧时,人们对文字怀着一种敬畏之心,写了字的废纸不能乱丢,也不能用来揩屁股,都拿到字库塔去烧掉。否则,是对文字的不敬,眼睛要瞎。一些家中富裕之人,还专门雇人到街上路边去捡拾被丢弃的字纸,再拿到字库塔里集中焚烧。也有盲人参与捡字纸的行列,一般由细娃儿领着,他们为积阴德,希望来生做"睁眼子"。烧字纸都由士绅亲自操作,之前必须沐浴更衣,烧时还要点香燃烛敬拜一番。

浮雕宝塔、烟塔和字库塔,既不属风水塔,也不是佛教塔,它们凿刻和建造成宝塔模样,意在宝塔的祈福作用,也由此看出川江人对塔的崇仰。

在万州罗田镇老街,我寻访过一座清光绪年间的字库塔,这塔加台座在内高约八米,五层。塔上刻着多副对联,其中两对为"词赋映三春,水光浮日出""霞彩映江飞,人文还六代"。仔细一看,这两对对联的上联"词赋映三春"和"霞彩映江飞"竟与其下联不对仗,如果互相交换一下,正好对上。我估计是建塔工匠在安装时出了错。一百多年来,不知还有谁发现过这处"错"。字库塔附近的文物介绍牌"依葫芦画瓢",上面没这种说明。

古人"敬文惜字"固然好,可是只有"认字",才能真正做到知书达理。

滚木

一

　　肖家沟汇聚了几条山溪，完全可以称"河"了。沟右岸有家不大的餐馆，取名"沟沟河"，自谦店小，也指肖家沟。是河，该有桥，两岸的人需要来来往往。确实有桥，一座静卧的简易石平桥——桥墩之间搁置几块石板，连护栏都没有。因简易，无名字，都喊平桥。桥简易，并不简单，那搁置的十几块桥面石板都是整块的，每块长五米，厚七十厘米，宽近一米，单块重达五吨。这桥已建起一百多年了，当时没得起重设备，全靠"滚木"的办法架设。

　　我走下河沟，近距离观察。平桥共有六个石桥墩，每个墩最上面的石头留有三个凹孔，用于墩之间搁置长木方。桥下河里的大石头上也凿有一些凹洞，是搭设木架用的，防止木架柱子移位。木架的作用是支撑墩之间的长木方，共同临时承受桥面石板重量。然后，建桥工匠在长木方上横放许多根粗细差不多的圆木棒，便拉的拉、撬的撬，把一块又一块五吨重的桥面石板，从圆木棒上慢慢滑过去，逐墩安放。最后拆去木架和长木方，桥就建好了。这些圆木棒称滚木，也叫滑木。我留意到，墩上面的凹孔要比墩面低一些，滚木才能与墩面齐平，石板滑过去，正好落在墩面。

平桥建造过程说起来简单，实际上花了不少工夫。肖家沟的人并不知道这桥建于何时，家住右边桥头不远的王老头年近七十岁，他说：“我当娃儿时，听八九十岁的老人摆起这桥，说也没亲眼见到修桥。”虽不知何时修建，但怎么建的，年龄稍大点的肖家沟人都能说上几句，并且个个津津乐道。

某年，肖家沟一个姓杨的老爷承头，筹资为老百姓建桥，他自己出了一大半的钱。当时雇请石匠在后山崖上开石，没得炸药，破岩必需的铁制楔子也没有，削尖青冈树棒替代，此树质地坚硬。因此建桥进度缓慢。一天夜里，肖家沟的天空被一道道闪电划破，“轰隆隆”的雷声震天，响了一夜，雨也下了一夜。第二天早晨天放晴了，石匠们惊讶地发现，正开采的山岩已垮塌下来，破裂成许多大石块，满山坡铺起。他们高兴惨了，奔走相告：“这是老天爷在帮我们，叫雷公把岩石炸开了。”

很快，石匠们把一块块重达几吨的桥面石板凿打完成，在地面铺上圆木棒，拖、撬着石板，一段路一段路地滑到沟边，才建好了肖家沟平桥。桥的顺利建成既有“老天爷”相助，也少不了滚木的作用。

在川江一带，我寻访过大大小小几十座古石平桥。从留下的建造痕迹看，无一例外地用到了滚木方法。江南接龙镇荷花村，有一座单块石板重约二十吨的石平桥，建于1776年，已有二百四十多年历史，也是运用滚木建成的，河床石上固定木架柱子的凹洞至今还在。河不宽，整座桥只用了一块石板。石板长九百九十三厘米，宽一百六十四厘米，厚七十八厘米，约二十一吨重。

几年前，本地一位记者报道过这桥。荷花村支书接受采访时说，这是重庆市境内最大、最厚的整块石板建成的石平桥。他自己愿拿出两千元作奖金，在全市寻找比这更大的整块石板桥。这等于是"摆擂台"。记者在报上留下了联系方式。直到这位村支书几年后卸任，也没人接招。

住在桥附近的一位婆婆见我从城里来，问买土鸡蛋不。我肯定地回答买。在数蛋、付钱过程中，她顺口摆起桥的龙门阵。说桥石板实在是太重，试了几次，很难从滚木上滑动。一天清晨，石匠看见石板上立着一只白鹤，有人来就飞走了。后来，石板竟能从滚木上滑动了。荷花村从没有过白鹤，老百姓认为是仙人叫它来施恩的，于是，给这桥取名仙鹤桥。

以前建桥不易，看来老百姓都渴望"天"与"神"相助。

二

　　川江沿岸爬坡上坎，以前交通不便，运输工具原始，搬运大件物品时，老百姓同样采用滚木的办法。1927年，重庆城区开建第一条马路，总长才三点五公里。还没等竣工，首屈一指的富豪黄云阶，就迫不及待地从上海买回一辆美国"雪佛兰"牌轿车。黄云阶是重庆城最大的买办，抗战期间蒋介石官邸所在的著名的黄山，就是他卖给国民政府军事委员会的。1929年4月，轿车用轮船转运到了朝天门码头。没起重设备下船，也没上岸公路，黄云阶雇了几十个"棒棒儿"，把轿车硬搬下来，运到了远离码头还没修好的马路上。搬运中，多次使用滚木方法，对轿车不易造成损伤，省力又省时。黄买办终于成为重庆城第一个用上汽车的人。

　　1937年7月，成都启明公司要运送一台锅炉去彭县，途经郫县，路程约七十公里。锅炉长九米多，高一米五，有五吨重，是个"大家伙"。那时候的汽车装不下，很多路段又是在人行小道上加宽修筑的，只可通行骡马车。好在"大家伙"不高，启明公司决定用滚木的土办法搬运。他们雇了几十个力夫，一路上交替铺设圆木棒，撬的撬、推的推、拉的拉，步履蹒跚。川西一带不喊滚木，称为"地滚子"。途中遇到松软路面，避免凹陷滑不动，圆木棒下再纵向垫置木方，叫"枕木"，原理如铁道。这次使用"地滚子"有一个重要改变,尽量少用圆木棒,取而代之的是铁棒,大量减少了木料损耗。搬运途中,几遇断路险桥,人手不够,便临时在当地雇工修筑、加固。

这样走走停停,一年零两个月才把锅炉送拢,经历了夏、秋、冬、春四季还外搭一个夏天。可谓荆棘载途,坚持不懈。也让我惊叹不已。

三

很多年来,生长生活在长江川江段的我,一直想去黄河看看壶口瀑布。今年初夏终于如愿以偿。散文大家梁衡将壶口瀑布描写得淋漓尽致:"其势如千军万马,互相挤着、撞着,推推搡搡,前呼后拥,撞向石壁……突然脚下出现一条四十多米宽的深沟,它们还来不及想一下,便一齐跌了进去……"

我是看了鹳雀楼、蒲津渡大铁牛后,从山西吉县这边进入壶口瀑布景区的。常见的那种路标导览图中有个小圆点,标着"旱地行船遗址"几个字。旱地怎么个行法?我饶有兴趣,于是,向旅游车驾驶员打探。他回答:"没得遗址,据说以前从陆上把船拉过去。"这"据说"太不确定了,是没遗址,还是"旱地行船"这事也没有?年轻的驾驶员说,他是应聘来的,不是本地人,不清楚具体情况。

看了瀑布,发完朋友圈,我走到一个牵毛驴收费照相的老头旁边,与他搭白。典型的黄土高原上黑黝黝的瘦老头,六十八岁,取了个文雅的名字:张智敏。我问他有小名或者绰号不,兴许以后会把他写进散文里,比如来个"平娃""尕娃"什么的,有趣又顺口。他连忙回答:"莫得莫得。"也可能是不好意思告诉我。

我直入主题:"你知道'旱地行船'吗?"他这个年龄的人应该见过,说是二十世纪七十年代末才消失。

张智敏回答:"我以前拉过的!每天可挣几块钱。"看来问对人了。他性格开畅,没照顾他生意,也乐意跟我"空吹"。但每有一群新游客走进景区时,我就不问他话,以免耽误他揽客。他陆续告诉我:这一带盛产红枣,以前用木船运出去,过不了壶口瀑布,就在上游起岸,船底垫圆木棒,船头两边各拴一根绳子,有手臂粗,几十上百人一起把船从岸上拉过去。要拉十多里路,到下面槽口再下水。拉船的时候,大多数人在前拉,一些人把船经过后的圆木棒搬起来,再铺到船前面去……这"旱地行船"分明就是我早已熟悉的滚木。但我仍然被震惊了,如此一个庞然大物,竟用上这种土笨的办法,真是难以想象。

"连船带货一起拉吗?"我又问。

"货要卸下来,用小毛驴驮过去。"毛驴是黄土地上的主要运力。

"哦!那船回来时,也这样拉上来?"

"货运拢后,就把船卖了。"张智敏像是对我的提问有些不理解,"这么艰难,谁还把船拉回来啊?"

过去我们川江行船，在三峡险滩要"搬滩"，也就是从岸上转运货物。船空载了，仍从水上过滩。船以后回去，又要"搬滩"。因三峡滩险浪急，很多船主在长江中下游一带也会把船卖掉。三峡"搬滩"与壶口"旱地行船"类似，又有不同。其实，黄河文明与长江文明何尝不是？

张智敏指着上游左岸山脚一排窑洞说，以前，那里面住的人都是专门拉船的。后来修了公路，用汽车装了，没得人住了。听说清代的时候就开始从岸上拉船，每天有很多船要拉，住的人多，过去这一带很热闹。这又和三峡里的"滩夫"多么相似。

辞别张智敏后，我决定去寻找"旱地行船遗址"，既为好奇，也是一种凭吊、缅想。从路标导览图上的比例看，距离我大约五百米。沿河岸走了近两公里，全是一样的沙、石、浅水凼和夏季疯长的草丛，根本看不出什么曾经的痕迹来。宽阔的河滩四处无人可问，即便有，也不一定能问出什么结果。我只好回转，就让"旱地行船"永成"遗址"吧！

折返时，我特意从河滩捡起几颗黄河鹅卵石。拿回家，把它们放在三峡库区蓄水前捡拾的三峡石里，让黄河与长江再次去碰撞——两千五百年前，京杭大运河让她们相交；2014年，南水北调中线工程又让她俩相遇。

回家后，我在《陕西省志·航运志》查到记载："舟达壶口，须卸货，并放舟于河东第三支流，下驶一华里许，然后移舟于岸，运往龙王庙，复纳之于河……货船有用圆木向下滚动……"

棺材

　　洪家湾老辈人中有句俗话:"三十岁栽杉,六十岁埋它。"前传后效,洪志祥三十岁的时候,在屋后的坡地上栽了几棵杉树。他说:"杉树标直溜伸的,又肯长,三十年后正好给各人割一口方子。"做棺材俗称"割方子"。过去的人平均寿命短,年逾六十而亡,才不被称为"短命鬼"。洪志祥栽的杉树早已成材,他七十岁都过了好几年,活得尚好。

　　古人认为人死后会重新投胎,但尸骨要土葬才能灵魂转世。因而过去老一辈人年老时,都想方设法早早给自己准备一口棺材,心头才稳当。二十世纪八十年代后期,是实行火葬最严厉的时期,妻子的外婆害怕"烧",一生性格温顺的外婆非要我岳母给她做一口棺材不可,预备"百年"后好用。岳母在单位是领导,还是个"一把手",不敢公开张罗,便私下请农村的堂弟雇木匠悄悄做一口。做好并上了漆后,不能弄回城里,而且也没处放,顺便寄放在堂弟家。外婆亲自坐车去看了,才放下心来。几

做棺材的木匠（[美]西德尼·D·甘博摄于 1917 年）

年后,外婆去世,仍是火化,当时做棺材只为宽她心。那几年,县民政局成立了执法队,没按规定进行火葬的尸体,就是已经入土下葬了的,也要雇人挖起来火化了才得行。

后来,岳母叫堂弟的大儿子合海把棺材卖了,钱留给他做本钱。当时,城乡正处于商贸大繁荣的发展时期,合海走乡串户收购鸡鸭及鲜蛋,再贩卖到城里,正需要这笔钱起本。

同事老郑家住在重庆城里,实行火葬更早一点。开始并没有硬性规定尸体要火化,只是宣传其好处。老郑外婆也害怕死后被家人拉去烧了,自己花钱请人做了口棺材,亲自躺进去试试,看长短宽窄合适不。然后,把棺材拆散放在家中。后来觉得"风声"紧了,又才转运到乡下。老郑外婆的心愿最终得到了满足,死后,子孙们以看病为由,把她抬出城土葬了。

我问老郑:"做好的棺材可以拆开,那不是'匣子'吗?"

老郑回答很肯定:"是棺材!没得地方放,拆成大块的。"

"匣子"是棺材隐讳、土俗的别名之一,另外还有多个叫法:金匣、方子、大料和桐棺、火匣子、施板等。最特别的为六个字:四块长两块短——棺材的盖子、底子和左右帮子是四块长木板,前后为两块短挡板。

比如,川江人摆龙门阵时调侃道:"老王的病松活没得?"

"松活?除非'四块长两块短'就彻底松活了。"

从这些隐讳、土俗的名字说来,棺材分两类。拿上好木料,如香檀木、楠木做成,用大漆(即生漆)漆得光亮,可照出人影来的称金匣。金匣外面还套一副外棺，不用板材做，为杉树或柏树原木，只把缝面和朝内里一面削平即可，棺外面保持原木的原形，民间称方料。外棺因此叫方子，也喊大料——由没分零的整料做成。万县江南的金黄甲为中高山的一块大平坝子，盛产稻谷，当地人称"一碗泥巴一碗饭"，富裕人户儿多。民国二十一年(1932)，村里姓向的最大"富实郎"死了，用的棺材就是金匣套方子。我听他孙子辈的九十多岁老人摆龙门阵，那方子有一人多高，站起伸手才能摸到盖顶。因为方子太重，抬不起，下葬时，只抬金匣上山(埋)。之前，已把方子拆成几大块，分散抬到了井(墓坑)里合拢，等待落入金匣。木匠把方子做成大梭榫结构，拆、合都方便。

然而，用得起金匣的必是大富大贵之人，大多数的普通有钱人只做方子，里面没金匣，要小得多，但也用大漆漆得光亮。

称金匣、方子、大料的棺材归为一类。桐棺、匣子、火匣子、施板又是一类，它们用薄木板做成，材质一般为柏木、松木，最次的是泡桐木，又轻又薄，叫桐棺。旧时土话喊盒子为匣子，棺材板薄，像木匣子，因此得名。火匣子与匣子的意思一样。以前医疗卫生条件差，婴幼孩童死的多，一般用篾盐包或竹撮箕装起草草埋掉。富裕点的人户儿，或者死童岁数大点，就找几块木板钉个匣子装殓。小孩夭折属"短命鬼"，木匣子要刷红油漆避邪。红色似火，说隐晦一点，称火匣子。薄板棺材看起寒碜，待遇跟死童一般，因此又叫火匣子。匣子或火匣子，不论怎么喊，都是普通老百姓和穷人死后用。穷得连匣子都做不起的人,死后就用施板。旧时,城乡的开明士绅、富商及地方官吏做慈善,会购买一些薄木棺材,置放在寺庙或宗族祠堂,施舍给穷人,叫施板。一些流浪汉或外来商旅者突然死亡,成为无人认领的"荒尸",地方保甲或慈善组织雇人掩埋,也可领用施板。

川江一带地方志多有施棺情况记录。清咸丰《开县志》记载:"宋大义:……己亥,复大荒,饿莩塞道,施棺掩埋……"又,"陈宗才:……有死亡者,辄施棺葬之。数十年未尝或懈。"1989年新编《云阳镇志》也载:民国初,社会公益福利机构有同乐堂、乐善堂、浮尸会等,多系清末创办,民间私人集资募化设立,收养孤弱老残、施诊济药、捐义渡、舍棺木等。

赵家场的程家有两兄弟,同住在祖上留下的老院子里,哥哥开染房,弟弟在供销社当营业员。物资匮乏年代,营业员弟弟很吃香,弟媳感到脸上有光,但她和儿女的户口都在农村,免不了又暗地里叹息。染匠哥哥虽说是没地位的手艺人,全家却是城镇户口,嫂子得意,处处显得自家优越。因此,两个妯娌之间暗暗较劲,尽管算是真正的近在咫尺,逢年过节也互不跨门槛。这是过去年月普遍存在于乡间的一种陋俗。后来,弟弟下岗、再退休拿社保,哥哥也歇业在家,户籍制度观念又来了个完全反转,两妯娌没什么可攀比的了,但天天见面仍不打招呼。程家两兄弟都是"炮耳朵",啥事听佑客的,做事必看佑客脸色,久而久之,兄弟之间说个话,言语也总是戗起戗起的。

突然有一天，弟弟心梗，连医院都没来得及送，就永远闭上了眼睛。突如其来的变故，让弟媳悲伤不已。这时，火葬政策不再是硬性规定，对乡镇的普通老百姓更要宽松一些。弟媳决定土葬突然故去的丈夫，情愿放弃那笔凭火化证才能领取的丧葬费，觉得这样做，心里才会好受一点。但之前一直认为离"这一天"尚早，没准备棺材。赵家场上早有了公开的棺材铺，但都是木料本色的白棺材，要有人订购了才上漆。上漆过程复杂、费时，起码得等十天半月。这下弟媳慌了手脚。正为难之时，嫂子表情沉重地走进弟媳家的门，果断地说道："用他哥哥的方子！"程家哥哥比弟弟大十岁，早有这种安排。

下葬那天，八十岁的哥哥不顾旧习，破例送弟弟上山。川江当地有忌讳，直系亲属中的年长者不能给晚辈和比自己年龄小的亡人送葬。哥哥站在墓穴前，看着躺有弟弟的棺材渐渐被泥土掩盖，猛然间号啕大哭起来。

几年前，建成兄传我一篇文稿，是他当记者的表弟写的，记录我家乡七十多年前的一件旧事。因是家乡事，他的意思是让我看看，提点意见。然而我看后，什么都提不出，只感到一阵阵的心酸——

云阳县城西约二十公里的川江南岸，一乡场名盘石，抗战期间设了个"伤兵医院"，收治鄂西会战中受伤的国军官兵（看完这篇文稿后，我马上在当地新编的多部地方志和医药卫生专业志中查找，想获取相关与类似资料。但都只是一些简单、简短的内容。我做了统计，三峡沿岸当时有这种临时医疗机构约二十八所，因临江，便于运送伤兵而设立）。盘石场上的小伙子王天均，被所在地盘沱半甲甲长指派到医院帮工，剃头、缝纫、帮厨、挑水……什么都做，但他记忆最深的是掩埋死亡伤兵尸体，一般都是半夜抬到狮子岩上的坟地。开始，地方保甲备有棺材，后来，死亡的伤兵越来越多，棺材不够用，就用篾草席裹尸。每次都引来一群吊着长长舌头的野狗，瞪着绿森森的眼睛，盯得王天均头皮发麻。埋好后，王天均和工友们常常守到天亮才离开，以防那些野狗把尸体刨起来吃掉。过了段时间，医院发给他一支"汉阳造"。他打死了几只野狗。

几十年后，王天均给人摆起这段经历时，仍泣不成声。

峡中

猿鸣

一

川江的龙门阵像江浪一样多。从前,有一个穿花衣服的新媳妇到山上砍柴,被一只老猿猴背到了山洞里。上下都是悬崖,逃不走。老猿猴天天出去偷吃的东西回来养活她。后来新媳妇生了一个像人又像猿的儿子。老猿猴很高兴,经常偷花布回来给她。有一天,新媳妇把花布一段一段接起当绳子,从山洞梭下来,跑回了家。

第二天,老猿猴抱着儿子,坐在新媳妇家对面山中的一块岩石上,呜咽呜叫。每天固定如此。新媳妇被叫得心烦意乱,终于想出一个法子。她烧红一块木炭,估计老猿猴要来了,放在它天天坐的石头上……从此,再没听到老猿猴的叫声。

西晋张华的《博物志》里就记有类似故事,发生在蜀地高山上。这种动物叫猴玃，能像人一样站立行走，善于奔跑，专偷漂亮的妇女。

上初中，读郦道元的"猿鸣三声泪沾裳"时，老师告诉我们，猿与猴相似，但各是一种灵长类动物。猿比猴大，没有尾巴；猿的手还比腿长。

三峡老诗人胡焕章以前在秭归采风，听一位老渔民说，除非求爱、外出寻食、招唤同伴，猿不是随便叫喊的。如果它丢失了自己的孩子，会叫得很凄凉，那声音在峡谷中回荡，很久才消失。老渔民的话，在古书上得到印证。明代《益部谈资》中说：三峡两岸猿最多，或三五结伴，或几十上百为群，但我从没听到过它们的叫声。成书更早的南朝《世说新语》里讲了个故事：东晋荆州刺史桓温带兵伐蜀，船行三峡中，有个士兵上岸抓了一只猿崽儿，母猿沿岸追赶，不停地鸣叫。追了一百多里路，在船离岸较近的地方一下子跳了上来，刚落到船板上就气绝身亡。剖开母猿的肚子，里面的肠子全断成一寸一寸的截。桓温知道后，非常气愤，下令处罚了这个士兵。

三峡崇山峻岭，人迹罕至，树林和山涧清凉寂静。猿不仅平时不常叫，还不愿被声音打扰。巫峡跳石滩两岸壁立，树木葱郁，仅隔一线。川江上刚有轮船时，航行至此都不敢鸣笛，不然崖上黠猿会搬起石头砸船。就连一般木船经过这里，也不敢靠头、久留。

二十世纪八十年代中期的一个秋天，巫山人李显荣在大宁河边,看见一群猴子抬着一只死猴来到沙滩,刨开一个坑,把死猴放在里面。然后围着沙坑,一阵呜咽哀啼后,几只猴子准备刨沙掩埋。一只老猴忽然把死猴提起来,放在坑边,先用嘴亲,再用前爪摸,摸遍死猴全身。突然又停下来,看了它很久,才慢慢放进坑里,埋了。

猿与猴的哀鸣一样。

二

郦道元说:"故渔者歌曰:'巴东三峡巫峡长,猿鸣三声泪沾裳。'"为何是"渔者",而不是"舟子歌曰"?

一位三峡老渔民回答我:"川江桡胡子的苦有号子可唱。我们无歌,在峡里与猿相伴,它的哀鸣就是我们打鱼人的歌。"

过去,川江打鱼人在岸上无片瓦遮身,立足无插针之地,都以船为家,称"连家船",生儿育女也在船上。他们自嘲:"船上吃、船上屙,不搭跳板上不到坡。"

帅大脑壳出生在渔船上,长大后,跟父母学打鱼,满江跑。民国时候,跟叔叔打鱼从云阳到了万县,后来加入集体渔业社。他的五儿一女都在连家船上出生。儿子长大全进了渔业社,分别被派到多条连家船上。岔开作业,才可避免私吞产量。一条连家船上有几家姓,晚上怎么睡觉?老渔民说,简单,男的一个舱,女的一个舱。看来是我想复杂了。帅大脑壳女儿没打鱼,在渔业社办的酱园厂上班,早出晚归,但仍住连家船上。直到嫁人,男

FLOATING DWELLINGS.

[A page from my sketch book.

漂浮的家（连家船）（[英]夏士德《长江之帆船与舢板》）

客不是渔民,才搬上了岸。

1976年5月的一天,帅大脑壳正在苦草沱打鱼,突然病了。儿子陪他到医院一检查,肺癌。没治,也没钱治。回船路上,帅大脑壳说"我想吃皮蛋",他看见商店在卖。儿子给他买了五个。三天后,皮蛋还剩三个,帅大脑壳就死在了连家船上。

家人拆了几块船舱盖板,拼接起来,钉了一副棺材,把他埋了。帅大脑壳终于上了坡。下葬时无钱请吹鼓手,没有川江人习惯的唢呐声相送,更没有猿为他哀鸣。它们早搬了家。

三

川江老船长望熙康说,他只是二十世纪四十年代在三峡偶尔见过猴子。1937年,元曲研究专家隋树森坐轮船入川,行驶三峡中,始终没见到一只猿猴,心里不免遗憾,便询问茶房(服务员)。得知"猴子怕汽笛的声音,所以自从江中有了轮船,它们便渐渐地远避山之中了"。

1984年9月7日中午,"长江833号"拖轮上行到西陵峡崆岭滩时,驳船甲板上的一个船员惊呼:"有猴子!"只见江南岸地名寒鼠闹仓的悬崖峭壁上,约三十只猴子吊藤攀缘。十多个船员顿时一阵欢呼。猴子听到呼声,发现了船上的人,迅速散开,一下子藏匿在山岩和树丛中。

"两岸猿声啼不住,轻舟已过万重山。"李白的诗句已深入人心,三峡主航道又现猴群,意义非同寻常。拖轮二副邹光明头脑灵活,把发现猴群的事写成新闻稿,寄给报社。《重庆日报》《人民日报》等十多家报纸相继刊出,并获得当年湖北省、四川省年度好新闻一等奖。邹光明也因此上岸,做了《长江航运报》记者。

老船长陈胜利回忆,他1964年曾在三峡里见过猴子。那年秋天,陈胜利在拖轮"长江青年号"做实习水手。一次下行,阳光明媚,过青滩不久,突然发现南岸高处的石洞口有一只猴子,急忙招呼其他船员来看。那猴很快跑回洞里不见了。陈船长说,他在川江跑船二十一年,那次是第一次,也是唯一一次看见猴子。当时船上一位心细的戴师傅,马上在航道图上查找,得知此处地名正是寒鼠闹仓,距离宜昌六十四公里左右。

四

三峡地区猴子的品种主要为猕猴。大宁河两岸出现猴群的时间早些。大宁河在巫峡入口处汇入川江,自河口上溯约五十公里内,有龙门峡、巴雾峡、滴翠峡,被称为"大宁河小三峡",为国家著名风景旅游区。从保护猴群、发展旅游出发,景区所在地巫山县,从1983年开始,由县财政每年拨款六万多元,购买苞谷,设点定时投放给猴子。县旅游局原局长龚源鼎说,从这时起,小三峡的猴子就过上了吃"皇粮"的逍遥日子。2002年,估算景区内有猕猴两千多只。四年后,年投苞谷达六十吨。至今仍在投放。

每到投食时间，猴子早等候在那里，当天就吃得干干净净。奇怪的是2007年初夏，猴子"剩饭"了：有几个投放点周围生出一堆堆的苞谷苗，为猴子吃剩下的苞谷自然生长。这个季节是猕猴交配、哺育的高峰期，饭量很大，出现"剩饭"不应该。后来才弄明白，原来这期间树枝嫩、野果多，还有蘑菇、昆虫这些"野味"，猴子们采吃多了，自然就把"皇粮"剩下了。原来它们也想换换口味。

2007年，重庆林业部门要在三峡再现"两岸猿声"的景象，从小三峡景区捕捉八十只猕猴，送至瞿塘峡。据说本来打算从贵州黔灵公园迁入，那里猴群成患，常袭击路人。后来专家考虑黔灵猴大都为近亲繁殖，而小三峡的猴子繁殖过快，总数已近三千只，经常破坏农民庄稼，于是决定就近抓捕放归。说是瞿塘峡景区担心小三峡这批猴子对旅客不礼貌，放归前进行了专项训练：如何作揖，如何索取食物及学会感谢，如何保持优雅的吃相等。不知小三峡的猴子最终学会这些"礼仪"没有？

第二年夏天，又有报道说，瞿塘峡景区仍从黔灵公园引进八十只猴子，是有关专家赴瞿塘峡口考察后做出的决策。

黔灵山公园里的猴子状况又如何呢？当地有个"猕猴保护委员会"，以退休人员为主，主要工作是给猴子投食。一位八十多岁的婆婆，喂了二十年猴子，记有日记：某天，玉米一百二十五块钱一包，买了三包；大馒头，一块钱一个……久而久之，被喂惯了的猕猴坐在路边等着，或追着游客要吃的。不能满足需求时,就强抢。公园挂牌提示:"至今,猕猴伤人累积达5927次,其中伤势严重入院治疗的有20多人……"这些猴子习性和身体也在变化,毛发本应油光水亮,却逐渐枯黄,成块脱落,身体浮肿发胖。然而,繁殖越来越快,数量越来越多。

我想起一件少年往事。有一天,我爬上姑妈家门前的大黄葛树,给鸟儿做了几个窝,可过了很久,没见有鸟儿住在里面。后来初学写作时,我觉得这事有趣,写进了一篇散文里,寄给省里的扬禾先生指点。先生1938年考入西南联大,1940年开始在《大公报》发表作品,后为教授、专业作家。先生看得相当认真,提笔修改多处。先生已作古二十八年,文稿也被我弄丢了,但至今仍记得一句夹批:

> 鸟儿自会筑巢,这是本性。

五

我在网上看到有人议论:"两岸猿声啼不住"这句诗有错。清代学者梁章钜的《浪迹丛谈》上说,三峡北岸气候比较寒冷,猿不能生存。有人从南岸捉猿放到北岸,猿最后还是想办法跑回南岸。所以李白的诗应改为"南岸猿声啼不住"才对。

我读过《浪迹丛谈》,故事来自卷十《太白诗》一文:

> 客有语余曰:"太白《早发白帝城》诗云'两岸猿声啼不

住',考《水经注》,瞿塘峡多猿,不生北岸,非惟一处,或有取之放著北山中,初不闻声,将同貉兽渡汶而不生矣,然则白诗误。"余曰:"此考据固精,然诗家则不应如此论也。"

原文并没有"北岸寒冷"和"猿跑回南岸"的描述,也无纠错的意思。恰恰相反。其大意是:有人说,猿在瞿塘峡北岸不能生存,《水经注》里有考证。因此李白"两岸猿声啼不住"有误。我说,考据虽然正确,但诗人不可能这么写实。

而笔者以为,即使猿只生南岸,三峡"空谷传响",两岸当然有猿声。

郦道元《水经注》中关于这事的文字在《卷三十三·江水一》里:

此峡(指瞿塘峡)多猨,猨不生北岸,非惟一处,或有取之,放著北山中,初不闻声,将同貉兽渡汶而不生矣。

大意是,瞿塘峡有很多猿,不生长在北岸,并非只是这一处,有人捉了猿放到北山,听不到它的叫声,就像貉过汶水就会死去一样。《水经注》里也无"北岸寒冷"和"猿跑回南岸"的描述。

事实上,郦道元并没到过三峡,北岸是否有猿,他根本不知道,《水经注》中很多内容是搬用别人的资料。郦道元被选入人教版《语文》八年级上册第九课《三峡》中，注释①里有这样一句，已说明问题："涉及南方江河，则博采他人记述……"

六

"两岸猿声"之情景，更多的是意象。

悬棺

1971年6月的一个夜晚，瞿塘峡白鸽背信号台的小吴正在值班，发现上游风箱峡崖壁下有几团火光闪烁。也许是露宿的采药人，峡里悬崖上有一种罕见的中草药"岩白菜"，常引来人采挖。第二天晚上，那火光又出现了。一般采药人是不会停留这么久的，小吴觉得奇怪，决定白天去看一看。

小吴还没来得及去峡里，上午，信号台却来了两个农民模样的人。一个四十多岁，瘦高个，稀疏的头发下有几个癞疤。另一个五十多岁，背驼，走路还有点瘸，手杵两根木棍。他们讨水喝，说是要去对岸峡口外的大溪公社。小吴弄清楚了，风箱峡晚上的火是他们点的。两人见信号员友善，其中的驼背老头把手中一根木棍递给小吴，说："送你一件宝物！"小吴瞟了木棍一眼，回答："你这棍子打狗都轻了，还是什么宝？"驼背老头见小吴轻视这棍子，有点不服气："这是从风箱峡的棺材里弄出来的，说不定是皇帝老儿的随身物，里面还有宝剑……"这时，瘦

瞿塘峡白鸽背信号台（方本良摄于二十世纪八十年代）

高个癞疤子用手臂碰了他一下,暗示说漏了口。两人赶紧喝完水道谢离开。

小吴觉得这里面有问题。于是,给同事打招呼说:"我去看看。"沿着崖壁的古栈道来到风箱峡,小吴顿时惊呆了。栈道上满是白骨和棺木碎块,两个放牛娃儿拿起尸骨挥舞着玩耍;一个干瘦男人在刮碎块上面的黑色沉积物,说是"尸片",是味好药引子;栈道临江边,一老一少抬着一口比较完好的棺材往船上走。

小吴问:"你们这是往哪里抬?"

"我是大溪的,弄回去当猪槽。那个采药的说,猪吃了不发猪瘟。"老者边回答,边用下巴往小吴身后翘了翘。

小吴回过身,看见崖壁裂缝形成的山洞里,一个戴破草帽的老头在石头垒的灶前烧火。"你是采药的?"小吴问。老头抬起头,两眼无光地望着小吴答话:"我给他们做饭的,说分我两个钱。"原来老头是个半盲人。仔细一看,洞里还有人,正是去信号台讨水喝的那两个。瘦高个癞子看到小吴,笑脸相迎:"哦,兄弟!你也来了?"说着,将手中的麻布包递过来,"你看得起的,尽管拿!"这两人没去大溪,折返风箱峡了。

小吴没再理会他们,立即回信号台。回到台里,拿起电话,向单位领导报告了这事。很快,奉节县文化和公安部门的人员赶来,制止了这些人的行为。

经调查取证,他们损毁的棺材是悬棺,也称岩棺。后来,考古人员将这些棺材残片送检,进行断代法测定,其年代为春秋战国时期,距今两千多年。

三峡地区一些古人去世后,后人选择江河沿岸悬崖峭壁的半腰位置,一般离地面和崖顶几十至一百米,利用天然洞穴、崖隙,或凿打崖洞,将棺材置放于内。瞿塘峡之风箱峡、巫峡的铁棺峡、西陵峡里的兵书宝剑峡,以及川江支流奉节草堂河、巫溪大宁河、巴东龙船河(神农溪)、秭归九畹溪、宜昌黄柏河等,都有大量悬棺及悬棺群。唐代著名诗人孟郊《峡哀》中有句"树根锁枯棺,孤骨袅袅悬",说的就是三峡悬棺,也是最早记录三峡悬棺的诗歌。

二十世纪八十年代初,四川大学崖葬考古科研组采取钉桩架梯的办法,对大宁河荆竹坝离地面最近、约九十米高的一具悬棺进行清理,发现棺材用整段树木挖凿而成,内有两具尸骨,分别为十四岁男性和十岁女性。女性头骨上有一个破洞,系生前被钝器所致。几年后,四川省万县地区博物馆又对巫溪南门湾一具悬棺进行清理,情形与荆竹坝悬棺基本相同,区别是尸骨主人年龄为三十岁左右男性和四十岁左右女性。

古代棺材木质坚硬而笨重,加上陪葬品、尸体,重量几百斤,是怎样放置上去的呢?有考古人员推测,是在悬崖上凿打一条小路,将棺材搬上去后再把路毁掉。古代凿路手段非常原始,耗时耗资巨大,至今也没发现凿路、毁路遗迹。这种推测难以成立。又有考古人士假设,可趁江河涨水时安置棺材。川江历史上即使有过如此高位的洪水,也恰好遇到有人死去(特大洪水间隔几十年才出现一次),但古人根本不具备在如此高位洪水中驾舟的技能。何况,支流溪河的洪水更是来去凶猛,岂能泛舟?这个假设更牵强附会。

目前,考古界基本一致的意见是,古人用绞车、绳索、滑轮等升降工具,从地面或崖顶,将棺材吊置安放在崖壁。"升降工具"这个办法很有可能,自古民间能人巧匠也多。比如,当年在风箱峡损毁悬棺的那两人,就很有一套攀岩技巧。据目击者摆龙门阵,瘦高个癫疤子赤着脚,双手紧抓崖缝石壁,十多分钟就爬上了悬置棺材的崖隙。驼背老头更绝,脱下鞋子,双脚竟无趾。他面朝外,左右手脚各支撑在两边石壁上,形状像一个"大"字,一左一右地向上移动,比癫疤子还快。当接近洞顶时,一块凸出的岩石挡住了他的驼背,只见他侧身一转,借力跃上一处可立足的石洞口。奉节县里有关部门带去协助工作的石匠,试了几次都没爬上去,还是靠癫疤子和驼背老头拉上去的。

有人做过尝试,以原始的绞车、绳索、滑轮等工具复原古人"悬葬"。

古人为何悬葬? 这是三峡悬棺至今未解之谜,存有多种说法:先人魂灵高悬,可保佑子孙繁荣昌盛;船形棺材可将死者魂灵超度到极乐世界;借助高崖,先人灵魂可升天……甚至有专家对南方悬棺研究后认为,当时流行"天花",患者死后埋土百年后病菌仍不灭,最好的方法是置放在高处,靠阳光暴晒。

三峡悬棺之谜,一直诱惑着世人,纷纷猜测里面有价值连城的宝藏。大宁河悬棺当地还有民谣唱道:"红岩对白岩,岩上有棺材,金银千千万,舍命取下来。"

　　秭归香溪口与青滩之间,北岸绝壁上有一天然洞穴,里面叠放着三具棺材,远看极像古时装书的匣子。洞外左下方的峭壁上,还有一条酷似宝剑的岩石。传说诸葛亮生前嘱托最信得过的人,将人人垂涎的兵书藏到这个洞穴里。为防备兵书被盗走,在旁边挂上一把宝剑镇邪,久而久之,宝剑化作了岩石。这里因此得名兵书宝剑峡。民国初年,有个人想得到兵书,用粗绳从崖顶吊下去。他从上往下一眼望到崖底峡江汹涌的江水,突然产生一种恐惧感,慌慌张张进洞后,在棺材里找到一把宝剑就往回走。刚要出崖洞,手上的宝剑却神奇地不见了。他认为这是冲撞了死者的魂灵,便空手逃了出来。民国时期,巫山来了个军人马县长,他也想弄清悬棺里到底装的什么,带着士兵划船来到大宁河龙门峡。悬崖太高,人上不去,他命令士兵用枪把悬棺打下来。一阵"砰砰砰"的枪声之后,突然天空乌云翻滚,雷鸣电闪,顷刻间下起瓢泼大雨。紧接着大宁河"齐头水"涌来,差点要了马县长的命。

　　1955年,巫溪县人民政府查找民国县政府旧档案,听当地老人讲,可能藏在城东凤凰山峭壁的岩棺里。于是,派人取下十几口棺材,里面既无尸骨,也无档案,全是古代田粮账本,一本本整整齐齐地叠放着。但手一碰触,这些账本就变成粉末状,用手指能戳穿厚厚一沓。1970年,巫溪县在大宁河右岸建火柴厂车间,开山炸石时震落半崖上一具悬棺,圆形,用整段的树木挖凿而成。里面只有尸骨和连史纸上写下的不认识的文字。"破四旧"的特殊年代,巫山一批红卫兵认为悬棺已有上千年了,是真的旧东西。用软梯、粗麻绳,把人从悬崖顶吊下去,将大宁河龙门峡的一处悬棺撬了下来。结果悬棺摔得粉碎,根本不知里面是些什么。

2003年6月2日,三峡库区蓄水,考古人员终于可以轻松地进入兵书宝剑峡的洞穴,对置放的悬棺进行清理、登记,棺里并没有民间猜想的金银财宝。考古人员清理出矛、戈、柳叶剑和弓、箭杆及剑饰、骨饰件等青铜器、骨器、竹木制品几种类型的文物二十多件,其中弓、箭制品尤为珍贵,为冷兵器时代重要的远射兵器,在已发掘的三峡悬棺中是首次发现,填补了巴人兵器史的空白。

三峡悬葬之谜,仍悬而未知。

落地生根

一

罗志军家住在钢厂的平房宿舍，旁边有一棵又老又大的黄桷树，他大概两三岁时，工人师傅把树连根挖起来，锯成截运走了，说是做钢炉用的扒渣板。挖走的黄桷树根系发达，最远窜到前面岩石缝里钻出来，有二三十米的距离。母树挖走后，从石缝钻出来的根又生出一棵儿树，巴在岩石上长大。罗志军十来岁时，儿黄桷树已有大瓷碗口粗了，它的许多条根又盘根错节地紧紧扎进了石缝里。

有一天，罗志军放学回来，正好老汉儿下班也拢屋，喊道："罗罗，去砍几根树丫巴来栽起。"罗志军像只小猴几下子就爬上儿黄桷树，砍了三根一米多长的枝丫。他家住端头，房前、屋后和侧墙边各栽了一根。栽之前，他把枝丫底部破成十字口，卡上一颗小石子。大人摆龙门阵时，他听"隔壁戏"，说这样容易发根、成活。

树丫果然活了，几年后长得比大人手臂还粗。平房的厨房都在后屋，罗志军的老汉儿把后门外的空地平整了出来，夏天傍晚时，相邻的几户儿人都在黄桷树下摆上小桌凳，边吃饭边歇凉。夜晚，又在树下搭起凉床睡觉。

这三棵黄桷树长到合围粗的时候，罗志军已大学毕业当了两年老师，家也搬进了楼房。原先的平房宿舍拆除，建起钢厂职工医院的新门诊部，三棵黄桷树留在了门诊部门前，如今，树干粗到两人拉手才可合抱，枝繁叶茂，绿荫如盖。

我去过嘉陵江中游的沿口古镇，是武胜县老城，江边解放街旁有一坡石梯，与新城相连。石梯入口处两边有房，大约只有三米宽，而上面那四十多步梯道竟然宽达三十米，看起来有点气势。县城完全往外发展后，老街逐渐冷清下来，石梯上偶尔有一两个行人上下。梯道中间挺立一棵粗壮的黄桷树，枝叶扶疏，给四周带来了灵动，这里看上去不但不显荒凉，反而透露出一份时光积淀后的成熟与淡然。

"这棵树好看哈！"不知什么时候旁边站了一位大姐，穿着淡粉色的短袖 T 恤，被身体塞得满满的。我一直专心拍摄，没留意，赶忙搭话："确实好看。"

"那次电视上说，这棵黄桷树有一百多年了，其实，才栽二十几年。"胖大姐纠正道。我在网上看到介绍，也说这是百年老树，于是反问："你啷个晓得才二十几年？"胖大姐挺认真："这树是邱嬢嬢栽的，有四棵。"她指给我看，东面梯边还有三棵。其实我早已看到，那三棵比中间这棵小得多，树干只有它三分之一粗。同一种树，同时栽，又在同一个地方生长，长势却截然不同。

"这坡石梯子以前是农贸市场，该邱嬢嬢管，她住那上面的平房里。"梯道上面是有几间破旧平房，看样子已久无人居住。胖大姐怕我不相信，讲述了事情的来龙去脉——

"我家就在梯子下面，1993年搬来的。大概是1996年的样子，邱嬢嬢说没得地方晾衣服，就砍来几根树棒棒插起，绷上绳子好晾衣服。我也来晾了铺盖的。没想到这几根棒棒活了，长这么大了。"

二

"落地生根，黄桷树肯长得很。"小时候听姑爷这么说。

姑爷家门前有一条山沟流过，左边人户儿院坝沟边生长着一棵大黄桷树，它的枝丫恣意生长，树冠几乎遮盖了整个坝子。清道光时的一年，春夏大旱无雨，入冬前，姑爷祖上两个老辈子背一包税盐去山里换粮食。第三天回来时，豌豆、胡豆、苞谷、米等一大挑，在路上砍了根黄桷树棒当打杵，天黑到家，顺手插在院坝边边上，没再管它。第二年树棒发了芽……

姑爷说，这故事是一辈一辈传下来的，传到他这代时，黄桷树仍在，更大更老了，但树前的房子却已改了姓。姑爷的爷爷和妈老汉儿都抽大烟,败了家,搬到旁边的"偏偏房"住。买房的罗家在镇上盐灶房占"股子",家里殷实。

"这树是'活'的,它每天都把我们盯到起的。"陆陆续续听到姑爷摆过很多这树的故事。

"我老汉儿在的时候说,每隔六十年,夜深人静时,它都要哼一声,像牛的叫声那么大。祖祖、爷爷都听到过,老汉儿也听到一次,按他们说的时间一算,确实隔的是六十年。"姑爷的爷爷把房子卖给罗家前,想把黄桷树先卖给湛记铁厂,他们生产熬盐的大铁锅。化铁水时,须用木棒搅拌,捞出渣滓,其他木棒一入铁水马上就要燃起来,唯用黄桷树棒不燃。罗志军也说过,钢厂用黄桷树做扒渣板。砍树前,按规矩请了一位私塾先生代写契约。先生磨好墨、铺开纸,正准备动笔,突然眼镜掉在地上,镜片摔得粉碎。先生受到惊吓,认为是老天在警告自己,这个契约不能写。黄桷树保存了下来。

我感冒咳嗽时,如果是初夏,姑姑会从这棵黄桷树干上扯下一些白须须,熬了水给我喝。没白须须的季节,就剥点根或树皮熬水,喝一两天就好。自从这棵树有人上吊死后,我就再也不敢喝它须根皮熬的水了,等姑姑一转身就吐出来。罗家另一面隔壁住的徐家,男主人是工矿贸易公司布店营业员。大概是1973年的冬天,一个半夜,徐营业员从"学习班"回家,没进屋,直接走到这棵黄桷树下,用一根绳子拴在枝丫上吊死了,地上丢有十多个"烟屁股"。我稍大一点后弄清原因,徐营业员耍流氓,摸了别的女人奶子,单位办他的"学习班",他害怕了。"摸奶子"事件是送货下乡时发生的,生产队队长的佑客热情,要给徐营业员"烧开水"喝,他慌了,伸出双手制止:"莫去烧,莫去烧,不喝!不喝!"他高度近视,没掌握好距离,两手正好按在队长佑客的胸部。烧开水这点小事,用得着如此大的动作吗?各位有所不知,过去农村"烧开水"是客气话,实为煮碗荷包蛋的意思,且起码要打三个鸡蛋,多的甚至五到八个,这看每户儿的家庭条件。那时候农民穷得叮当响,平时买盐和煤油的钱主要靠鸡蛋换,徐营业员心善,不忍心喝"烧开水"。"摸奶子"的行为,被同行的人回去报告了单位,据说此人想喝,没能如愿,心里不舒服。

我记事时,靠近姑爷家屋梁的一根树枝丫是断头的,断头处有一个枯洞,常有雀鸟在此啄着什么。罗家小儿子年轻时在部队当军官,有一年探亲回家,树上麻雀叽叽喳喳吵了他午觉,很生气,掏出手枪打麻雀,"砰砰"几下把枝丫打断了。居委会借此写信告发到部队,并检举他父亲曾是盐厂的资本家。罗家小儿子被处理复员,回家后在盐厂装配车间打散工,背盐包上车。他佑客是个小学老师,也被清退回来,受不了刺激,疯了。人虽疯,却从不打人砸东西,只骂人,我从没听懂一句。回想小时看到的罗家小儿子,每天微笑着进出,身材高瘦,颇有风流倜傥的感觉。

有一天在黄桷树下歇凉时,一堆大人坐在一起摆龙门阵。罗家小儿子说,从前的从前,有一年,这棵黄桷树的叶子掉光了,枝丫也枯了,大家都说老死了。腊月里的一天,有一户在院坝杀年猪,地灶锅里炖着猪骨、猪下水翻翻开,不知哪儿来的一个叫花子讨骨头啃。年关叫花子特别多,正忙着的杀猪匠见他连讨饭碗都不拿一个,没好气地"杵"了一句:"骨头没得!汤要不要?"这叫花子当真:"要!"便提起脏兮兮的衣襟接汤。杀猪匠也缺德,硬是舀了一瓢汤倒在他衣襟里。但他当时就傻了,汤竟一滴不漏。他目瞪口呆地看着叫花子一步一步走到枯黄桷树下,把汤倒在树根脚。"轰"的一声,黄桷树着了火,火苗从下到上舔了个遍,就熄了。第二年开春,被烤得黢黑的枝丫发出嫩芽,黄桷树活了过来。

部队后来有人来,宣布罗家小儿子按转业对待,县里又安排他去镇上粮站当文书。

三

漫步重庆城,随处可见一棵棵苍劲的黄桷树,根系紧紧扎进石缝,屹然挺立在城墙、堡坎、石壁上。初春时,一片新绿悦目;盛夏,如一把把遮阳的巨伞;秋冬,他树凋零,黄桷依然郁郁葱葱地昂扬。这是重庆人特别引以为豪的一道风景。

从前,西南一带的黄桷树普遍栽种在寺庙里,老百姓对寺庙既敬畏又惧怕,认为是躲藏鬼神的地方,而黄桷树会招来牛鬼蛇神。第一个把轮船开到重庆的英国商人立德,1883年第一次来重庆时,看到城郊大路沿途都有庞大的黄桷树遮阴,树的根部通常建有神龛,供人敬香、祈祷。1928年,重庆建市在即,选择本地良好的阔叶浓荫植物栽种行道树,但规定"唯禁用黄桷树",因它根系发达,把马路、房屋、堡坎都顶破了。所以,六七十年前的重庆城少有黄桷树。

夏天的重庆城像火炉,黄桷树树干分枝多,树冠大,遮阴效果非常好,如果不能利用,实属可惜。1958年的时候,重庆城路树队试着在长江路栽种黄桷树,并进行多方考证,认为虽有一定的破坏性,但只要栽种得当,还能有效保护房屋和堡坎,于是将黄桷树纳入行道树种之列,计划栽种四千八百多株。但因种树缺乏,没能实现,两年内仅栽十五棵。

很多人,甚至园林部门的同志,对栽种黄桷树也有抵触情绪。然而,有一个人却出声力挺,他说:"黄桷树树身宏伟,枝叶茂密,覆盖面大,完全适合山城遮阴降温的需要……"这人名叫任白戈,时任重庆市委书记,他要求园林部门"大栽黄桷树,迅速解决遮阴问题"。分管园林绿化工作的副市长邓垦,也与任白戈的观点一致:"垭口、码头、车站……只要有黄桷树就有群众来歇凉休息,因此,黄桷树应成为群众树、乡土树……"任白戈和邓垦是重庆近邻川东北人,了解黄桷树的习性。

二十世纪七十年代末,重庆城行道树中已有黄桷树两千三百多棵,1985年年底,近万棵。1986年7月,黄桷树被确定为重庆市市树。

重庆城建在山上,山又在城中,道路两旁,过去建有很多挡土石堡坎,或在岩石上敷一层三合土护面,夏天辐射热大,平时看上去也不美观。二十世纪五十年代末，园林绿化部门在朝天门城墙和北区路岩壁上进行垂直绿化试点，栽种爬壁虎、夹竹桃等植物。但因人为践踏、土层瘠薄，以及养护管理没跟上，植物几乎全部死亡。后来，园林工人从几公里外运来新土，腰上拴绳子，吊在石壁、堡坎上打洞、填土、垒石做窝子，再次栽种迎春花、爬壁虎、七姊妹等藤蔓植物十来万株，并栽种三千二百多棵黄桷树。三年中，藤蔓植物因各种原因损坏、死亡殆尽，唯有大量的黄桷树成活下来。

黄桷树的种子比蒲公英种子还细小，随风飘飞，或由鸟粪携带，落地生根。重庆城石多土少，黄桷树又正好属于"气生根"植物，只要有少量的根系置身土壤中，它裸露的根须能直接从空气中吸收水分，就可生长。

这种种原因，形成了我们今天看到的重庆城黄桷树奇特景观。

四

初中时，我读了《松树的风格》《白杨礼赞》后，对满城的黄桷树心存好奇，希望也能从中找到伟岸的故事。那时候阅读物有限，便依靠《现代汉语词典》查找。结果没有黄桷树，只有"黄葛树"，注解是："落叶乔木，叶子卵形，平滑有光泽，花托球形。木材暗灰色，质地轻软。"虽然有些令人失望，但想来应该是它了：黄桷树的叶子也是卵形的,球形花托可能就是我们俗称的"黄桷泡儿"。

高中一年级时,有一次做作文,我把"黄桷树"写成"黄葛树"。作文本发下来时,老师在"葛"字处画了叉,写上"桷"。事后,我对同学们说,老师也有错判的时候,拿出作文本和《现代汉语词典》当"证据"。

后来我查证,植物学里也没有黄桷树,就是黄葛树。重庆方言中,"角"与"葛"读音相同,重庆人想当然地认为树木名称应加"木"旁,像铜、锰、锌加"金"旁,鲤鱼、鲫鱼、鲳鱼加"鱼"旁一样。于是,就有了"黄桷树"的叫法和写法,久而久之成为习惯,叫"黄桷"的地名也比比皆是了:黄桷坪、黄桷垭、黄桷峡、黄桷渡……

错判"黄葛树"的周老师是山东人,七年后我们竟然成为同事。我被抽去写县志,他是县志主编。周老师肯定不记得错判"黄葛树"的事,他家乡没有这种树,入乡随俗,认定了"黄桷树"。可他并没有"落地生根",县志没写完就远走了,不是回家乡山东,而是去了富裕而陌生的成都平原。

很快,我也离开县志办,到了市里工作。

五

一个春日郊游,我沿一条不起眼的毛坯土公路步行,看见靠河一侧的路边,每隔十多米栽种了一棵黄葛树,不大,只有人多高。土公路两三百米长，半坡上的尽头有几户儿人家，看样子平时无人居住。碰到一位中年人，说是他们几户儿熊姓人的老屋，都搬到河对岸国道边上住了，时常还回来种庄稼。

老熊告诉我，他们这里没有黄葛树，从外面买回来的，才栽两年。等二天这个路硬化了，正好歇凉。我在外面看到黄葛树下歇凉安逸。老熊喜欢种树，和他二爸一起在这片山坡上种了几百棵各种果树。

"黄葛树怪，哪个时候栽的，二天就在那个时候落叶。"老熊以为我不熟悉，解释给我听。确实，川江一带民间普遍有这个说法。清康熙年间散文家、词人陈聂恒在《边州闻见录》中也这么说："蜀多黄葛……此树以某月种，每岁必某月始芽。"但是，明万历年中任过夔州通判的何宇度著《益部谈资》却认为："黄葛树，叶似桂，稍大，团栾荫数亩，冬春不凋。"

"哪个时候栽，就在哪个时候落叶"其实是误传。一粒黄葛树种子随飞鸟粪便降落在某个地方发芽，长大后被扦插，若干年后扦插的黄葛树又移植某处。这种可能性完全存在，你说，它到底算哪个时候栽的呢？比如罗志军、邱孃孃、姑爷老辈子他们栽的黄葛树。

黄葛树为冬青树种，介于落叶与常绿植物之间，大致在每年的仲春与初夏时节落叶，且一落叶，马上就长出新叶来。甚至有些黄葛树边落叶边发新芽，一树两景：凋零与生机并存。当然，偶尔也会遇到一棵在冬天，或者夏、秋季落叶的黄葛树，这

黄葛树（汪昌隆摄于 2016 年）

毕竟是极少数,只是单棵树生长中的变异情况。而你会发现,它落叶后马上长出新叶的特征仍在。

我最喜欢的树唯黄葛,对它的了解和关注也就多一点。

六

以前,我家一直住在父亲单位的平房,父亲去世后,又搬家到母亲单位的宿舍居住。二十年前,三峡移民搬迁,母亲在新县城买了一套新房子,终于有了自己的家。新房子这幢楼共八层,无电梯,最好是六楼,从院子的平台可直接进屋。母亲坚持要选三楼端头一套,从平台进楼梯间后,还要往下走三层。房子内阳台两侧有小露台,母亲看重的就是这个,可以栽点、种点什么。除花草外,不知她从哪里弄来两棵小黄葛树栽上。六七年后,小露台上的两棵小树已有两米高,饭碗般粗了。这样长下去小露台肯定装不下,母亲只好把它们移栽到小区的花坛里。几年后,树干都有了三十厘米粗,每棵还生出四五根枝丫来,枝丫上再生枝,枝繁叶茂,与周围环境融为一体。之前,我想好两棵黄葛树的安身之处,几位移民朋友联建住宅楼,楼前小花园正需要种树,待竣工就立马移栽过去。看到这个情景,我高兴地放弃了打算。

又过了几年,没想到母亲生病走了,我心里空空的。偶尔回家时,看到这两棵生机勃勃的黄葛树,便得到一丝安慰。

母亲走了，留下的房子空了几年后，门、墙的漆多处霉烂、脱落，兄妹几个商量决定卖了。于是，我回家清理旧物，也想看看黄葛树。突然傻眼了，怎么只剩下两个矮树桩？一刹那，我欲哭无泪：长得好端端的树，你怎么要把它砍掉呢？

父亲母亲不在了，母亲留下的家没有了，连我成长的小县城也沉入了江底。甚至，我不曾做过父亲，没得牵挂和被牵挂。

我一下子觉得自己是个无"根"的人了。

洞中境地

一

　　三峡地区喀斯特地貌多洞穴，里面冬暖夏凉，又有水源，远古时代，我们祖先必然选定这些天然山洞遮风避雨。某天，一位祖先兴许空闲无事，似乎有一种激情需要绽放，于是，敲取洞中一小块钟乳石，打磨了一番……

　　星移斗转，沧海桑田。大约十四万年后的 2001 年的一天，一个名叫黄万波的后人在三峡南岸大山里的兴隆村火炮洞里找到了这块钟乳石。他对口吹奏，竟能从缺口一侧发出一个清晰而稳定的音调，便将这块钟乳石命名为"石哨"——黄万波是一位出生在三峡地区的考古学家。也许还是这位祖先，也可能是另一位，又把一小块钟乳石打制成猫头鹰的模样。考古学家说它是"石鸮"，最古老的石雕。而前面那个"石哨"，则被认为是人类最早的乐器。

在火炮洞里，黄万波还挖出两根剑齿象象牙化石，一根长一百八十九厘米，一根二百零八厘米。拥有这两根象牙的祖先，用锋利的石器在上面刻下了几条深深的或弯或直的画纹，线条粗犷有力，构成简单的三叉形、十字形、羽冠形等，图形抽象，具体含义不明。这是世界上最早的刻画艺术品，将人类艺术萌芽期向前推进了约六万年——已知的南非布卢姆伯斯洞穴遗址出土的赭石刻画距今约七万年，此为人类艺术发展时期；距今两万多年的西伯利亚马利吉太遗址的猛犸雕像，则为成熟时期的作品。

兴隆村的火炮洞因洞内泥土含硝，二十世纪二三十年代有人在此提炼黑色炸药得名。黄万波发现这些人类最早的艺术品后，改名兴隆洞，从此名扬考古界。

"构木为巢，以避群害。"祖先慢慢离开了山洞。

二

旧时，三峡地区时有战乱或土匪袭扰，偏远山村的大多数乡民都选择到山洞藏身。

城口自古交通不畅，人烟稀少，匪盗甚多，清代时，全县有二十多处天然山洞供乡民躲避。洞内一般有浸水，提供了生存的必要条件。县城往南一百公里的红岩洞，在一座大山背后的悬崖间，先爬几十步的木梯子，上到一块凸起的岩石，再横过二十米左右的木桥至洞口。洞下是望不到底的深谷，极其险峻；洞内非常宽阔，泉水丰盈。清嘉庆初年，当地百姓遇战乱，曾有五百多家人在洞中避难，悉获保全。类似极险的天然山洞，城口县内有多处，如城东、西、南及西南的老君洞、四方洞、黄泥洞、神仙洞、大洞子等。出城往西，约四十五公里的地方有个太平洞，并列两个洞口，入洞几十米后相通，洞顶有孔可透光，洞底还有暗河。据说避难的乡民在洞中发现了考金石，可辨金银真伪。真是意外所获。

既不隐秘也不险要的山洞照样可以躲避土匪。县东六十多公里的红花梁山下有一观音洞，洞口在一条大路边，两米见方。而洞里宽十多米，长竟然达一二十公里，能容纳几千人。临大路的石壁上有缝隙，从洞内可察看到路上的情形。清末时，乡民避难于洞中，从石缝中放冷枪，击毙多名追赶的土匪。因不知洞内情况，土匪不敢轻举妄动，后来害怕得连这条大路都不敢走了。

城口南面毗邻开县，百姓遇乱同样躲进天然山洞，此处多为山洞群。县城东约四十公里的东坝溪晓洞沟，半崖上横列十多个山洞，每个洞之间相距不过几百步，洞内均可容纳一百多人。凡入洞避难者，都是爬木梯子上去。嘉庆年初遇乱，当地人进洞后抽回木梯，匪贼不敢靠近。三汇口乡有个闪峰洞，左右皆峰峦，中间山沟如巫峡，崖间多石洞。当地人以宗族为团，分别入洞避难，现留下按姓氏为名的山洞：白家洞、谭家洞、涂家洞、潘家洞、张家洞。城西搭沟崖也如此，有余、涂、谭、漆、易等姓山洞多个。

三

据《巫山龙骨坡片区风土志》和《万州文史资料》记载,民国时期,奉节、巫山县江南深处的界山九台山有一猎人,名黄光兴,外号黄老拿。这外号在民间寓意做事有分寸,遇事有主见。黄老拿母亲早亡,父亲也是个猎人,自制火药时炸瞎了双眼。他排行老大,有兄弟姊妹五人,一家十二口,一起做活路,一口锅里吃饭,和和睦睦。一天,弟弟黄老四被镇公所抓丁服役,黄老拿请当地保长吴邦元帮忙搭救。吴保长说,你拿出两百块大洋来,我出面买一个壮丁顶替黄老四。当年,家里贫穷或急需用钱的人,愿意顶替别人服兵役,这叫"卖丁"。黄老拿二话不说,如数给付大洋。但几天过去,不见黄老四放回来。黄老拿急着找吴保长打听消息,又送上一个"麝包子"。这是一种难得的名贵中药,学名麝香,是公獐子腹中香腺囊里的分泌物,只有老猎人才有机会获取。吴保长说,莫着急,正在想办法。黄老拿担心关在卡子里的黄老四恐慌,又托人带信进去,说家里正设法救他。黄老四煎熬了几天,没见放他回去的动静,倒是听说很快要押送去县城,于是趁机破门逃跑,不料被抓回去,活活打死了。消息传到黄家,黄老拿气愤不已,到县署控诉保长吴邦元。县长判定:按兵役法规定,黄老四应当服役,而黄老拿以钱物贿赂保长已属违法。姑念黄老四已死,免于追究。

人财两空,黄老拿心中怨气难忍,趁一个黑夜,持刀闯入吴邦元家。行刺保长未果,便杀死他大儿子,打伤他大儿媳妇,走时又放火点了房子。黄老拿自知犯法,吴保长也不会放过他,连夜带着全家人逃到巫山庙宇镇的谭门岩洞里躲起。此山洞四周绝壁,洞口小,离地五六十米,进洞只能用一根粗绳从洞顶吊下,出洞也用绳子从洞口滑下。但洞内宽敞,大洞套小洞,有一股不断的流水,适合居住。黄老拿一家住进山洞后,悄悄开凿了一条十分险要的进出密道,中间专门设置一块两米多长的木跳板,黄家人出洞时搭设,回洞后马上收起。打猎之余,黄老拿领着家人,把谭门岩洞下河沟滩涂开垦成田地,以猎、耕为生。黄老拿特别注重与附近乡民处好关系,乡民帮他卖兽皮、买油盐,一有动静就通风报信。春来秋往,几易寒暑,黄老拿一家在这如世外桃源之地,自给自足。

话说吴保长,一心想报复整死黄老拿。终于打听到他的落脚点,通过庙宇镇公所上报,请巫山县府、万县专署剿匪,并获准成立了剿匪指挥所。然后,他与镇长唐厚斋几次带乡丁、保丁攻打谭门岩洞,不成,反倒被黄老拿缴去步枪两支、手榴弹四颗。1946年7月,吴保长、唐镇长以剿匪的名义,请驻扎庙宇镇休整的国军五十五师帮忙攻打黄老拿。师长指派三营执行。三营官兵选择夜里进入谭门岩洞一带,士兵们分散布守在洞附近,洞口对面远处的山包树林里安置平射炮和重机枪。天快亮时,黄老拿一家还在睡梦中,"轰轰轰"一阵炮响,山崩地裂,山洞门被炸毁。随后,吴保长的保丁在十多挺重机枪的掩护下,点燃事先准备好的柴草,里面放有硫黄、干辣椒等物,以泥土掩盖其上,压住明火,全是呛人的浓烟,拿簸箕往洞里煽。熏了一整天,黄老拿一家十二口惨死洞中。当地乡亲目不忍睹,在谭门岩洞下挖了个大坑,把这一家子埋了。

四

　　如果居所附近没有可供躲藏的天然山洞,乡民们则在岩崖的半腰凿石开洞。这些人工石洞大的上百平方米,小的只几十平方米,共同特点是隐秘,不易被外人觉察。选点时需充分考虑,附近一定要有水源,或洞内岩土层有渗水能蓄积。平时,洞中要藏放一些粮食、稻草和简单的生活用品,以及备有长矛、刀棍等工具。凿洞人家里还预备了长木梯,可搭设至洞口。一旦得到战乱或土匪的音讯,主人扛起梯子,领着一家老小迅速转移到石洞里躲藏。为不暴露目标,躲藏期间一律吃干粮、喝生水。不到紧要关头或黑夜,不生火煮饭、取暖。少则几天,多则十来天,估计事态平息或土匪走了,先派一灵醒的人摸回去查探,确定安全了才全部回家。

　　万州郭村镇木匠沟的两边崖壁上,集中有二十二个人工石洞,通过栈道进入,每个洞为矩形,不大,长宽高分别只有两至三米。洞室内壁离地七十厘米处凿有凹孔，估计是悬空安架木棒，上面铺板防潮。这些洞凿于清乾隆九年(1744)，疑为当地人躲避战乱或土匪的临时藏身之地。

人工开凿一个石洞的时间要几个月，或者一两年，甚至几年，这得看洞的大小和岩土坚硬程度。云阳县水磨乡田湾大岩洞由龚姓家族开凿，前后请了几十个石匠，用五年时间才完成，花费银子上千两。这洞四周是松树林，顺着崖边的羊肠小道才可到达洞口下方。没熟人指引，外人根本不知。洞口在巨崖中间，高宽一米多，人从木梯爬进洞后，再把梯子收上去。万一洞口被土匪发现，可用准备的长矛、石块作抵抗。洞外地势险窄，洞口又小，易守难攻。据《云阳县军事志》载，全县有人工防御山洞四十二个，多为民国初年开凿。

五

重庆南川县丛林沟的山岭中，有一个高三十多米、宽十八米的大山洞，名海孔。洞内钟乳石千奇百怪，一条清清溪流从三百多米深的洞中淙淙而出，洞外四面青山环拥，红叶映山，风景幽绝。

1937年11月8日，重庆航空站站长张式群致函南川县政府："查南川县属附近有一个可容两万余人之山洞，地形隐蔽，能否适宜储藏军用品？"九天后，南川县长陈文藻函复："本县山洞颇多,而最适宜储藏军用品者,尚推丛林乡属之海孔洞,交通便利……外可筑城墙,以资防守。"当年年底,国民政府军事委员会委员长重庆行营总务处派少校副官廖一民前往实地踏勘,随即决定征用海孔洞及附近田地三千多亩作为军事基地,将中央南昌飞机制造厂迁到海孔洞内。

1938年的一天,这里的幽静被打破。一条七公里多长的盘山公路很快修通,运来大量机器和建材。洞里建起一幢三层高的楼房,侧洞内又安装了柴油发电机组。洞外的山上种植着大量速生青冈树,从空中根本看不出这里有山洞。经过一年多的建设,海孔洞成为一座隐秘工厂,设车间十多个,有职工、民工近一千五百人,取名国民政府航空委员会第二飞机制造厂,对外通信信箱为"南川丛林十号"。除飞机厂员工外,任何人不准靠近山洞,洞口架有机枪,山顶设有岗哨。居住在丛林沟的村民进出洞外海孔坝,胸前都要别戴布条制作的胸标。

抗战期间,日军获悉南川建有飞机制造厂,在四年时间里,派出八批飞机,共一百八十多架次,飞临丛林沟上空寻找,均未找到目标。日机便对南川县城及邻近的小河乡、乾丰乡、石溪乡等地疯狂轰炸。

海孔洞内的第二飞机制造厂主要任务是仿制、改制飞机。1939年,仿造三架苏"伊-16"战斗机后,又改造出双座教练机,命名为"忠28甲式教练机"。当年正是民国二十八年(1939)。在洞中的九年时间里,制造厂共仿制、改制飞机与滑翔机六十九架。1941年冬，厂里成立新机试造室，工务处长林同骅担任主任，带领工程师和技工二十多人自行设计制造飞机。因金属材料匮乏，机身、机翼和尾翼用银松树木做骨架，外用桦木三层板蒙皮，副翼和襟翼则用铝合金制作。海孔洞内曾试车多次，发动机声音震耳欲聋，栖息在洞中岩壁上的成千上万只雀鸟惊恐飞出，好几天不归窝。1944年8月，木质与金属混合结构的飞机正式建造完成，为我国自主设计制造的第一架运输机，命名"C-0101运输机"，也称"中运一号"。飞机全长十一米，起飞重量约四吨六百千克，可搭乘十人，航速每小时二百八十三公里，飞行高度四千五百多米。

海孔洞附近没有试飞机场，技工们把飞机拆散，分装在几辆汽车上，运到几百公里外的重庆白市驿军用机场，重新装配后试飞。为躲避日机轰炸，装运飞机的车队白天隐蔽，夜间行驶，经过七八天周折，终于到达白市驿机场。一次试飞成功，移交空军空运大队使用。随后，林同骅与技术人员又对"中运一号"设计进行改进，在海孔洞内试制出"中运二号""中运三号"。

抗战胜利后，1947年底，第二飞机制造厂迁返南昌，海孔洞中制飞机的设施被全部拆走，只留下空荡荡的厂房。人声鼎沸的山间又恢复了原来的幽静。

洞中故事多，说是藏乾坤，也不为过。

术怪

牛命

一

　　我妻子的外婆怀上我岳母时，是第三个娃儿，岳母已有了六岁的哥哥和三岁的姐姐。那时候产妇坐月子和招待道喜的人客，兴吃醪糟汤圆，事先必须做好准备，泡酒米（糯米）拍醪糟和推汤圆面。奇怪的是，早过了预产期，外婆的肚子却一直没动静，酒米泡腐臭了几次，只好倒掉喂猪。外公家是"绅粮"，有实力，才这么舍得。直到怀胎十二个月后，外婆才生下岳母。正常怀胎最多十个月，久了，胎盘老化，胎儿无营养，难存活。民间有说法，牛怀胎十二个月，如果孕妇不留神，走路时跨了牵牛绳，就会跟牛怀胎时间一样长。外婆自己也不知究竟跨过牵牛绳没有。

　　岳母出生当天，她姐姐死了。三天后给姐姐上坟烧纸时，哥哥也死了。半年前,姐姐哥哥就先后开始生病且难以治愈,请滑竿抬着先生(医生)来家里坐起医,也没能救活。岳母出生后,外婆又给她生了三个妹妹,前两个一岁左右就夭折了,最小的一个也只活到了四岁。最小的妹妹小名"接弟儿",聪明伶俐,三岁时有次要吃盐瓜子,找大人要了钱,叫她姐姐即我岳母去城门口帮着买,却不放心,扎咐道:"你路上莫'偷嘴'哟!"据说某天,接弟儿在门口玩耍时,一过路人见后摇摇头,留下一句话:"鱼大了,塘小了。"刚满四岁不久,接弟儿头上长疮,溃烂、流脓,怎么也医不好,大概因细菌感染而亡。

算命子说岳母八字大,命硬,"顶"死了哥哥姐姐,又"踩"死了妹妹,要把出生日子改一下。言下之意,否则还会命克父母。外公外婆照办。至今,岳母不清楚自己的真实生日,过去年轻时曾多次向长辈亲戚打听,没人告诉她。外婆生前也守口如瓶,怕说出来就不灵验了。

改了生日的岳母九十岁了,经常念叨,想弄清自己的真实年龄。我启发她:"您同代同辈的人都没几个了,去问哪个?您是'牛命',强大,活得好好的就行!"

岳母想想也是,就说:那我死后要捐献遗体,让科研人员研究一下,看到底和别人是不是一样。她亲自写好捐献志愿书,子女都按要求签字认可后,帮她到县红十字会办了手续。

二

民国时,兴隆乡的"黄大肚子"在开县城很出名,是大家茶余饭后的话题。黄为姓,外号大肚子,因吃东西超常人许多倍而得名。有一次,宰牛房的人闲得慌,合起来赌他时间不间隔吃下十八斤风干的牛肉,赌注是一条黄牛。十八斤干牛肉体量不大,吃下去没问题,黄大肚子赢了。牵牛回家的路上,干牛肉在他胃里发胀,撑得非常难受,他连捉牵牛绳的力气都没有了,把绳头夹在狭孔(腋下)里。黄牛很听话,乖乖跟他走。

好不容易回到家,黄大肚子马上吃蜂蜜拌小葱,立即见效,哗啦啦全拉了出来。民间有食物相克之说,蜂蜜与小葱绝对不能混吃,否则会中毒身亡。看来没有这回事。唐代医药学家孙思邈的经验是:"(蜂蜜)不可与生葱、莴苣同食,令人利下。"原来只是腹泻,不会直接丧命。从此,黄大肚子食量大减,逢人便讲:"我从宰房救了黄牛的命,它也保我不死。"

黄大肚子家对面岩坎上属厚坝乡,有个姓曾的牛贩子走村串户,专门买老残牛,然后卖到县城宰牛房。这叫"牵牛送宰"。买到牛后,送去宰杀之前,每次他都不慌不忙地把牵牛绳拴在高处,让牛头仰天,使其失去动弹的本性。然后掰开牛嘴,割下舌头,血淋淋地扔给佑客,炒了当下酒菜,整几杯后再上路。那时活牛买卖不论斤两,当面看货"估砣砣",按头算。少一根牛舌头无多大妨碍,宰房没当回事,人熟,都知道他这德行。

黄大肚子说,曾牛贩子死的时候,瞪着双眼一直不掉气(咽气),看样子痛苦得很。家里人帮他,取一块燕子窝的泥巴,兑水,给他灌下。燕子衔泥做窝,用口水粘黏,口水为精气所化,性凉,降火。但无济于事。突然,曾牛贩子嘴角流出很多血来,嘴巴在动。扒开嘴,舌头已被他咬断,还在咀嚼,直到嚼碎、吞下后才闭眼。

"该了命债是要还的。他送宰那么多条牛,还吃了那么多的牛舌条。"黄大肚子去曾牛贩子葬礼"坐夜",回来后留下了这个龙门阵。

我在书上也看过一个割牛舌头的故事。北宋景祐四年(1037),包拯任天长知县不久,有一乡民前来报案:自家耕牛的舌头被人盗割了,但不知是谁干的。牛被割掉舌头后,不能吃草,会被饿死。包拯说:"你回去把牛杀了,肉卖掉。"古时无故宰杀耕牛要坐牢,乡民不敢。包拯说,我准许,但不要告诉别人。乡民回家照办。不久,有人来县衙控告邻居私宰耕牛卖肉。包拯道:"你为何割了人家的牛舌,还要来控告别人?"这控告人听罢,又吃惊又佩服。原来此人与那乡民有矛盾,寻思报复,便盗割了牛舌。继而发现这乡民竟把牛给杀了,暗自高兴,幸灾乐祸地到县衙举报。哪料自投罗网。

三

过去生产队集体劳动时,耕牛精贵,平时有放牛娃儿照管,耕田时则由专人负责扶犁吆牛。有一年,薛老伯他们生产队买了一条黄牛，第一次犁完地后，放牛娃儿去取它脖子上的枷担，打算牵回圈里喂草。这牛突然发疯似的拖着犁头向前跑，耙尖挂伤放牛娃儿的臁二杆，害得队上用了几十块钱医药费。薛老伯估计，取枷担时碰了牛背，牛以为要打它而受了惊。这条牛高大，原来主人教它犁田时，可能习惯了从牛头方向取枷担，要低些，方便。薛老伯说，一般都是往后取，顺手。开始教牛，要提着枷担在它背上拖几遍，让它熟悉这个过程。再次犁完地，薛老伯试着朝牛头方向取枷担，没碰着它背。果不其然，它没乱跑了。

但接下来这牛仍常发脾气，不听使唤，性烈，应该是教犁田时根本没调教好，怪不得买的时候价格便宜，还以为占了“魋头”。后来，担心又惹出什么祸事来，薛老伯他们把牛更便宜地卖给相邻一个生产队。听说几经转手，这条犟黄牛最终卖到了城里的缟房（棉纱坊），去拉脱棉籽的木绞车，才被降服。牛拉绞车时，必须牢牢地绑在支架上。老话说，“犟牛拉重犁”，真是这样。

土地下放到户后，会侍弄牛的薛老伯自家喂养了一条黄牛，又性烈，也是头犟牛，不过听他的话。有一次别人租去犁田，它不拉犁不说，还用头擂田坎，直到擂垮一截才算数。租牛人只有把薛老伯请去，亲自扶犁吆牛，帮着把田犁了。虽然赚了点牛租金，但白贴一天人工。

这条牛力气大，犁田快，薛老伯每次犁自家田地时，要在后面紧赶慢赶。做完一天活，人都遭累趴了。喂养到第八年的时候，薛老伯实在吃不消，累不过它，决定卖了。

牛贩子跟薛老伯约定下午四点才来牵牛，但一大早开始，这𤛊牛就不再吃一根草。牛贩子牵着牛大概走了四五里路，在一个岩坎边，它停下不走了。牛贩子回头看，手捏着的绳子自然一松，它纵身跳下岩坎……要不是牵牛绳丢得快，牛贩子差点被拖下去。后来，牛贩子找薛老伯诉苦：买这牛，我蚀了本。

"唉，𤛊牛认死理！"薛老伯叹息道。

四

生产队有一条打人的黄牯牛，非常凶狠，连续伤了十多个人，给它割草吃的放牛娃儿也没幸免。生产队长没得法，只好一级级上报，最终县革委批复下来，允许社员就地宰杀。但是大家都害怕，谁来操刀呢？知青耀东自告奋勇地说："我来！"

听说区公所驻地场上的"曾斗硬"会咒语，杀猪牛羊都是一个人，从不要人帮忙。但那个年月不是经常有猪牛羊要杀，曾斗硬的主业是打石头，做的斗硬的活路，所以得了这个绰号。过去民间匠人，比如石匠、木匠、弹花匠、待诏（剃头匠）等，常跑江湖，大多懂得一些风水地理、端公巫术。

耀东年轻时对什么都有兴趣，提着一瓶甘蔗皮酒去请教。蔗皮酒虽说比红苕酒的档次还低，但足足两斤，拿医院用过的盐水瓶子装起的，凭票供应又贫穷的日子里，这算是花了大本钱。见到曾斗硬，耀东嘴巴甜，开口一声"曾伯伯"，然后把蔗皮酒放到桌上，说明了来意。

"我教你几句咒语,你尽管去杀就行了。"曾斗硬很高兴,别人都喊他绰号,第一次听到有人叫他伯伯。当然,主要是看到了那瓶酒。教完方法和步骤,他扎咐道:"咒语莫给别人说哟!"耀东明白这只是一句口头禅而已,说了也没用,要曾斗硬亲口传授才有法力。

杀牛那天,社员都不敢进圈牵牛。耀东一个人端着一碗水进去。这是净口水,念咒语之前必须漱口。平时嘴里吃各种食物,喝酒喝药,免不了带有污垢和秽气。像是耀东身上散发着某种神力,那牛一见到他竟然木了,平日的凶横劲不知去了哪里。耀东没想到会这样,有点高兴,马上漱口,朝牛头喷了一口水雾后,连咒语都忘了念,牵起就往圈外走。牛乖乖地跟在后面。

路边地里的胡豆正开花,青茎叶绿,很鲜嫩,牛伸头啃了起来。耀东想把它头扯回来,不让它糟糕庄稼。身边跟着一群社员,其中有人说:"让它吃吧,这是断头饭。"此时,只见牛的眼泪悄然无声地不断往下淌。

"这牛恁个温顺了,不杀了吧?"耀东心软了,与身旁的生产队长商量。

"批都批了的,不杀恐怕不得行哟!"队长回答。其实耀东明白,大家肚子里很久没沾油水了,都等到起打"牙祭",煮牛肉的临时锅灶早就架好了。

牛被牵到队上保管室前的石坝晒场上,一个社员递给耀东杀牛刀,看样子已磨得十分锋利。耀东这才想起没念咒语,马上对着牛头念了一遍，只是嘴唇在动，没出声。几个社员立即用绳子给牛的四肢套上活结，两只角上横绑一根扁担。牛很听话，没有一点反抗动作，配合着完成了。

"拉！"耀东大喊一声，绑绳子的社员一齐发力，咚的一声，牛倒在地上。耀东抓过牛角上的扁担一扭转，牛头昂起，拿刀对准它颈项迅速地旋了一圈，牛头一下子利利索索落下来，盆大的窟窿中血喷如注……

当天，社员和知青们把牛肉吃得干干净净。两天后，下肚的牛肉变成屎也屙干净了，耀东回想起整个杀牛过程，心里一阵惊悸。他跑到曾斗硬面前说，我再也不干这种事了。连"杀牛"两字都唯恐提及。

"那你就把咒语还回来嘛。"曾斗硬淡淡地回了一句。随后，耀东真的就忘了那咒语。这叫破咒。

咒语内容其实很简单，后来的几十年中，耀东偶尔也突然记起几句，但都不完整，每次总有几个字想不起。

接骨斗榫

魏伯二十七岁那年，队上下放来一位五十岁左右姓赵的人，由社员监督劳动。此人原是县中的老师。赵老师不怕劳动，再苦再累都能挺过去。但他最怕被批斗，很伤面子，在人前抬不起头来。魏伯那时候是大队的民兵连长，组织批斗会属他的职责。赵老师自从来到队上后，一次都没被批斗过，他内心很感激魏伯的"不斗之恩"。

虽被下放，赵老师却保持着一个爱好：操褊褂。操，操练、从事、掌握之意；褊褂本是一种对襟无袖短衫，像今天的马甲，干练、利索，旧时习武之人多穿。因此，操褊褂代称练武。每天早晨天不亮，赵老师都要起床练武，外界因素没能改变他几十年的习惯。

过去操褊褂的人，除拜师学习武艺外，师傅还要传授"接骨斗榫"之术。这术法的含意我清楚：接骨是将人体骨骼断裂处接合；斗榫本意为木匠使用凸凹方式结合器物的技巧，而人体关节脱臼的复位方法与之相似，用以借代。可我一直没明白，为什么要把这两者连在一起？是不是"教训"了人之后可派上用场？或者，习武为外出防身之用，学此技艺，出门在外亦能救助他人？古书上的侠客都爱行侠好义。

赵老师是民国时期过来的人，当然不会例外，操褊褂的同时，又掌握了一套接骨斗榫的绝活。在与魏伯的接触交往中，他突然冒出一个想法：教会魏伯接骨斗榫。一为感激，二是感觉魏伯有较深的慧根。听罢赵老师的意图，魏伯连声说"不行不行"，自己佑客娃儿都有了，早过了学艺年龄。赵老师回答他："两年后我要走，你学了行方便，以后用得上。"果不其然，两年后赵老师回城了。接下来的一二十年里，农村"学大寨"，人工造梯地、修塘堰，如火如荼。魏伯学的接骨斗榫这招，帮过不少的人。

魏伯四十三岁那年,一天上午,江对岸一个专门医治跌打损伤的民间草药医生,带着一男一女求上门来。其中的男性中年人,几天前不慎摔断右手前臂,估计草药医生没给他接上,几天不见好转,与佑客一道找草药医生扯皮,被带到魏伯这里。

魏伯双手托住伤者的前臂,仔细看了看,又摸摸伤处,简单说了句:"你要忍得住痛哟!"不等伤者应答,就把他前臂搁放在饭桌边的棱角上,左手捏住其前臂下方,右手捏在前臂上方的中部,出其不意,以迅雷不及掩耳之势,魏伯右手使劲往下一扳,再迅速按住断骨处,只听得伤者杀猪般大叫起来"哎哟——"魏伯松手,十分有把握地说道:"行了!"

这一招,是把草药医生没接好的原断骨处再掰断,重新接上,除稳、准、狠、快之外,须用大力。魏伯跟赵老师学艺之初,为练手力,把二十厘米长、食指粗的钢条交叉横插于右手指间,相互使劲挤压。一年后,钢条微微弯弧,手劲练成了。

接骨斗榫时,魏伯还守着一个规矩,就是要默诵赵老师教的咒语,这是人类与天神相通和交流的工具。最小的儿子玉生曾问过咒语内容,魏伯没直接告诉,解释说,赵老师教他接骨斗榫纯属临时起意,因为不属祖传,咒语只能管他这一辈,再传不灵验。"也可能是我的德行不够,只能到此。"魏伯又补充道。接下来,给玉生讲了一事——

"你姑奶奶手膀(肩关节)脱臼,我给她接了三次,都没接上,可能是她岁数大了的原因,不好接。后两次接时,我默念三遍师傅教的咒语,也不管用。正不知怎么办时,忽然,我脑壳里念头一闪,让他们几个人在堂屋等一会儿,一个人跑进里屋。关上门,我点香、烧纸、燃烛,叩求师傅赏口饭吃,又把师傅当时教我的情景回想了一遍。然后开门出去,再试,一下就接上了。"

赵老师没教过这种招数,是魏伯自己悟出来的,看来赵老师当年的决定正确。类似的招数,玉生亲自得见过一回。

有一天早上,玉生去区粮站交公粮,清晨出门前要给猪喂一道食。不知怎么的,这天猪刁食得很,在槽里乱拱。玉生随口骂道:"畜生,是不是想挨刀了?"魏伯听见后,轻言细语劝导:"娃儿,清早八晨的不要骂猪。"

交完公粮回家,没了担子很轻松,玉生把口袋裹起拴在扁担上,脱了凉鞋一阵快步走。农村娃儿习惯赤脚,也为了不费鞋。突然,右脚板梗在一颗石子上,很痛,一下子站住了。翘起脚板看,梗在前掌偏左处,没破皮,只是一个红印子。他放下脚板,继续朝前走。可刚走十多步,脚板一阵钻心之感,疼痛难忍。玉生立刻蹲下,坐在路边,用手又搓又揉。大约半小时后,疼痛稍微轻了一点,玉生穿上凉鞋,杵着扁担一瘸一拐往家走。

玉生走到家门口,魏伯见状忙问原因。听了讲述,魏伯想了想说:"你先出右脚跨进堂屋门,跨第七步时停下来,不动。"玉生照做。魏伯找来一截没烧尽的黑柴根儿,沿着他右脚画了一只脚样子,问清具体的梗点,然后在地上的脚印中找到对应位置,画个小圈,喊玉生自己挖开。结果,挖出一颗鸡蛋大的坚硬石子,按老汉儿的吩咐丢进正燃烧的灶孔中。十分钟后,右脚掌一点都不痛了。

几十年过去了,玉生一直百思不得其解,屋地坪筑的是一层三合土,平整前用灰筛筛过,里面怎么会有一颗鸡蛋大小的石头呢?

魏伯当时没回答这个问题,只说了一句:"要记到起,清早八晨的不要骂猪。"

撬刀

旧时,开县的偷儿"做活路"都用撬刀。刀长不足一尺,三棱形,每棱带刃,锋利无比。用竹筒装好,别在后腰带上,伤不到自己,又隐蔽,取用也方便。

民间传说撬刀撬墙,不管土砖火砖,砖缝的灰直往下落。如果捅人,伤口"Y"形,不好缝针不说,再好的医生缝起后留下的疤痕都难看。听我妻子叔房的舅舅摆龙门阵:生他那年,有天深夜,一个偷儿用撬刀尖偷偷拨他家门闩。他老汉儿惊醒了,拿起一把菜刀,轻脚轻手走到门边,只等偷儿伸头,便一刀下去。门闩拨得很慢,老汉儿用菜刀在里面轻微地帮力。当第二根门闩拨到一半时,门外偷儿突然住手,溜了。可能是老汉儿帮的力稍稍重了点,偷儿觉察到了。

惯偷儿薛太白请铁匠铺打撬刀,都是擦黑无人时去,不说话,用手比画。拿到撬刀后,当晚"做活路"的收获,不管多少,薛太白都会孝敬铁匠。这是老辈留下的规矩。

开县城的百姓都知道薛太白是惯偷儿,认得到他的人也多,但只能干瞪眼。捉贼要捉赃。

有一年年关,县城老关嘴几十家人户儿挂起风干的香肠腊肉被"抹"了竿竿儿。老关嘴在城外东河岸边,全是住木板房、吊脚楼的穷人户儿,好不容易办点年货却被盗,大家非常气愤,认定是薛太白做的活路。

这次县太爷听信民言,把薛太白捉来问案。但他死活不认账。就在当晚,城里狮子楼街一带又有十多家商户被盗,窃物仍是香肠腊肉。县太爷只好放了薛太白。

舅舅说,薛太白会遁法。只要有一盆水,他坐在里面,拿箩筐一盖,人就走了。上可到重庆,下能去夔州、宜昌。如果中途被人揭开箩筐,他就再也回不来了。薛太白被关在牢房后,遁出去,做了同样的活路,以证明老关嘴的案子和他无关。

后来薛太白专偷香肠腊肉,并留下一句顺口溜:"手里拿着撬刀把,要吃腊肉咧几下。"

有一天,薛太白又出去"做活路"了。刚走不久,他佑客在堂屋听到阳沟后面有响动。于是,手拿一把扬叉,走到里屋的墙边等着。不一会儿,墙砖从外面被取下几块后,露出一个洞口。说是用撬刀的偷儿都会一种"松骨术",只要头能伸进洞口,便使法,全身的骨节"啪啪"作响,一会儿身体变软并收缩,可顺利地钻过洞口。

这时,薛太白佑客见一个人头刚刚伸进来,一下子用扬叉叉在头后的脖子上。这头进不来,又退不出去。然后,她回到堂屋做事去了。

晚上,薛太白背着一袋腊肉回到家里,马上叫佑客煮一块下酒。

酒菜很快上桌。佑客说:"你不请兄弟伙一起来喝酒?"

薛太白回答:"你牙巴痛哟,歪起嘴巴乱说。明明我来回一个人,哪来的兄弟伙?"

"不信,你到阳沟后头去看看。"

不一会儿,薛太白扯着一个年轻人的衣袖回到堂屋。年轻人嘴里不停地念道:"对不起,对不起,薛大爷,我不知是您的家。饶我一回,薛大爷!"

薛太白把年轻人拉到桌边,说:"来来来!坐下喝杯酒。"然后坐回自己的位置,叹了一口气:"唉——撬来撬去,撬到各人头上了。"

第二天,薛太白头一次在白天来到铁匠铺,不再比画,直接开口说话:"回炉!"说着,从腰后取下撬刀竹筒,连盖子也不打开,丢给了铁匠。

昨晚,他和年轻人喝酒时互相发过誓:从今起,永世不再摸撬刀。

一 川江广记 一

时间片段

旧书碎事

书不是用来收藏的。至少我是这样认为。

有次在旧书网上淘了一本书,店主很负责,打来长途电话说:刚准备发货时,发现书上有水渍,如果不要,可退钱给你。我回答,只要不影响阅读就行。

购《费拉尔手稿》时,我选了一本价格十元的,没想到这么便宜。店主很快发来消息,说是扫描的电子版。更好,连邮寄时间都免了,他用电子邮件发给我,马上就能读。

旧书网上的书,都有品相标注,同一种,往往品相越高越贵。我每次搜索出书名后,直接点击从低到高的价格排序方式,一目了然,选价格最低的那本。旧书邮寄费一般由读者付,我只选挂号印刷品方式,便宜。有时店主懒得上邮局寄,故意把这项价格定得比快递还高,或者干脆不设这项,让你选不成(某旧书店店主告诉我的）。发快递是上门取件，或就近到菜鸟店去寄，便捷。大宗业务还可讲价。但店主并不把优惠让给读者，自己赚价差。

也有店主十分愿意寄挂号印刷品，是因为他能买到大量带邮资的旧"贺年封"或"首日封""纪念封"，每个只要几角钱，带的邮资最高可到九元。如果"带资封"装不下一本书，就拆开中缝，另用纸加宽几厘米，原样粘好就可以了。

由此可看出国营邮政公司竞争不赢民营快递公司的原因。

在石桥铺旧书摊碰到一个三十岁左右的年轻人，手里拿着一本旧版名著与摊主讨价还价，摊主就是不松口。我插嘴，对年轻人说：名著又不是稀缺书，买新版的好，价格便宜不说，印刷精致，阅读舒适感强。旧版书纸张和印刷技术与质量都差，读起不爽，还费眼力。

年轻人听从我的建议，放下了手里的书。摊主却瞪大眼睛看着我，我赶紧溜了。

偶然在网上看到一本我的旧著卖，说是签名本。好奇心促使我请店主拍张扉页签名图片。结果是二十八年前我送给郑州一位文友的，他比我大二十一岁。文友是不是已"走"了？家人清理旧物时处理了这书，然后辗转到了旧书店。不然，二十多年里为何一直留着？

这书定价两元,虽说是当时的市值,但店主现在标出一百元的卖价,我觉得有点小贵。书确实是旧书了,不过我手里还有十来本。于是,给店主发消息,说想要这本书做个纪念,用手上同种书交换,并签名钤印后先寄给他。我拿"纪念"做幌子,看能不能换得店主的"情怀"。店主直接回复不行。

几年过去了,书一直在网上挂着。

本地一文友下乡采风时突患脑溢血"走"了。同城的几个文友去送行。其中一个女文友见他留下很多书,本想问他妻子怎么处理,但觉得不是这时候该问的事。谁知文友的后事一办完,其妻把书全部卖给了废品收购站。女文友听说后,拉着文友妻去追。书早已被造纸厂拉走。女文友惋惜道:"要是卖给旧书店,兴许我心里好受点。"

不知怎么我就想到网传的一则"不是段子的新闻":一人盗窃上万元的饮料,忙了几天才全部倒掉,然后卖塑料瓶得二百多元。

有一天,从旧书网上又淘了几本书,收到后马上读起来,心里非常高兴,情不自禁地对妻子说:"这次我买了几本好书。"她随口一答:"那原来买的都不是好书哟?"我顿时无语。

坐飞机时,前排座椅的后背袋里都有读物,不可带走,循环阅读。受到启发,我平时读过的杂志不再丢弃,每次坐动车时带上一两本即将读完的,好在车上看。下车时,顺便插在后背袋里。算是一种分享吧!

随意翻看 1981 年的一本《青年佳作》,这是当年文学名刊《青年文学》选编的年度小说集。突然发现里面夹着一张纸片,上面写着:"我们一起坐火车去看海吧!"那个时候,火车和大海,对于一直生活在下川江边的年轻人有着无比巨大的吸引力。

字条没落名,也不认识字迹(能认也早忘了)。什么时候放进去的? 当时是谁借了这本书? 一概不知。

我唯一能做的,只是把纸片放回书里。

二十世纪八十年代初,我们单位发"劳保",一种耐磨的"劳动布"料,有点像现在牛仔服的质地。单位负责这项工作的同志头脑灵活,不按人头平均发放,把指标拨到一家国营布店,让我们自己去量身扯布定做。这样可高矮互补,不浪费。

我一直没去,布店等着要结算,只好按指标补了我三块七角布料钱。我自己加一块多,买了本定价五元四角的《现代汉语词典》。随后,我在刻字店做了一枚菱形图章"洁白藏书第□号",盖在《现代汉语词典》扉页。"□"为空格,我写上"1"——这是我的第一本藏书。"洁白"是我的笔名,那时候爱好文学的青年都喜欢取一个笔名。现在觉得"洁白"有点酸唧唧的味道。我写作时,拿不准的字词都要认真查清释义,词典因此使用频繁,前面的"部首目录"页被翻卷了边,破了,就用透明不干胶把它补好。后来习惯在互联网上"百度一下"后,《现代汉语词典》静静地插在书架里。

因多次搬家,不知什么时候,我竟把这本《现代汉语词典》弄丢了,心里难免有点遗憾。巧的是,妻子读大学时买了一本相同版本的,每当我无意中在书架上瞄到一眼,都会突然感到一丝安慰。

我书架里有一本搁置了三十年的小说集《例外》。当年读不懂,硬着头皮读,也始终进不了情景中。这本薄薄的小册子定价六角一分钱,1986 年买的,作者是曾被误认为"大汉奸"的潘汉年,他和鲁迅同是"左联"的领导人之一,后来因白区工作需要离开了文化战线,没再从事写作。

三十年后重读《例外》,书还是那本,字也是早就认得的,书里的故事变得很容易理解了。很多人认为,阅历让我们读懂了一些原本没能读懂的书。我却因为现在的"静"读,才读懂《例外》里的故事。年轻时我也习惯"静"读,伴着一杯速溶咖啡,捧一本书,静坐在初夏午后的窗前,或独享冬夜橘黄灯光下的闲情。但这种"静"里藏着年轻的热情,更多的还有浮躁,算不上真正的"静"。

每过一段时间，我都要从书架里挑出那些没必要读第二遍的书。

前段时间搬家，整理书架时翻阅一些文友出版的书，因为有亲切感，一直保存着。现在翻阅，如同喝一杯泡过味的茶，还不如白开水纯粹。挑出这些书，这次没卖给废品站，我打算傍晚散步时，送给广场边一个摆地摊的旧书摊，多少让它们发挥点作用。去的路上我猜想，摊主对我的慷慨先会有些疑惑，接着一定连声道谢。可太出乎意料，摊主翻看了一下书后，摇着头还给我："不要，这种书没人买。我每天搬去搬来的，费力得很。"说心里话，这些白送都没人要的书，我一遍都没读过，只是翻了一下就放在了书架里。

出书难，大多数文友都是自己掏钱出书，自己卖书。对此，我并不持非议。只是一些文友往往整成厚厚一大本，甚至连续几本，把自己所写的文字都收了进去。书的印刷和版式、装帧也很粗糙。我们不是大家，恐怕未必每篇都是精品。

有位文友说："把一生的写作选一选，造成薄薄的一册。也不必什么书号。但一定是硬皮烫金的装订。在他们偶然想我的时候，看一眼摆放着真正好书的书架上，那一条还算漂亮的窄窄的书脊。"

我赞同。

一滴水

疙瘩

母亲搬进了新房子，很高兴，早就给我准备了一把钥匙，用一小截细绳绳儿串着。我想直接剪断，穿进钥匙扣。

"慢点！"母亲拿过钥匙串，眯着眼，用指甲尖慢慢解开了系着的结。然后递给我，说："剪刀快当，总觉得疙瘩还在。"那年母亲还不到六十岁。

今天母亲已经走了整整七年，房子也换了主人。但钥匙一直还在我身上，疙瘩仍没解开。

吃

等一位朋友吃饭，久没到，于是打电话调侃道："酒都冷了。"朋友更风趣："你们先吃着，先吃是吃饱，后吃还是吃饱。"

记起一则寓言：一只狐狸看见院子里又大又紫的葡萄,垂涎三尺,但有栅栏进不去,于是饿了三天三夜,瘦了再钻进去。葡萄果真非常甜,狐狸吃了很多,出不了栅栏,于是又饿了三天三夜……

小电池

原先在县上工作时的同事小薛来看我,晚饭后我们逛街散步。

在一家商店电器柜前,小薛像是自言自语,又像是对我说:"这里的5号电池比我们那里少两分钱。"三十多年前商品标价虽然都精确到分,但一个大男人怎么无缘无故比较小电池的价格呢? 这个想法只是一闪念,没追问,两人继续闲逛。

来到摆地摊的夜市,遇上一年轻人在卖减价小电池。外壳有些破损了,为证明仍然有电,他拿一只小电灯泡不停地做着示范。小薛蹲下去,一只只挑选起来。我以为他好玩,反正是闲逛,也跟着蹲下去。

这时,小薛侧过头说:"我儿子的'坦克'好费电,两对新电池只能用几个小时。"然后,兴致勃勃地买了一大盒。

相信你

我大约十三岁。一个星期天,在同学小云家玩耍时,他爸爸问:"你和小云两个,哪个的成绩好些?"

"有的功课小云比我好,有的功课我比他好。"长辈关心学习,我当然很认真,在心里做了一番比较后,诚恳地回答:"他数学比我好,我语文比他好……"

有一次,小云的爸爸遇见我父亲,说:"你儿子滑头,既不说别人差,又不贬低各人。"父亲回家说起这事,我心里很不是滋味:我老老实实地回答,怎么在同学爸爸的心里成了"滑头"?

后来明白,小云爸爸见我去家里玩,因与我父亲相识,作为做长辈的礼节,随意问了一句,算是打招呼。按他的逻辑,我当时要么谦虚地说小云成绩比我好,要么自夸,没料到我会出现第三种回答。

其实父亲并没有责怪的意思,我却闷着不语,他便安慰道:"我相信你。"

雪子儿

小时候听大人摆,把一颗夜明珠和一个铜钱放进瓦坛里,过一夜,满坛子都是铜钱。放什么变什么。每次下雨前,天上要掉下三百六十五颗夜明珠,半个时辰内没被捡到的,就钻到地下去了。

那多可惜啊！每次快要下雨时，我都仔细盯住院子的地面，希望天上突然掉下一颗闪闪发亮的夜明珠。姑妈捂着胸口说："不是随便哪个都捡得到的，要把良心放到当中的人才行。"

那天，屋上的青瓦被打得嘣嘣响，天上噼里啪啦落下好多颗白亮亮的夜明珠。我一下子跳到院子里，捡起一颗，摊在手心，亮晶晶的有豌豆那么大，兴奋极了。可还没等我放进坛子里，夜明珠突然变成了小水滴。我伤心得哇地一声大哭起来。

姑妈哈哈大笑着说："那是雪子儿。"

指月亮

乡村盛夏的夜晚很美。微微的夜风吹来，如凉水一般爽人；堰塘那边传来青蛙阵阵呱呱呱的叫声，不时有几只亮晶晶的萤火虫在头上飞舞。

有一天夜晚，在院子里歇凉的时候，姑妈对我说："天上的月亮不能用手指，指了，夜里会下来割你的耳朵。"

"把门关紧点，它也能割吗？"我问。

"当然啦，你看，它像一个很薄很薄的大圆饼，"姑妈指指大门，"能从门缝儿钻进去。"

有一次，我背着姑妈，悄悄用手指了一下月亮。指完以后，忽然感到害怕起来，慌忙躲进屋子，双手蒙住耳朵，钻进盖毯里睡了。

第二天早晨醒来,我用手一摸,哎,怎么耳朵还在? 昨天夜里月亮没来割? 我偷偷地笑了。

后来,大概是已经到了冬天。我把这事告诉姑妈。可是,姑妈听后没有责怪我,反而哈哈地大笑起来……

狐狸的惊诧

山羊和兔子是邻居,它俩相处得非常好。兔子生了病,山羊就把采回来的青草分一半给它。山羊出门了,兔子帮忙看家。它俩可算一对好朋友了。

狐狸知道了,非常奇怪,问山羊:"你和兔子怎么那样好? 它那么矮小,难道你还怕它?"

山羊想不出什么道理来, 就实诚地回答:"我们都吃草,不挑食呀!"

狐狸讨了个没趣,又去问兔子:"山羊那么黑,你这么白,你们在一起,不怕把你显丑了吗?"

"我和黑在一起,更显得白啊!"兔小白回答得很聪明。随后想想,又补充了一句:"因为它把心给了我,我也把心给了它。"

"什么? 把心给人家? 你们真是太傻了。"狐狸说罢,懒洋洋地走了。

重庆小面

我们重庆小面以麻辣著称,完全可以说"麻辣小面"就是重庆小面的代名词。不知从何时起,走进重庆的一些面馆,点了小面后,老板都要问一句:"要辣椒不?"

不要辣椒还是重庆小面吗?有人说:"红油辣椒是重庆小面的灵魂。"

这些面馆的老板,大多不是重庆人,或者不是老重庆城的人。如果走进那些老旧小区和老街老巷的"苍蝇"面馆,正常情况是这样:

食客:"老板,二两小面。"

老板:"好的。马上。"

然后坐等。如果有例外,也是这样:

食客:"莫放辣椒!"

食客:"少放点辣椒。"

食客:"多放点青菜。"

…………

老板:"要得!"

一天大清早,我在南岸大石坝等朋友开车来接,一起去拍摄渔民作业。等待中,我先在一家面馆吃早餐。小面味道不错,只是麻味稍重了点。但越吃越麻,最后一箸实在吃不下去了。扫码付款时，随口一说："老板！花椒面抖多了点哟。"老板没理会，我也没在意。

走出面馆，朋友的车到了。坐上车，我又随口说道："这面好麻啊。"

"它的特点就是麻！开了一二十年了。"朋友解答，"我经常星期天早晨，绕一大圈来这里吃碗面，也算是晨练。"

我明白了老板为何不理会。老顾客不会问，新顾客问了也不会为其改变，干脆不答。新顾客吃了如果喜欢，自然会变成老顾客。老板只负责把麻辣小面做好，做的"麻"比"辣"味重就行了。至于吃与不吃，那是顾客的事。

师者

阳光灿烂

一

五十岁后，我朋友圈子很窄，和外界交往少。身处微信社交大时代，也只加了一个包括我才四个成员又几乎不聊天的群。以至于前不久，初中时的班主任陈老师去世，我也没得到消息。八月下旬，在苏马荡避暑时，见到居住在云阳老家的小妹妹，她告诉我，听别人说，陈老师在家里去世几天后才被发现。她现在唯一的女儿去了贵州旅游。

听罢，我一阵莫名的悲凉。我对师妹椰子没有丝毫责怪的意思，她作为陈老师的女儿，所经受的苦难比同龄的我们多得多，况且也是快六十岁的人了，应该有自己的生活方式。我的悲凉，仅仅是对人生的一点感慨而已。

高中一年级上学期我便辍学了，不为生计，而是想捧上所谓的"铁饭碗"，父母"走后门"让我进了一个国营单位工作。读书少，教过我的老师虽不多，算来也有一二十来位，但陈老师却是我学生时代结束后唯一有来往的老师。

说来惭愧，至今唯一有过往来的陈老师，我们最后一次见面已是十多年前的事了。那年春节我回云阳，请老师吃肥牛火锅，我母亲作的陪。如今我母亲也"走"了七年。

二

1978年，初中二年级时，陈老师开始做我的班主任，不过只有短短两年时间。

学校只有一幢教学楼，底楼是办公室和部分老师的宿舍。陈老师住在东边角落，位于操场坎下。一次上体育课时，一高中女生掷铅球不慎，铅球滚到坎下，砸在陈老师头上。当时是砸到还是擦过，作为学生的我不清楚，也没这种概念。但铁球有几公斤重，加上坠落时的冲击力，听起就恐怖。几十年过去了，一想起这事，我仍心有余悸。

老师伤愈后搬了家，仍是操场东边角落，但到了坎上。这住处与学校公厕一墙之隔，也不属真正的房子，只是三楼学生上厕所的天桥下，砌砖而成的一个十多平方米的空间。

陈老师搬了家，离开了可能再被砸头的地方，但并没因此收获好运。有一天，又传来陈老师家的噩耗，她大儿子悄悄下河游泳，溺水而亡。不到两年时间，经受两次不幸，然而这些还不是老师不幸的全部……

"你们看,'黎疯儿'又在骂人了。"一次课间休息时,一位老师站在走廊上,望着操场说。不是同情,也没幸灾乐祸,但语气中明显带着厌烦。我抬眼看,一个平头瘦削的中年男人站在陈老师屋外的水泥地上,自个儿不停地吵闹,听不清说的什么。

"黎疯儿"是陈老师丈夫,患有精神病,间歇发作。听说是他们单位修房子时,被一根檩子棒棒打在头上所致。陈老师教我们的第一年里,我很少见到黎老师——我尊称他老师是有原因的。没见着的时候,他可能住在精神病院里,也可能在单位上班。

少年时的我虽不谙世事,仍为陈老师的命运感到难过。许多年后,长大成人的师妹椰子跟我说过,她刚进父亲单位上班时,别人奚落她是"黎疯儿"的女儿,当时就暗下决心,在单位必须"狠"起来,要学会"不怕人"。师妹也由此养成"夯哇"的性格,就是"刀子嘴豆腐心"。我不太喜欢,几年前便删除了她的微信。所以陈老师去世,她没告诉我消息,也许是生气了,也许是不晓得我联系方式。现在想来,我所不喜欢的师妹的性格,其实是她的一种自我保护的手段,是她自由的生活方式。我内心理解她。

让我更没想到的是,陈老师七十来岁时,小儿子又因病去世,儿媳妇独自回了福建老家,留下一个十来岁的女儿由老师照看。

三

　　读书期间，我看到的陈老师每天脸上都挂着温柔、慈爱的微笑，没有一丝悲伤与哀愁。

　　那时我常被陈老师留校，有时她也顺便带我回家去，既不耽搁做家务，又好监督我补作业。偶尔会碰到她丈夫黎老师在家。这时候看不出他有什么病，精神很好，样子和蔼可亲，甚至有点"老顽童"的味道，总爱和我吹牛。几十年过去了，吹牛的内容早已忘记，但有天他讲给我的故事却对我产生了很大影响，令我没齿不忘。

　　黎老师在硐村电站工作，位于距离县城十五里的汤溪河畔，地处农村。他认识附近生产队一个"知青"。虽然生活艰苦，但知青经常在煤油灯下夜战，给当地的《万县日报》写稿，报道农村的生产生活新鲜事，时而能收到几块钱稿费。钱虽少，但买盐和打煤油足够了，解决了当时农村日常生活中的大问题。同时，知青锻炼了写作能力，这项特长为今后招工回城创造了条件。

　　第一次听说写文章能赚钱，我感到十分新鲜、稀奇，这件事对我吸引力挺大。陈老师在一旁微笑说："你作文写得不错，也试试，给报纸投稿！"那时我喜欢画画，一心想当画家，听了陈老师的鼓动，我改变了爱好，开始喜欢起写作来，直到现在仍然坚持着。

　　初中毕业后的那个暑假里，我收到《儿童时代》杂志社赠予的两枚纪念章。之前写了两篇文章参加他们的征文活动，文章虽然没被采用，能收到纪念章，心里仍是高兴，于是马上跑到学校，赠送给陈老师一枚。1981年3月一天的《万县日报》上，我写的文字终于变成了铅字，是一则百多字的新闻消息。大约两个月后，收到八角钱稿费。这是我人生第一笔稿费，为了花得有意义一些，便买了一沓书签，分送同学朋友作纪念。当然又赠送给陈老师一张。

初中毕业十二年后，我的第一本散文集出版，扉页上写着魏巍《我的老师》里的一句话："在一个孩子的眼睛里，他的老师是多么慈爱，多么公平，多么伟大的人呵。"那是一个寒冬的假日，我与老师围坐在火炉边愉快地摆着龙门阵。当我恭恭敬敬给老师送上我的小书时，老师很高兴，还如以前那般温柔、慈爱，微笑着说："你送给我的纪念章和书签都完好保存着的。"而我自己留下的纪念章和书签呢？早已不知去向。

突然间，我想起老师的大名：陈阳灿——阳光灿烂！

主陪先生

1883年4月7日，英国商人立德乘坐一只木帆船来到重庆。迎接他的朋友和商人中有一位姓董的煤矿主，是上海的朋友介绍的，他想请立德帮忙在英国购买水泵和凿矿机械，以提高煤炭产量。为表达诚意，董矿主热忱邀请立德去家中做客。立德应允了,在抵渝的第三天上午,坐着轿子来到西郊乡下的董矿主家。

一百多年前,董矿主是重庆城屈指可数的富翁之一,拥有自己的煤矿和肥皂厂、丝织厂、染厂,以及城内众多的贸易商店。他父亲生前还花钱给自己与儿子们买了五品官衔。董矿主的一个兄弟仍在贵州做知府,另外几个兄弟也都有自己的企业。董家在当时可谓有钱有势的大家族。

董矿主准备了相当丰盛的午宴,按民间宴客的隆重礼节,将立德奉若上宾,安排在八仙方桌的上席位置,独占一方。过去民间宴请这种贵客,都有本地或本家族德高望重、受人尊重的人物作主陪嘉宾,也坐在上首位置,仅次于贵客。董矿主邀请的主陪,却是一位脸色苍白、衣服破旧得几乎可以用褴褛来形容的年轻人,与衣着华丽的主人们格格不入。这让立德非常惊讶,百思不解,但出于礼貌又不便询问。

入席坐定后,董矿主向立德介绍,这位年轻人是他家的家庭先生。清末实行新学之前,一般学龄儿童上私塾的散馆读书,富贵人家则在家办专馆,请先生上门教导小孩子。

立德再次大惊,这样一个贫穷的年轻人,在欧洲会被瞧不起,在中国偏僻西部的民间富商家里,却因其教师身份而被如此尊敬,他非常高兴,当即表示乐意帮助董矿主在英国购买机具。

淡淡的香味

小学一年级的语文老师是我的班主任,一个爱整洁的年轻女老师,每每挨在她身边,总能闻到一股淡淡的香味。她朗读课文的声音清脆悦耳,表情随着课文的情感变化起伏。她整个占领了我幼小的心灵。

姑妈逗我说:"长大了,给你娶个女老师那样的媳妇吧。"

我认为这是对女老师的莫大亵渎,一屁股坐在地上呜呜地哭起来。姑妈没料到我竟然这么护着女老师,便赶紧把我搂在怀里,逗笑说:"姑妈错了,灵娃儿不要媳妇啰,不要媳妇啰。"我这才止住哭。

乡镇学校老师少,主课老师都兼一门副课。我的女老师兼上体育课。有一次体育课自由活动时,我上厕所,突然在门口捡到一支黑色的粗管钢笔。五十年前,钢笔对于一年级的小学生来说是稀罕之物。就是到了高年级,也是三番五次地催促后家里才给买,得到后会像宝贝一样爱惜。但我那时没有丝毫的犹豫,连厕所也顾不得上,飞快地跑到女老师面前,上交了钢笔。我希望得到她的表扬。

估计快下课了,我第一个跑到集合地点等着,等着女老师对我的表扬。可是没想到,女老师集合完就解散了大家,根本没提我捡钢笔的事,好像遗忘了。可那支钢笔我分明交给了她,看着她放进了衣服右边的口袋里。我感觉好失望啊!

我很快忘了这事。有一天,我去老师办公室交作业,突然在无意之中发现女老师正用我上交的钢笔专注地写着什么。我看得十分清楚,因为钢笔珍贵,那时都时兴在笔杆上作记号,这支笔的主人刻了只和平鸽。看着女老师伏案专注的样子,一刹那间,我心里很不是滋味,比没得到她的表扬还要失望。

　　后来,女老师身上淡淡的香味从我身边飘过的时候,我总忘不了那支钢笔……

邮记

集邮

有一天,跟父亲去他办公室耍,看见他同事办公桌上的玻璃板下压满了花花绿绿的邮票。平常见到的邮票都是单张贴在信封上,突然一下子看到这么多,每张又那么漂亮,不由得自言自语:"要是我画得到这么好,就好了!"

不料父亲同事听到了。"你喜欢画画?"更没想到的是,没等我回答,他十分爽快地说,"那全部送给你吧,照着去画!"说着,揭开、提起玻璃板,让我自己拿。我生怕他反悔,迫不及待地抓起那些邮票,边抓边说:"谢谢×叔叔!"大概五十年了,我连他的尊姓都已忘记。从那以后,我自己也开始收集邮票。

上初中时,体育课王老师是重庆来的"知青",中师"体师班"毕业后教我们。他找同学收集邮票,我以为他也喜欢画画。王老师摇摇头,告诉了我一个新鲜词:集邮。拿出他保存的旧

《集邮》杂志耐心讲解，还细心教我如何对邮票分类、鉴赏。《集邮》于1980年复刊后限量发行，县级邮局不能订阅，他探亲回重庆后，买了寄给我。我不知道有专门的集邮簿，当时市面上也无出售，邮票都用饭粒粘贴在笔记本里。王老师整理了自己的邮票后，腾空一本送给我。很快，我学会了邮票的基本收贮办法。

寄过信的邮票用糨糊或胶水粘贴着，不可直接撕下，以防扯烂或损伤，影响品相。要沿着它旁边的信封纸一起剪下，泡在清水盆里，等上面的干糨糊被泡胀后，用镊子小心翼翼地把邮票与信封纸分开。再捞起邮票，背面朝上，铺在报纸上，拿棉签蘸水，轻轻洗干净残留的糨糊。待邮票阴干后，夹在书里平平整整了，然后插入集邮簿。

我经常找同学、朋友和亲戚熟人们收集邮票，每集到一张新票或收齐一整套邮票，心里都特别高兴。那时候寄一封平信八分钱，重要信件才用"挂号"方式邮寄，资费两角。如果盼望收信人早日读到，便寄航空件，一角钱邮资。但使用最普遍的还是平信，所以邮票面值以八分为主。1978年时，邮电部发行了一套《工艺美术》特种邮票，一共十枚，除五枚四分至二角面值的比较好收集之外，其余三至七角不等的五枚邮票，收集起来如同攀登珠穆朗玛峰一样艰巨。(当时有一套三枚的《中国登山队再次登上珠穆朗玛峰》特种邮票，其中第一枚面值四十三分，很难集到，我们以此借喻。)高面值的邮票用于邮寄包裹，贴在取件单上，取件之后邮局要收回。最终，我没集全这套《工艺美术》

邮票。

有一次上物理课,我忍不住喜悦,偷偷翻看一枚新集到的邮票,没留意老师已悄悄走到我课桌前。她迅速夺过集邮簿,厉声责问:"要邮票,还是上物理课?"物理课我岂敢不上?可邮票又是我的心血!咬咬牙回答:"我要邮票!"那位中年女老师压根儿没料到我竟如此胆大,气得直咬牙:"你、你……好嘛,等到起!"但并没把集邮簿还给我。

为了讨回集邮簿,天天放学后,我缠着物理老师,说不尽的好话,认不完的错。终于,她经受不了我跟屁虫一样的烦扰,罚我抄写一百遍当天学的物理定律后,才将集邮簿归还。我从此不再敢把集邮簿带去学校了。

已参加工作后,某天,一位川江货驳上的水手找到我,想欣赏我的集邮簿。他也爱好集邮,去邮电局购买废旧取件单时,听说了我,找上门来。当时集邮者极少,特别是在小县城里。素不相识的爱好者找上门,相互交流集邮经验,在那个年代不是奇怪事。从他口中我才知道,一般情况下,邮局回收的包裹取件单及汇款单之类票据,存放三五年后要当回收废品处理。如果在处理前能打探到内部消息,可找管理员剪下取件单上的邮票,单独买过来,三元一斤。一斤废纸才卖几分钱,双方都划算。后来我去买过。

水手看见我的集邮簿里有两种普通邮票,面值很特别:$1\frac{1}{2}$分,也就是一分半。他爱不释手地说:"一分半面值的普票有六种,听说还有半分的,我都没见过。"看他一副很渴求的样子,我又有多余的 $1\frac{1}{2}$ 分票,于是,大方地各送了一枚给他。当年集邮者之间不兴买卖邮票,而是用各自的富余票互相交换。但他没随身带着集邮簿,要付钱给我。我不愿用钱来衡量邮票的价值,当然谢绝了。大概一个多星期后,我收到水手的一封信,里面夹着一套两枚于二十世纪六十年代发行的纪念邮票。他们驳船停靠上游万县市时,碰上邮电局的集邮门市开业,便买下这套邮票送我。

那是一个温馨的夜晚,我帮小梅吹熄蛋糕上的蜡烛后,掏出一张明信片递到她眼前。明信片上贴着一张蛇年生肖票,加盖的邮戳上一行清晰的数字正记着这个日子。上面我抄录有一首当年最流行的"裴多菲",谌容的《人到中年》里引用过的:我愿意是急流……只要我的爱人是一条小鱼,在我的浪花中快乐地游来游去……

小梅接过贺卡,静静地看了足足一分钟,突然,在我左边脸上触电似的亲吻了一下……明信片的浪漫在那个年代真能打动人。虽说这美好的夜晚已成为过去时,但这些年来,我一直把它当成一笔"财富"收藏。

我不再集邮了——几乎没有人再用邮票寄信;而花钱轻而易举就能买到的"邮票年册"总让我有一种"偷工减料"的感觉。

很多时候,我们都把一种翘首以盼的经历简略了,它叫作——过程。

扎雾

二十二岁那年三月上旬，我在徐州笔会上认识了一位枣庄的女孩。去的时候，刚好下过一场大雪，所以现在能记起的她，样子是个圆脸，围着一条厚实的雪白围巾，一笑，露出左边一颗小虎牙，给人温暖、清纯的感觉。我就叫她"纯"吧！笔会分别之后，我们开始书信往来。第一封信是我主动写给纯的。会上发有一份打印的通讯录。有一天，收到纯的来信，说某天出差到万县市，约定中午十二点前，我们在港务局候船室门口见面。我又意外又激动，盼望这一天早点到来。

终于等来这个日子，我请了假，买好船票。从我们云阳到万县是六十公里上水，坐轮船只需四个多小时，但都是途经班轮，在头天夜间就要上船。因冬季水枯，轮船半道上要下锚停泊至凌晨四五点，等万县港开航的下水船出了巴阳峡后再上行，大约第二天早晨七八点钟才能到港。巴阳峡约八公里长，冬季时像一个狭窄的石壁巷子，是川江上最著名的单行航道。

这天半夜里，江面升起浓雾，等到天亮也看不清航道，上下水轮船都停了航，等候江雾消散。川江人称"扎雾"，常见之事，本不必惊慌，但这天的江雾实在太大，我在无奈和焦急中等待、祈祷雾散、船开。当时，我们县城老少皆知一事：1955年冬季的一天，一艘大型货轮在巴阳峡遇江雾。船长想，这是下水，船速快,可赶在"下罩(起大雾)"前通过。于是全速前进。哪知刚进峡,大雾即起,船头不见船尾。航道特别狭窄,轮船掉不过头来,不能下锚扎雾,只好顺流而下,像一个喝多了的醉汉,在石巷似的峡里左碰右撞。突然,船底重重地一震……货轮很快沉没,十人遇难。

等到快十点钟,江雾才完全散开。我眼睁睁地看着一艘艘下水船陆续出峡,又待一艘艘上水船前前后后进峡了,才轮到我们的船。因常坐船,我估算了一下,十二点以前停靠趸船没问题,来得及见到纯。万万没想到的是,拢万县港后要等泊位,我们的船又在江心停了一段时间。原来我坐的是副班船,进峡、靠港等一切都往后排。

我气喘吁吁地爬上码头几百步石梯,到达候船室门口时,已快下午一点钟。找遍候船室的旮旯角角,都没见到那张相识的圆脸。我希望在留言栏里见到纯的只言片语。那时的车站、码头、旅馆,都专门在墙壁辟一块位置,方便旅客留言。我留意一行行粉笔字,翻看一张张纸条,都没有属于我的文字。霎时,鼻子一酸,眼圈有了热乎乎的感觉。我赶紧一个深呼吸,才平静下来。

我给纯写过几封信,解释迟到的原因,都被退了回来。奇怪的是,每封都贴着盖邮戳的"查无此人"批条。最后一封多了三个字:已调走。

我这才死心了。

贺年片

很多年前,有一次去邻县的兄弟单位出差,为方便工作,就住在他们招待室。稍微大一点的机关企事业单位,那时候一般都设有招待室和职工食堂这类后勤部门。

傍晚,我正下楼,突然身后传来急促的"咚、咚、咚"的声响,自然地回过头一看,是同寝室那位腋下夹着拐杖的中年人。旅馆按床位收费的年代,互不相识的人同住一室很正常。他下楼的速度又快又猛,我感觉像是要失去了重心一样,担心挡着他道,赶紧闪到边上,并好意提醒:"您慢点!"那中年人停顿了一下,望望我,什么也没说便走了。但下楼的速度明显慢下来。

出差归来很快就是元旦,我收到一张手工制作的贺年片,做工非常精美,上面写着"好人一生平安!"当时正热播电视连续剧《渴望》,流行于街头巷尾的片尾歌曲名就是这句话。贺年片落款"室友"。看看邮戳,寄自我出差的那个县城。我想,应该是那位夹拐杖的同室中年人寄的。那时缺少"隐私"这个概念。招待室登记簿上有我的姓名和单位,就摆在服务员桌上,很容易查到。

后来,我从家乡小县城调到了市里工作。有一天,得知原先一位同事将在新年举行婚礼,心里有些不是滋味。同事的妻子是我曾经暗恋过很久的女孩,我与他心知肚明,只是都从不提起。也许觉得大家碰面会尴尬，同事和他妻子没邀请我参加婚礼，得知消息时已赶不上了。即便赶得上，我也不好意思参加。但我发去了一封礼仪电报："真心祝愿你们幸福！"

连手摇电话机都没普及的年代，我们地区刚刚开办这种电报新业务，知道和使用这种方式的人非常少，我又选了一款最漂亮的贺卡样式。不同款式价格不一样，越好看越贵。还有，发电报按字收费，标点同样是，但一般都减掉不发。而我专门打上了一个感叹号。

几天后，我收到同事和他妻子寄来的贺年片，上面写着：唯有你的礼物最珍贵。

土味

碎碎儿肉

现在市场上的猪排骨、筒子骨比猪肉卖价贵得多。二十世纪八十年代初,城镇居民的副食供应刚过关时,老百姓肚子里油水少,绝不会拿买肉的价钱和着骨头买,认为那是吃亏。因此,在屠宰场这个环节,必须把骨头全部剔下来。我当时在云阳县食品公司做杂工,每天看到大量的筒子骨、肋骨、脊骨堆起成了难题,只能当作下脚料,非常便宜地卖给本单位职工食堂,我们喊"伙食团"。

伙食团炊事员精明,把猪骨头冲洗干净后,放在直径一米多的大铁锅里炖起。水将要开的时候,骨头里的血泡子浮在锅边,马上用勺不厌其烦地一遍遍舀出去。他说等水开了,泡子散开溶进汤里,又脏又带腥味。那些猪都是从农村挨家挨户收购来的,用粮食喂的老品种土猪,连骨头的油水都多。炖上一两个小时后，滚开的锅中水慢慢减少，面上浮起一层厚厚的油汤。炊事员再拿勺顺着锅边轻轻舀进盆里。边舀边炖，边炖边舀，直到浮起的油汤基本舀尽，锅里的骨头也完全炖好了。于是捞出来用特大的筲箕装起，沥水、晾干后，用铁皮小刮片把骨头上巴着的筋头和肉剔下来。肉比骨头值钱，巴在骨头上的毕竟量少，又早被炖得熟透了，剔下来后全成了一些碎碎儿，我们就喊"碎碎儿肉"。也有人叫"剔骨肉""巴骨肉"，我觉得没"碎碎儿肉"好听。

剔下的碎碎儿肉水分重，不能急于炒食。先倒入锅中不停地翻炕，一定不要巴锅、炕煳了。水分渐渐炕干后，慢慢出了油，香味扑鼻。火候差不多了，撒一大把切成片块的泡椒、泡姜和大段的蒜苗。如果觉得肉里油水少了点，可以舀一勺先前舀在盆里的油汤，快炒几下立即起锅。

泡椒泡姜和炒的碎碎儿肉非常出味，让人食欲猛增、胃口大开。最香、最有嚼头的是筒子骨上剔下的筋头，现在想起就吞口水。自然还要来一碗浓酽如奶的骨头汤，本味不放盐，清煮一把青菜叶。

吃完碎碎儿肉，喝尽骨头汤，灶上的大铁锅空闲了，炊事员把舀在盆里的油汤倒进去。不一会儿，水分在煎熬中嗞嗞响，而且响个不停，直到响声停了的时候，又得到一盆上好的猪骨油，说是补钙好。趁热撒些干花椒进去，再次香味扑鼻。

年龄大一点的人，即使没吃过碎碎儿肉，也大都听说过。以前万县市罐头厂也有大量的猪骨头,剔下的碎碎儿肉多,职工食堂吃不完,要拿一部分去菜市场卖。碎碎儿肉价格比鲜猪肉便宜,又是熟食,很划算。寻常人家的主妇会过日子,一般都要买点回去,炒一碗泡椒碎碎儿肉,一家人高高兴兴打"牙祭",个个喜笑颜开。

羊肉格格儿

三峡一带乡民饲养山羊,一大早把羊子赶到荒草坡上,敞放,晚上再牵回来,羊吃着草就长大了。以前,大宁河两岸的乡民更轻松,把羊子丢在岩洞里不管,隔一年后羊子长大了,再去捉回来。而关在圈里饲养的猪很花本钱,不但每天要人煮食喂食,还得搭上苞谷红苕等饲料。因此,羊肉历来都比猪肉便宜:二十世纪五六十年代时大约卖一角钱一斤,猪肉每斤则三角左右;二十世纪七八十年代,一斤羊肉卖三四角,猪肉一斤七角至一元。

一位川江老航道人给我摆龙门阵,1965年,他在庙基子绞滩站当绞工。有一次花三块二角五分钱,找乡民买了一只羊子"打平伙"。宰杀剥皮后净得羊肉二十多斤,几个绞滩工大吃了一顿。过了一段时间,剥下的羊皮晾干了,卖给供销社收购门市三元五角钱。白吃了一顿羊肉不说,倒赚二角五分钱,可买十多个鸡蛋。虽然倒赚,但他们很少打平伙,那时候"好吃"不是光彩的事。陆文夫在《美食家》里说："我们的民族传统是讲究勤劳朴实，生活节俭，好吃历来就遭到反对……我从小便接受了此种'反好吃'的教育，因此对饕餮之徒总有点瞧不起。"

三峡地区老百姓吃羊肉的寻常方法是粉蒸。宰成小坨的腿子肉，加入盐、剁椒、姜粒、豆瓣酱等调料，拌米粉子抓搅均匀。制作米粉子时，大米里加点糯米和几颗花椒，在锅里炒香后打成粗粉就行。用碓窝舂碎或石磨推细最佳。米粉子里加了糯米，吃起糯巴巴的。搅拌时，如果再放一些鲊海椒，那味道就不一般了。这是我的独创。鲊海椒本身就是川江颇具特色的一道民间美食。

拌好的羊肉拿土碗装着，放到木甑子或竹编大蒸格里用猛火蒸。碗底最好放上一两片鲜柑橘树叶或鲜橘皮，去膻味。羊肉下面可垫些红苕，或芋头、洋芋作底子，荤素搭配。素底子浸润了油脂，格外好吃。如果家里待客，装碗的时候，素底子放在羊肉上面。蒸好后，把土碗翻过来扣在盘子里，称"扣碗儿"。碗字须儿化音。扣碗儿表面圆圆的，装在盘子里好看；肉在面上，表明对客人尊重，主人又有面子。

街头餐馆里的粉蒸羊肉不用土碗，拿一个个土碗大小的竹笼笼儿装，再一个重一个地叠起，叠上七八上十个，直接端到铁锅上蒸。一格一格的竹笼笼儿自成一个小小甑子，大家形象地称"格格儿"。川江一带方言称小巧的东西往往用叠字，如杯杯儿、铃铃儿、珠珠儿……同时儿化音。"羊肉格格儿"因此叫开

江边卖羊肉格格儿的小食店老板（[美]哈里森·福尔曼摄于二十世纪四十年代）

了，成为川江，特别是三峡地区一道著名的小吃。

当初餐馆里用竹笼笼儿蒸羊肉并不是别出心裁。土碗再便宜，要花钱买。山坡上竹子自生自长多的是，砍回来，不论餐馆老板自编或请人做，都划算。以前劳力不值钱，老百姓常说"力气去了又来嘛"。竹笼笼儿还有两个好处：不易打碎，上蒸、取食都方便。

川江码头上过去有很多搬货、挑水、抬轿的下力人，还有船工、旅客、货主以及闲散游民。一些餐馆老板在江边搭起简陋的摊摊儿、棚棚儿，泥巴土灶上架着一只大铁锅，锅里的蒸隔上高高叠着热气腾腾的羊肉格格儿，两分钱一个，价廉味美，自然受到喜爱。一碗"冒儿头"和不要钱的合汤，再打一提老白干，加上一个羊肉格格儿，酒足饭饱。花钱不多，又打了牙祭。这些食客对吃自有一套，竹笼笼儿刚上气，才开始滴水，肉正好熟过心，觉得有嚼头，就着一杯酒，细嚼慢咽。这种吃法俗称吃"滴笼水"。

读初中时，我每天上学放学经过西门老城墙那条街，一家小餐馆门口灶台上高高重叠的羊肉格格儿热气冒冒，总是飘着诱人的香味。有一次，在建筑工地做小工的表姐，结账后给了我五角零花钱，我终于溜了进去。一个羊肉格格儿七分钱，我拿定主意只吃一个，解解馋。我生怕遇见熟人，心里怦怦直跳，没来得及细品，狼吞虎咽地就把一个格格儿吃完了，留下回味在记忆中。

二十世纪八十年代后期,我居住的万县市羊肉格格儿五角钱一个,仍算是便宜,"好吃"也不再可耻了。我和朋友时不时去吃一次。一杯老白干、一碗萝卜汤,有时是海带或绿豆南瓜汤,就着时事、抱负与文学,还有爱情的话题,羊肉格格儿一个接一个地吃,再也吃不下去的时候,每人面前最多叠起五六个空格格儿,四五块钱就搞定了。

现在羊肉卖价比猪肉贵,万州的羊肉格格儿卖到了十二块钱一个,老字号的羊肉格格儿餐馆仍食客盈门。虽不再实惠,但吃起简单,成了万州市民的大众快餐。

小火锅

重庆火锅最早出现在街头餐馆的时候,木桌上放一个小炉子,上面架一只小铁锅,食客抬着手臂才能在料汤中拈菜吃。后来,有的火锅店老板想了个法子,把两条板凳重叠起,客人坐得高,拈菜就不抬手了。这样,手是不抬了,可桌子又矮,背弓起不舒服。但这些都丝毫不影响"好吃佬儿"对火锅的喜爱。

二十世纪八十年代初,重庆火锅店的木桌中间兴起挖洞,洞口与铁锅口大小一样,炉子放在洞下,再架上熬着料汤的铁锅,锅口正好与桌面齐平,或稍冒出一点也无妨。这才安逸了,既不抬手,又不躬背。渐渐地,木桌变成了砖砌水泥桌,面贴白瓷砖、花岗石,好看、干净。桌洞下的煤炭炉也换成了燃气灶。

餐馆里最初的重庆火锅（[美]卡尔·迈登斯摄于 1941 年）

我生活在下川江的小县城,桌面挖洞的重庆火锅还没传来时,第一次吃火锅,用的是北方人吃涮羊肉的金属锅子。我在老电影里见过,锅子是铜质的,锅盆中间的炉膛烧着无烟冈炭。二十世纪八十年代,我们单位每年要开年终工作会,聚餐时在院子里摆席。冬天饭菜容易冷,有一次,食堂掌勺师傅安排用锅子吃火锅,一个个吃得满头冒汗,全身热乎乎的。与电影里不同的是,这些锅子是铝质的,当时江浙一带小商品进入内地,市场上有卖。那正是一个文化解禁时期,用这种锅子吃火锅,除了新奇之外,更有一种复古的滋味,我记忆特别深。

　　二十世纪九十年代初,这种铝质锅子一时间出现在万县市街头巷尾的各个餐馆,还有了一个好听的新名字:小火锅——区别于桌面开洞的重庆火锅。锅子的炉膛里燃烧的不再是冈炭,为价廉的蜂窝煤。火力小的时候冒煤烟,在炉膛口套一个铁皮小烟筒抽风,一会儿炉火旺旺的。后来,餐馆旧物利用,拿空易拉罐做抽风筒。

　　重庆火锅的普遍吃法,是在滚开的料汤里,夹起毛肚、鸭肠、腰片之类菜品,生烫而食。而小火锅的食料以猪肥肠、络膈肉和牛肉为主,由餐馆师傅红烧煮熟后备用。有客人来了,师傅先在锅子里放进生豆芽或生白萝卜片垫底,再舀上他们点的菜品。还要舀上一些红烧汤汁,豆芽、萝卜片煮熟才入味。每个小火锅另外配了一小篮素菜:菜叶、粉条、海带、豆腐等,客人可自愿放在锅子里煮食。菜品中的络膈是猪胸腔和腹腔间的分隔肉,学名横膈膜,吃起来像牛肉一样有嚼头,但肉质比牛肉细嫩。与单纯的红烧菜相比,小火锅吃起热络,多样化。除红烧品种外,也有清淡的猪蹄花儿、猪肚条儿和猪肉丸。猪肉丸不事先煮熟,吃的是鲜和嫩,师傅放一些番茄后,端上客人的餐桌现煮。

吃小火锅很灵活,如果食客只是一两个人,可以肥肠、络膈、牛肉分别舀一点,都是红烧的,混锅不串味。吃客多,每个品种都来一锅,哪锅吃完了,觉得好吃,或者不够吃,可以按份添加。

比起重庆火锅来,小火锅不用一直开着液化气或天然气熬料汤,一个锅只用一个蜂窝煤就够了。现在是用一块固体酒精作燃料。小火锅成本低,不收锅底费,生意非常火爆,有的餐馆几十张桌子都坐满了人,旁边还有坐等空位的食客。

这么实惠又生意兴旺的小火锅,不料后来竟一夜之间在大街小巷消失。怪得很,大概七八年后,小火锅店又悄然出现在万州街头,实惠的特点仍在,个个生意出奇的好,常常食客满堂,热闹非凡。留意观察,却看到了一些变化:主要在晚餐时段营业,店没以前那么多了,品种却添了不少,麻辣的猪、牛、羊杂烩,红焖羊肉与鸡,清淡的酥肉、酸菜鱼和腊猪排,都是让"好吃佬儿"流口水的美食。

趁早好好品尝万州小火锅吧,万一某天它又消失了呢?

腊猪油

三峡地区的农户杀了年猪,取出板油后,可做腊猪油。

腊月里天寒地冻,油脂开始凝结时正好。把整块的板油紧裹成一个卷,边裹,边往面上抹盐,挨个抹遍,同时还要撒些干花椒。裹完卷后,用大匹的菜叶子包好,遮灰尘。再撕开几条棕榈叶,也可能是蒲葵,它俩长得太像了。顺手把叶子绞成麻花绳状,捆了油卷,挂到灶屋房顶的檩子棒棒上。那里早预备有挂钩,每年挂腊肉用。

农家做饭、煮猪食都烧柴火,苞谷秆、麦秆、黄豆藤和松树枝、柏树枝等,品种多样,烟味各不同,弥漫在灶屋里。从腊月到三四月间,慢慢熏干油卷水分,盐和花椒也早已入味。初夏前,从房梁檩子上取下油卷,切成拇指大小的条块,装入土瓦罐里,盖上一只土碗封口。腊猪油就算做成了。腊猪油卷一直吊在檩子上也可以,看主人习惯。

炒洋芋丝、洋芋片,或烘四季豆洋芋坨的时候,拿筷子从罐里拈几块腊猪油,放进烧热的铁锅里。锅铲一压,"嗞"的一声,油流了出来,热烟一冒,顿时满屋腊香味飘散,隔着几间房子也能闻到。吃面条时,也煎一两块,放入少量的洋芋丝炒几下,脆生生的时候就掺清水,煮开,熬一会儿,再下二两面条。洋芋丝鲜、腊猪油香,又有盐味,不需再放其他调料了,连面汤都要喝干。不过腊猪油只适合做些乡村土菜,还必须是素菜,如果拿来做什么红烧鱼，或炒个鸡杂、羊牛肉什么的，那味道就会喧宾夺主了。就是炒素菜，也不能与青叶菜相伴，腊香与清香会发生冲突。

过了清明，天气开始变暖后，一些低山农家的腊肉开始哈喇(变味)，吃着夹口。而腊猪油放到什么时候都不会，做菜时仍是那么香。是不是裹卷时撒了干花椒的缘故？

我在乡下做农业项目时，住在村里一个外号"王日白"的老乡家里，和他混得很熟，像在自己家一样随意，经常用他的锅灶自己动手做饭吃，自得其乐。有一天，城里的朋友马光头来看我，时至中午，我请他下馆子。马光头说，去街上耽搁时间，乡下空气好，我专门来耍的，随便弄点吃的就行。

当时冰箱里肉已吃完，不是赶场天，买不到。我立马去王日白的菜地里摘来一个"二老瓜"，那种青而泛黄、不嫩不老的南瓜。洗净剖开后除去瓜瓢，切成小坨备好。又顺势搭起板凳，从他房檩子挂着的腊猪油卷上，割下一小块，直接切成条放进锅里煎。不用洗，有菜叶包着，干净。洗时沾了水，在锅里反而噼里啪啦乱炸，会烫伤手脸。柴灶火大，铁锅传热又快，一下子就煎出了油来，灶屋里香味弥漫，惹得我直吞口水。我往锅里放些花椒，把备好的二老瓜坨倒进去，不停地翻炒。油香味炒进了南瓜坨里，看着表面已熟，掺瓢清水刚好淹过瓜坨，放盐，盖上锅盖，烧中火煮瓜。大约十多分钟，锅里的水干了，南瓜坨也就完全熟了。

铲起南瓜坨装了一小盆,我和马光头一口气吃光了。他连声说:"香!好吃!没想到腊猪油炒菜这么安逸。"

后来离开王日白家时,他送我鸡蛋和老腊肉。我摆着手,找他要了半卷腊猪油,带回去慢慢吃了一年多,至今还想念那个味。

合汤

我五六岁时,有一天,走了很远的山路,还过了一个拉拉渡,跟着姑妈去窑罐厂。挑了很久,姑妈选了一口中间有点凹瘪的瓦缸。我不解,怎么选一只难看的?

瓦缸横绑在背篓上,姑妈背着,然后牵起我的手回家。路过供销社的食店时,早过了午饭时间。姑妈进店歇气,给我买了一碗包面(抄手),自己吃随身带的苞谷粑。这时候,一位中年女服务员端来一碗清汤,姑妈吃一口苞谷粑,端起喝一口。许多年后我才知道,买那口难看的瓦缸价便宜点,姑妈省下钱给我买包面。女服务员端给她的汤称"合汤",不要钱。

食店烧煤炭灶,用烟囱扯火力和散煤烟,往往灶膛的火力也跟着往外扯了。于是,打灶时便在靠烟囱的位置挖个小孔,叫耳灶。平时,耳灶上嵌放一只铁鼎罐,利用余热烧一罐开水,煮汤、炒菜时用得上。厨师时不时把剔下的骨头和需要焯水的肉,放进鼎罐里煮,白水有了肉鲜味。这就是合汤,相当于现在大餐厅烹饪时专门炖制的高汤。

以往年月贫穷的人多，来食店吃饭大多是为了饱肚子，一般不点汤。服务员都会在鼎罐里舀一碗合汤，撒上葱花，免费送给客人。这是那时候食店的普遍规矩，客人们称"欢迎汤"。

我第一次喝合汤距今有三十多年了，是在汤溪河边的一家小食店。我只是一个人，点了份豆干回锅肉。开吃的时候，老板端上一碗淡乳色的清汤，面上漂着刚撒上去的绿绿的葱花，辛香味扑鼻而来。这是初冬，我赶紧端起碗喝了一口，没放盐，清汤里带着些微油腥，一股暖流从心底涌出。老板本来在汤碗里放了一只陶瓷调羹，我没用，一勺一勺地喝，假斯文了。这乡场，这小店，这合汤，一个人，直接端起碗喝才配！

表姐在县城人民食店当服务员时，有一天我给她送午饭。在食店上班，吃自家的饭，现在听来不仅是新鲜事，还会被当成笑话。但那时候确实如此，不能占公家的便宜。那天，店里来了一对农村人打扮的年轻夫妇，可能是来城里看病的，提着用麻丝重叠捆起的中药纸包。两个人只买了一碗米饭，没要任何菜。丈夫说自己不饿，让妻子先吃，妻子又把饭碗推给丈夫说"我吃不下"。表姐见状，拿了一个空碗给他俩，把米饭分成两份。然后用土海碗舀了一大碗合汤，葱花加量，还特别舀了一调羹酱油在汤里，端给这对夫妇。他俩不停地点头，谦卑地连声说着"劳慰了！劳慰了！"表姐说："合汤不要钱，来的都是客！"表姐没上过一天学，连自己名字都不会写，却说了这么一句有人情味的话,我至今记得清清楚楚。

二十世纪九十年代中期,我在小餐馆喝过另一种合汤,更有滋有味。早春的一天,在川江巴阳峡北岸渡口的沙滩上有个篾棚小食店,典型的夫妻小店,佑客收钱、收拾碗筷,男客当厨师。锅灶砌在店门口,一眼可见。厨师给每桌炒菜之后,不论人多少,也不论荤素,只要是没点汤的食客,他都要在锅里留下一点菜汤。我们称卤汁水,有时比菜本身的味道还好。小时候我爱用卤汁水拌饭吃,特别下口。

留下的卤汁水,厨师再加进一两勺清水,放入姜粒,烧开为汤。也撒葱花,不要钱,送给食客。这种汤有油有盐有味,大方点的老板还会甩几匹菜叶,那就更巴适了。巴阳峡当地的乡村文人周兄给这汤取名"神仙汤",太恰当不过了!

我捞"水湿柴" | 后记

　　以前,川江自然河道时期,每年从桃花汛到秋汛的几个月里,要发几河大水,上游漂来一些死猪、活羊、家具、树木……不少讨生活的人站在石嘴上、回流边,用爪竿、漏舀打捞。胆子大的,会驾着一只小划子,或凫水去江中捞一些稍值钱的东西。川江人喊这为"捞浮财"。当然,捞得最多的是不值钱的树枝、杂草,堆起像小山,风干、晒干后易燃又禁烧,是煮饭、烧水的好柴火,非常实用。我们称之为"水湿柴"。

　　我出生、成长,并一直生活在川江边,耳濡目染,也学会了"打捞",捞了很多很多的"水湿柴"。

　　几年前,我与妻子暂别重庆主城区,回她老家开州城照顾岳母起居。因岳母年岁已达八十八,家里不能离人,请有一位保姆做家务。保姆大我几个月,我与妻子喊她"秀姐"。秀姐做的饭菜味道真不咋样,没想到却是一个"话篓子",装有不少的"水湿柴"——她亲历的乡间趣事:竹子开花采竹米、打豆腐时细娃儿不能去山坡上沾野猫臊气、鲜天麻的炮制方法、牛皮菜烤热搓背驱寒……每天吃饭的时候，我向她全数"打捞"，治择后放进了这本小书里。

我"捞"的"水湿柴"非江中之物，而是肚子里的"龙门阵"。

我们住的这个小区有十幢高楼，平时见到的老人居多，三五成群，天天聚在一起摆龙门阵。我常去"打捞"的这群老者中，年龄最大的邹老伯已九十六岁，身体硬朗，连拐杖都不要，年轻时是澎溪河上的"船板凳"，听他讲过"水木匠"的故事。徐老伯小他一岁，以前当"挑二"跑陕南一带贩税盐，可惜去年冬天"走"了。他生前真的可用枯瘦如柴来形容，屁股上无肉，坐在小区的木椅上不舒服，出来时提着一只马扎，于是我在网上给他买了一只中间留孔洞的泡沫坐垫。再小一点的孟老匠九十岁，曾是"做火炮"的工人，有一次因意外被火药烧伤，眼、嘴、鼻、耳都是歪的，样子看起有点骇人，口水也经常滴在胸前，前襟长期湿漉漉的，但丝毫不影响我坐在他旁边听他"摆白"。其余老者大多数八十岁左右，免不了随时咳咳吐吐，有时一口痰没吐出去，一根线似的吊在嘴边，我会赶紧递上一张纸巾。除我之外，周老头岁数最小，刚过七十，天天嘴里衔着叶子烟杆，骑上自行车在小区里转圈，翻捡每幢楼垃圾桶里的纸壳、塑料瓶去卖钱。我们小区有一千二百来户儿人家，扔垃圾的频率高，专门捡废品的有四五人，这个频率也高。所以周老头要骑辆自行车，做到眼明手快。转几圈后，他也休息一会儿，入伙摆龙门阵：从"棒老二洞"中捡"龙骨"喂猪治瘫病、何首乌长在石坎子很深的地方、看到几次竹子开花都是在荒年……

川江边木洞镇的居民有喝早茶的习俗，茶馆早上五点开门。有一次我专门开车过去，找旅馆住下，第二天起早床去坐茶馆。我瞄准一桌人，观察他们的神情，估计肚子里都装有不少龙门阵，慢慢靠拢，选了个空位，落座后，马上给每人递上一支烟。烟是"介绍信"，一下子融洽了气氛，陌生感顿消。每隔一阵，我又给他们"走"一轮烟。连续去了三个早晨，自然"捞"到不少"水湿柴"。我车上还随时带有几瓶二两装的本地产"小诗仙酒"，那次我摸出一瓶递给谭老伯，他边喝边给我摆了吃"瓷瓦子"治隔食病的龙门阵。我后备厢里也备了一些小零食，是给"打捞"途中碰到的细娃儿预备的。

有个非常炎热的夏日，我来到江边的一个老乡场上，大坝子上有家麻将茶馆，因天太热无生意，我有意走进去和老板摆龙门阵。老板周老头以前跑船、舀鱼、打工、种庄稼等，有的是龙门阵吹，吹到中午便留我吃饭，下午继续。我甚至想找个旅馆住下来，第二天还听他吹。这期间有位中年妇女进出茶馆两三次，我请她帮忙给我和周老头拍合影照，她欣然接受。大概下午四点钟的时候，周老头接到儿子的电话，好像在说什么骗与不骗的话题，我没在意。他放下电话后告诉我，那进出几次的中年妇女是居民小组长，见我一个开着"宝马"车的陌生人竟然不拘小节，赤裸上半身坐在简陋、杂乱的乡村麻将馆，与一个老头子摆龙门阵,一摆就是大半天,很不符合常理,警惕性高,马上报告了社区居委会,又主动打电话给周老头儿子,担心他老汉儿遇上骗子了。出现这种状况,我觉得赶紧离开为好。走之前,主动拿出身份证给小组长看,她要拍照传给居委会,我缺少她的警惕性,点头同意了。这点小插曲虽说让我有些不舒服,但比起"打捞"到的龙门阵来说,已微不足道了。

这本书里的许多细节,都是我这样一一"打捞"来的。